光文社文庫

青い雪

麻加　朋

光　文　社

目次

青い雪

プロローグ

雪が降り始めた。夜空から落ちてくる雪って、すごく綺麗。

今日は私の誕生日。パパのレストランでお食事をした。

食べ終わった頃、急にお店の灯りが暗くなって、シェフ姿のパパがバースデーケーキを持って現れたから、びっくりした。

お店中のお客さんに拍手されて少し恥ずかしかったけれど、八本のろうそくの火をふーっと吹き消した気分は最高だった。お店の人が、赤いバラの花束をくれた。

ママは素敵なワンピースを着て、ニコニコと笑っていた。

でも……。

パパに見送られ、レストランを出ると、ママの笑顔は消えた。

私は知っている。ママがパパを嫌いなこと。

そして、もうすぐ別々に暮らすようになることを。

パパもママも私には優しい。私は二人とも大好き。

淋しいけれど、ケンカする姿を見ないで済むなら、その方がいい。


道の向こうにいる人が、ママを指さし、目を輝かせている。

ママは有名人だから、いつものこと。私は慣れている。

「奈那ちゃんっ」
隣を歩いていたママの叫び声がして、急に突き飛ばされ、私は転んでしまった。すぐに
ドンッという音がした。
道に横たわったまま、目を上げると、私のすぐ横に、ママと、その上に重なるように知
らない女の人が倒れていた。
ママは動かない。

空を見上げる女の人の、口もとが動いた。

「青い雪……」

そう聞こえた。

そして、それきり動かなくなった。

道路には、私が持っていた花束が散らばり、空から落ちてくる白い雪が、赤い花びらの上に静かに重なっていった。

第一章

柊　寿々音　*Suzune Hiiragi*　十一歳

夏の風が草の匂いを運んでくる。窓を開けて塔を見上げるのが朝起きて真っ先にすることだ。塔の一番高いところには小さな鐘がある。誰でも鳴らせるわけじゃない、特別な鐘。

次に鳴らすのは誰だろう？

今日、蓮見(はすみ)先生たちが来る。夏休みの、いや、一年で一番の楽しみだ。昨日の夜に選んでおいた淡いクリーム色のブラウスを手に取る。この間お母さんが買ってきてくれた物だ。襟に苺(いちご)の刺繍(ししゅう)が付いている。

亜矢(あや)ちゃんは大きくなったかな？　亜矢ちゃんは蓮見先生の子供で、もうすぐ五歳だ。また会えるのが嬉(うれ)しい。

大介は今年も来るかな？　三年前、蓮見先生に「大介と寿々音は同い年だよ」と言われ、私たちは初めて会ったそのときから、すぐに仲良くなった。

蓮見先生と奥さんの由利さんは二人ともお医者さんだ。

みんなが帰ったあとに、大介についてお父さんが教えてくれた。火事で両親と二歳下の妹が死んでしまったこと。二階から飛び降りて一人だけ助かって、そのあとに何ヶ月も入院していた病院で由利さんと仲良くなったこと。退院したあとは、親がいない子供たちのための施設に入った。

「施設」と聞いてドキッとした。だって私も、施設に入っていたかもしれない子供だったから。

小学校に入学する直前に、お父さんとお母さんがやけに真面目に話し始めたのを思い出す。私の両親は他の家と比べて年を取っている。そのことに小さいながらも気づいていたけれど、特に不思議には思わなかった。

ただ、お母さんと二人で街へ出掛けると、お店の人にお祖母ちゃんと孫に間違えられたりする。お母さんは平気な顔だ。

「誰が何と言っても私は寿々音のお母さんでしょう？　気にしないわ」

それを聞くと、私は何だか安心した。

だから、こんな話聞きたくなかった。私が本当の子供じゃないなんて。だけど六年生になった今では、きちんと話をしておこうというお父さんたちの気持ちが分かるようになった。

小学生になれば、私の世界は広がる。人から何か言われるかもしれない。正確なことを伝えた方が、私が混乱しないと考えたのだろう。

生まれたばかりの私は、柊(ひいらぎ)家の玄関前で見つけられた。手紙などもなく、そこに置かれていたそうだ。

子供がいなかった二人は、赤ん坊の私を自分たちの子供として育てようと決心した。その後、色々な手続きを経て、私を引き取った。まるでおとぎ話のような説明に、最初はポカンとしてしまった。

一年生になる私に分かるように話してくれたのだと思うが、だんだんとショックが広がり、頭の中がグチャグチャになった。

お父さんが私の目をじっと見つめたまま話している間、お母さんは私の手をずっと握っていた。

お父さんの話から私が分かったのは、赤ちゃんは、結婚したからといって必ず生まれるとは限らないこと。赤ちゃんを産んでも育てられない人がいること。だから、子供がいない人たちが、代わりに育てる仕組みがあること。

私を引き取って、とっても幸せだと思っているのが、お父さんの瞳とお母さんの手の温かさから、真っ直ぐに伝わってきた。

話を聞いたあとの生活は何も変わらなかった。

「本当の子供じゃない」という事実が、心と頭の中をいっぱいにして、寂しくて、不安で、自分がここにいられなくなるんじゃないかって思ったりもした。それに「私を産んだ人にとっては、いらない子だったんだ」と思うと、悲しくて泣きたくなる。その度に両親の顔を見て、心を落ち着かせた。二人ともいつも変わらず、にこにこと笑って暮らしていたから。

お父さんから言われて、一番心に残っているのは「世の中には色々な人がいるんだよ。みんなそれぞれの事情を抱えている。一人で生きていける人間なんていない。死ぬまでの間に必ず誰かを助けたり、助けられたりしているんだ。寿々音もそれを忘れずに生きていきなさい」という言葉だ。私もいつか、誰かを助けられる人になりたいと思っている。

柊家は長野県上田城の城主真田家に仕えた武将、柊忠泰の子孫という家系だ。父、源治郎で十五代目になり、代々ここ土筆町に根付いてきた。戦国時代は辺りの百姓を束ね武功を立て、軍師としても手腕を発揮したらしい。その一方、庶民文化にも精通し、能や狂言を催し、時代と共に剣舞や歌舞伎なども主催していたという。その名残が「緑のギャラリー」に受け継がれている。

柊家の広い敷地内には「記念塔」と「緑のギャラリー」という二つの特徴的な建物が存在している。

敷地に入り、右側の小道を進んで行くと、庭園に出る。私はここが大好きだ。お母さんが大事に世話をしている何種類もの薔薇が、春から秋にかけて庭園を彩る。

薔薇のアーチをくぐるのが嬉しくて何度も行ったり来たりしていると、「寿々音は本当にここが好きなのね」とお母さんが笑う。

一番のお気に入りはブランコだ。花々の甘い香りに包まれてゆらゆらと身を任せる。いつまでもこうしていたいと思ってしまう。

庭園を過ぎると、少し古くさい建物が現れる。「緑のギャラリー」と呼ばれる劇場だ。昔の映画を上映したり、年に数回演劇も催されたりする。学生や老人会などの素人演劇で、お客さんが満員になるのを見たことがない。

でも私はいつも楽しみにしていて、稽古のときからずっと見学させてもらっている。劇団員の熱気に包まれる空間が好きで、胸がワクワクした。だんだんと役になりきって、顔つきが変化していくのが分かる。全員が同じ目的に向かって一生懸命になっている様子は感動的だ。

上演が終わると、劇団員たちは「ありがとうございました」とお父さんに深く頭を下げる。お父さんは一人一人と握手をして見送った。昔々から、村人を楽しませるためにあった「緑のギャラリー」が、今も、人々の役に立っている。これってすごいと思う。

柊家の隣、もっと広い敷地を持つ的場邸がいつもの静けさとは違い、昨日から人が出たり入ったりし始めた。主である的場照秀さんが来るから、迎える準備が始まったのだ。的場さんはとっても偉い政治家だ。

「お父さんはいつか総理大臣になるのよ」

ときどき幼なじみの希海は自慢する。

土筆町の的場邸は別荘で、普段は、希海とお母さんだけが暮らしている。東京に住む的場さんと長男の秀平くんが夏休みに一週間ほど滞在するのが恒例だ。秀くんは東京の私立中学に通っている。「政治家の後取りだから、やっぱりエリートの学校へ行かせるんだろう」って誰かが言っていた。

希海は淋しいとか言わないけれど、本音はどうなんだろう？

家族の形は色々あると、自分のことも含めて分かっているつもりだ。子供にはどうしようもない。

同い年の希海は、私にとっては親友みたいなもの。右頰にだけえくぼがあるという共通点もある。

希海はえくぼが嫌いみたい。ときどき頰を膨らませて、えくぼを隠そうとしているのを知っている。お母さんから「えくぼは、赤ちゃんが可愛すぎて、神様が思わず頰をつっついた跡だという昔話があるのよ」と聞いたことがあって、すぐに希海に教えてあげた。それでも希海はえくぼが気に入らないようだ。私は神様がニコニコと微笑んで赤ちゃんのほっぺたをつついている様子を想像して、嬉しくなったんだけどな。

黒縁メガネと真っ直ぐな黒い髪のせいか、希海は大人っぽくてしっかり者に見える。弱音を吐いたりもしない。でもなぜか気になる。「私は味方だよ」っていつも思っている。

ベタベタしない性格の希海は、私を親友だと思ってくれているのか分からないけど。

的場さんは、笑っていても怖い感じがする。背が低くて目がギョロッとしていて少し太っている。奥さんはとっても綺麗だ。的場さんよりずっと若い。体が丈夫じゃないみたいであまり外に出ないから、たまにしか会わないけれど、物静かで優しい感じ。うちのお母さんみたいにおしゃべりじゃない。

秀くんは、性格も見た目も母親似なんだと思う。大人しくて、勉強もよく出来る。二歳上でもう中学生だから、私の同級生の男子より大人っぽいのは当たり前だけど、ほんとにまるっきり違う。話し方も優しくて、目がきらっとしていて、他の誰とも違うんだ。つまり、私の初恋の相手だ。

もちろん心の中で思っているだけで、誰にも言わない。希海にも内緒。

柊家と的場家は代々続くお隣さん。うちのお父さんと的場さんは同い年で、小さい頃からよく一緒に遊んでいたという。的場さんがどんどん偉くなっても、付き合いは変わらない。

お父さんは「照秀は大変な仕事をしているから、きっと気が抜けない毎日を送っているだろう。土筆町に帰ってきたときだけはのんびり過ごさせてやりたい」って言っていた。毎年、楽しそうに幼い頃の思い出話をして二人で笑っている。

蓮見先生の母、君子（きみこ）さんは的場さんの妹だ。だから秀くんと希海は、今三十歳の蓮見先生と、年は離れているけど、いとこという関係になる。

君子さんは、当時大人気の歌舞伎役者、蓮見道之助（みちのすけ）と結婚した。政治家の妹と歌舞伎役者の結婚となると、週刊誌やテレビでもすごく話題になったらしい。

蓮見先生にはお兄さんが二人いて、父親の道之助さんと共に歌舞伎の世界で活躍している。蓮見先生も子供の頃は舞台に出たりしていたという。でも、どうしても医者になりたいと言い出して、希望通りにお医者さんになった。親に反対されても自分の意見を貫き通したのは偉いと思う。

うちのお父さんは柊家の十五代目で、的場さんも父親の後を継いで政治家になった。

「家を継ぐ立場というものは、有り難くもあり苦しくもある。自分が見つけた道を進む生き方もあっていいと思うが、親としては悩ましいものだな」

と、前にお父さんが的場さんと話していた。同じような立場であったのも、二人がずっと親しくしている理由の一つかもしれない。

私も「十六代目」だと人から言われることがある。誇らしいような、気が重いような複雑な思いだ。お父さんは私に十六代目として柊家を守って欲しいと考えているのかな。まだ小学六年生だから、将来については想像も出来ない。柊家が大切なものを守っていることは分かっている。自分が引き継いで守っていけるかどうか、自信がないけれど。

的場さんは、はっきりと「秀平は後継者だ」と言っている。秀くんはどう思っているんだろう。政治家になるって決めているのかな。一度訊いてみたい気もする。

「寿々音、起きているの？　お父さんもう準備できているわよ」

いけない、早くしなくちゃ。ブラウスのボタンを留めて、デニムのジャンパースカートを着る。

鏡に映して苺の刺繍がちゃんと見えるように襟元を直した。「うん、これで良し」急いで階段を下りて和室に向かった。

毎朝欠かさずしているお習字の稽古だ。私は小学一年生のときに始めた。もう習慣になっているから、これをやらないと一日が始まらないって感覚だ。

和室に入ると、静かに墨を磨（す）っているお父さんが、チラッとこちらを見た。

「おはようございます。よろしくお願いします」

正座してお辞儀をする。稽古中はほとんど会話はしない。隣り合った机で、それぞれ黙々と文字を書く。私はお習字をしているお父さんの姿が好きだ。姿勢も文字もキリッとしていて格好いい。

墨を磨る時間も好きだ。あれこれ考え事をしながら磨ると、「集中」という声が飛んでくる。お父さんにはすぐに分かってしまうみたいだ。だから何も考えずにひたすら手を動かす。でも今日は、みんなが来る楽しみが胸に広がって、抑えるのが難しい。意識して表情を引き締めようと頑張る。墨を磨り終え、お父さんが書いてくれたお手本を真似（まね）て筆を動かす。

「希望の朝」今日の気持ちにぴったりの文字だ。半紙にゆっくりと筆を滑らせていくうちに、どんどん楽しい気分になってくる。

「何だか今朝の字は、踊り出しそうだな。もう少し落ち着いて書きなさい」

頭の上からお父さんの声が聞こえた。いつから後ろに立って見ていたんだろう。全然気づかなかった。あれ？　ということは、集中はしていたんだよね。怒られたりしないよね？

「書は心を表すというのは真実だな」

そう言ったお父さんの顔は少し笑っているように見えた。朱色の墨で、私が書いた文字に直しを入れて、

「今日はここまで。片付けなさい」

と自分の机に戻った。

「ありがとうございました」

終わりの挨拶をして、台所へ向かう。今度は朝ご飯の準備をするお母さんの手伝いだ。バターの香りがする。今日はパンの日だ。いつもはお味噌汁の匂いが漂っているけど、ときどきトーストとソーセージが添えられたオムレツの日がある。お母さんが街へ行く用事があると、パン屋さんに寄って買ってきてくれるのだ。今日は嬉しいことばかりだなぁ。

「寿々音ったら、トーストの朝食がそんなに嬉しいの？」

お母さんが笑いながら私の顔を覗き込む。朝食のせいだけじゃないけれど、私のウキウキは隠しきれないみたい。

でもさっきからチラチラと時計を見ているのに、なかなか時間が進まない。まだ朝の八時にもなっていない。何時に着くのかな？　大介、亜矢ちゃん、希海、そして秀くん。みんなの笑った顔を想像して、またニヤニヤしてしまう。

「楽しい夏休みになりますように」

心の中で、そう願いながら。

石田大介　*Daisuke Ishida*　十一歳

フロントガラスから見える景色の緑が多くなった。もうすぐ別荘だ。目的地が近づいたからか、運転席の蓮見先生がほっとしたように息をついた。

夏休みの一番の楽しみが始まる。

でも、昨日の夜もまた夢を見てしまった。あれからもう三年も経つのに。

「お兄ちゃん」

自分に向かって小さな手が差し出された。妹の美由紀は煙の中で顔を歪ませて、助けを求めていた。

サッカーチームの試合がある前日だった。夜中に突然、バンッという音がして目覚めた。二階の子供部屋で目を開けると、もやが掛かったみたいに部屋中が白く霞んでいた。ゴホゴホと咳き込んで息苦しい。何とも言えない嫌な臭いがする。とっさに枕元に置いてあったユニフォームを摑んで口と鼻を覆った。バチバチという音が聞こえ、じわじわと熱さを感じる。這うように廊下に出た。階段の方からもうもうと煙が上がって、赤い火が見える。とても下りられない。諦めて部屋に戻った。煙のせいで涙が次々と出てくる。

「お母さーん、お父さーん。美由紀ー」

叫んでも返事はない。無我夢中で窓を開けた。外を覗くと、何人かこちらを見上げているのが見えた。必死で手を上げた。

後ろからゴウゴウ唸るような音が聞こえて、背中が熱くなる。振り返ると炎が迫っていた。熱くて息苦しくて耐えられない。何も考えずに窓から身を乗り出した。あっという間に、体が地面に打ち付けられた。「お兄ちゃん」美由紀の声が聞こえた。

一階で寝ていた両親と妹は死んだ。美由紀の声も、助けを求めて伸ばされた手も幻だ。

二階にいた俺に見えるはずがない。それでも、美由紀の苦しげな顔が頭にこびり付いて離れない。家族を助けようとせず、自分だけ逃げ出した事実は消えない。

この苦しみは誰にも分かってもらえない。

入院生活は、寂しくて空(むな)しかった。何のために痛みを耐え、リハビリを頑張らなければいけないのか分からなかった。家族はもういない。たった一人の小さな妹も救えなかった。


「大ちゃん、見て。木がいっぱい」

後部座席の亜矢ちゃんが話しかけてくる。

「ほらほら、ちゃんと座ってて。危ないわよ」

隣で由利先生が優しく注意する。

蓮見先生と由利先生と亜矢ちゃんは、俺の大切な人たちだ。

担当医だった由利先生は、入院中いつも励ましてくれた。何カ所も複雑骨折をして、ベッドに寝たきりの生活だ。何もせず、何も考えない毎日を過ごした。少しずつ動けるようになると、周りの指示に従い、出された食事を味も感じないまま飲み込んだり、車椅子に乗せられて幾つもの検査室へ連れていかれたりしていた。リハビリが始まって、苦しいけど言われた通りにした。

でもある日、何をするのも嫌になった。食べるのも薬を飲むのも、もちろんリハビリも。看護師さんに話しかけられても返事もせず、由利先生とも口をきかなかった。

何も食べなくなって二日目の夕方に、病室に入ってきた由利先生が「大介くん、行こう」といきなり言った。看護師さん二人にあっという間に車椅子に乗せられ、屋上に連れていかれた。オレンジ色の空が目の前に広がっていた。

「良かった。間に合った。この夕日を大介くんと見たかったの」

由利先生の横顔が夕日に染まっていた。屋上は俺と由利先生の二人っきりだった。

「この世界には、どうしても避けられないことがある」

真剣な表情に変わった由利先生は、夕日を見つめたまま話し続ける。

「それは、人が死ぬことよ。私も大介くんも必ずいつか死ぬ。誰にも止められない」

そんなの分かっている。だから、家族が死んだことも諦めろと言いたいのだろうか。

「医師として、助けられずに目の前で亡くなっていく人を見るのは辛いわ。自分を責めたくなる。大介くんも同じ気持ちなのね?」

胸の奥がぎゅっとなり、一瞬息が出来なくなった。気がつくと目から涙が溢れ出ていた。どんどんどんどん涙が流れ出て、息が苦しくなって、声を上げて泣いた。

俺は家族がいなくなったのが悲しいんじゃない。自分だけ生き残ったのが辛い。由利先生は分かってくれている。

肩に置かれた手が温かかった。

由利先生の顔が近づいてくる。

「大介くんが死ななかったのには意味があると私は思う。ああ、このために自分は生まれてきたんだ、って実感する日がいつかきっと訪れる。だからあなたは生きなければならないのよ」

真っ直ぐに見つめる由利先生の目から涙が一筋流れ落ちる。

そのあと二人で黙って空を見ていた。涙はもう止まっていた。さっきまでの夕焼け空は、見る見るうちに夕闇へと変わっていく。

「太陽は明日も昇るのよ」

由利先生が言った言葉は、今でも大切に胸の中にしまってある。

次の日からは、リハビリも頑張った。

「由利先生を喜ばせたい。そのために頑張ろう」と思っていた。由利先生は、わずかな進歩でもすごく嬉しそうにしていた。その笑顔を見ると、心が温かくなった。だけど回復が進んでいくと、また気持ちが落ち込んできて、顔を見るのが辛くなった。

「大介くん、退院するのが不安なのね？」

退院したら、施設に入ることが決まっていた。それは仕方がないから我慢できる。

「この病院を離れるのが心細くなっちゃった？」

由利先生には心の中が分かってしまうみたいだ。でもそんなこと言えない。

「そうじゃない」

「私と会えなくなるのが寂しいと思っているのなら、心配しないで。蓮見先生と会いにいくから」

「本当？」

「約束する」

二人で指切りをした。

退院の日は、握手をして別れた。心配かけたくなかったから涙は堪えた。

施設の人たちは普通に優しかった。特別辛いことはない。ここしか自分の居場所はないと、八歳にしてすでに分かっていた。

由利先生が会いにきてくれると本気で思っていたかどうか、覚えていない。

一ヶ月後に、由利先生と蓮見先生が施設に来たときは、びっくりした。顔を見た瞬間、駆け寄って抱きついていた。由利先生は約束を守ってくれた。

週末に先生たちの家に招待されたときの喜びは忘れない。二階建ての家は、屋根が青くて、玄関の外に犬の置物があった。初めて会ったとき亜矢ちゃんは一歳だった。家の中をよちよち動き回る可愛い様子に、美由紀の小さい頃が思い出されて、胸がチクリと痛くなった。

白衣を着ていない由利先生は、普通のお母さんみたいで不思議な感じだった。月に一度泊まりにいき、よくしゃべって、たくさん笑った。

夏休みには、蓮見先生の知り合いの別荘にも連れていってくれる。今年で四回目になる。そこで出会った友達は、同学年の寿々音と希海、二つ上の秀平くんは希海のお兄さんだ。別荘は山の中で近くに湖もあって、信じられないくらい広い。森の奥まで探検してみたくなる。

それと寿々音の家にある記念塔も特別な場所だ。らせん階段を上っていって、重たい扉を開けると、眩(まぶ)しい太陽の光と涼しい風が迎えてくれた。初めて屋上に行ったとき「素敵でしょう?」と言った自慢げな寿々音の顔を今でも覚えている。

森の中でキラキラ光っているのは湖だ。遠くにミニチュアのような町並みも見える。立派な別荘を見下ろす眺めも面白い。

車の出入りや人が歩いている様子を上から眺めているのはいい気分だ。一人でいても不思議と寂しさを感じない。寿々音のお父さんは、自由にここに上ることを許してくれた。

でもただ一つ守らなければならない決まりがある。「塔の上にある小さな鐘は勝手に鳴らしてはいけない」ということだ。別荘に来るようになって三年だけど、鐘の音を聴いたのは二回だけ。誰が鳴らしたのか分からなかった。「特別な人だけが鳴らせる」と聞いたが、どういう人なのかとても気になる。

「さあ到着だ」

「わーい」

蓮見先生の言葉を聞いて亜矢ちゃんがはしゃぎ出す。

車が別荘の大きな正門を静かに入っていく。ここでは蓮見先生の家族として出迎えられる。その喜びと、友達と再会する興奮が心の中で沸き立っている。俺の特別な夏休みが始まる。

寿々音

車のクラクションが聞こえた。

「見てくる」

そう言って家を飛び出す。トーストの朝食を食べ終え、お母さん特製の野沢菜入り焼きそばのお昼ご飯が済んだあとも、なかなか到着の気配がなくて、机に向かっていても宿題はちっとも進んでいない。やっと着いた。誰の車だろう?

腕に当たる枝をかき分けながら、的場邸との境界線へ走る。境界線といっても背丈ほどの柵があるだけだ。息を整えながら柵の間から覗く。正門に回って出迎えてもいいのだけど、大人たちがたくさんいるし、何となく気恥ずかしい。だから毎年ここから、到着した人たちの様子を覗き見することになる。

黒塗りの車から秀くんが降りてきた。白いポロシャツに黒っぽい長ズボンが何だか大人っぽい。別荘から出てきた秀くんのお母さんがすぐに近寄る。続いて的場さんが降りてくると、周りの人たちが順番に挨拶している。

希海が小走りで車に向かってくるのが見えた。駆け寄ってしがみついたのは、運転席から降りてきた秘書の蛇田(みた)さんの腕だった。希海は大きな体の蛇田さんを慕っている。「みた」と呼び捨てにして、何かと命令をしているかと思えば、傍(そば)にくっついて歩き、甘えているようにも見える。

私は、大きくて目つきが怖い蛇田さんがちょっと苦手だ。苗字に蛇(へび)という字が付いているのさえ、恐ろしい感じがしてしまう。それは本人にはどうしようもないのだから、こんなふうに思ったらいけないと分かってはいるけれど。

希海は、的場さんには近づいていかない。希海には勝ち気なところがある。もっと素直になればいいのにと思ったりするのだ。まあ私も、素直に出迎えに行けないでここからこっそり見ているのだから、希海のことは言えないか。

また一台車が入ってきた。蓮見先生の車だ。中から由利さんと亜矢ちゃん、大介も降りてきた。亜矢ちゃんは去年の印象よりずいぶん大きくなっている。髪の毛も伸びて女の子らしくなって、ピンクのワンピースも良く似合っている。

大介のところに秀くんが近づいてきた。あれ？　二人の背が同じくらいになっている。去年は秀くんの方が高かったのに。

楽しそうだな。何を話しているんだろう。二人の笑顔が弾けるようで、こっちまで嬉しくなる。やっぱり挨拶に行こうかな。

振り返って走り出し、正門に回った。希海も加わって三人で立ち話をしているのが見える。

「おーい」

誰の名前を呼べばいいのか迷って、こんな呼びかけになってしまった。三人が一斉にこっちを見たので、急に恥ずかしくなる。

「寿々音、元気？」

秀くんと大介が同時に言って、笑い合う。

「うん、みんなも元気そうね」

大介がジロジロと私を見て、

「寿々音は全然変わってないな」

と少し偉そうに言った。

「本当だ」

秀くんもうなずいている。変わっていないってどういう意味？

この服が子供っぽかったのかな。

「すずちゃーん」

亜矢ちゃんが走ってきた。しゃがんで抱きとめる。亜矢ちゃんの髪が風に揺れて私の鼻をくすぐる。亜矢ちゃんはすぐに「気をつけ」の姿勢になって私たちの方を向いた。

「こんにちは。亜矢はもうすぐ五歳になります。いっしょにあそんでね」

しっかりした挨拶にびっくりした。

「うん、よろしくお願いします」

とっさに出た私の返事に、笑い声が上がる。

「この一年で亜矢ちゃんが一番成長したみたいだね」

「失礼ね。私だって背が二センチ伸びたし、成長してるよ」

笑って秀くんに言い返したけれど、胸がザワザワしている。私はクラスでも一番小さい。六年生に見られないことも多い。横には白い襟が付いた紺のワンピースを着た希海が立っている。黒くて真っ直ぐな長い髪、黒い縁の眼鏡がいっそう大人びて見える。

それに比べるとジャンパースカート姿の私は、確かに子供っぽいしオシャレでもない。おまけに亜矢ちゃんのワンピースの裾に私のブラウスと似た苺の刺繍が付いている。私は襟元の刺繍を手で隠した。

「じゃあまた夕方来るね」

後ろを向いて歩き出す。

「またあとでね」

秀くんの声が聞こえたけどそのまま進んだ。夜には的場邸の噴水広場で夕食会があって、私たち柊家も招待されている。

正門を出るときに振り返ると、三人が別荘の中へ入っていく後ろ姿が見えた。何となく仲間外れになった気分だ。

次々と入ってくる車からも人が降り立ち、賑(にぎ)やかさが増す。

私は、夕食会の準備に行き交う人たちの邪魔にならないように、端っこに寄って家へ帰っていった。

「乾杯」

的場さんの声を合図に、あちこちでグラスがぶつかる音が響く。空には星が輝き始め、夕食会の始まりだ。たくさんの食材が並ぶ中央のテーブルを取り囲むように、三つの大きな鉄板が置かれている。

白い帽子を被ったコックさんが、それぞれの鉄板でお肉や野菜を焼き始め、ジュッという音が上がる。全部で五十人くらいのお客さんが幾つかのグループに分かれて、木製の椅子に座りテーブルを囲んでいる。私たち柊家は、蓮見家と同じテーブルだった。

焼き上がったお肉が運ばれてきた。大介は由利さんが取り分けてくれたお皿から、お肉や野菜をせっせと口に運んでいる。私も負けじと食べ始めた。ああ、美味しい。ちょっぴりいじけた気持ちも吹き飛び、今はご馳走に専念だ。お母さんと由利さんは話をしながら、みんなのお皿に目を配ったり、亜矢ちゃんの口元を拭いてあげたりしつつ、自分も食事を進めている。大人って忙しいものだな。

その横では、蓮見先生とお父さんがビールを片手に楽しそうに話している。お父さんはもう六十歳を過ぎている。蓮見先生とは親子くらい年が離れているのに、まるで久しぶりに会う友達同士みたい。

だんだんお腹がいっぱいになってきた。ぼんやりと、少し離れたテーブルにいる秀くんの方を見ていると、

「寿々音、あっちにデザートがあるぞ。もらいに行こう」

大介が立ち上がった。

「亜矢ちゃんにも何か持ってくるからね」

大介は私の返事も待たずに歩き出す。

「蓮見先生とうちのお父さん、どうしてあんなに仲がいいんだろうね？　不思議」

まだ熱心に話し込んでいる二人の横を通り過ぎて、大介と並んだ。

「蓮見先生が子供の頃、この別荘に来るのが楽しみだったんだって。怖いお祖父さんがいたけど、土筆町が好きになったって言ってた」

「怖いお祖父さんがいたの？」

「蓮見先生のお母さんは結婚するとき父親に反対されたんだ。だから孫たちが来ても喜ばなかったらしいよ。それで蓮見先生のお兄さんは二人とも、別荘に来るのをやめたんだ。でも蓮見先生だけは毎年土筆町に来てた」

蓮見先生のお母さん（つまり的場さんの妹だ）が歌舞伎役者と結婚すると言ったとき、的場家は大反対したという話を聞いたことがある。生まれてきた孫にまで冷たくしなくても良いのに。何だか蓮見先生が可哀想。

「その理由は、柊さんに会いたかったからだって、蓮見先生が言ってた」

「うちのお父さんに？」

「そう。尊敬してるんだって」

父親がそんなふうに言われるのは、嬉しいような恥ずかしいような気持ちになる。

「柊さんの話を聞きたいのは、俺も同じだ。俺、記念塔の鐘やノートが何なのか知りたい」

真剣な声で言う。

記念塔の一階には、硝子張りで鍵の付いた重厚なケースが置かれている。中に入れられた何冊かのノートに柔らかなライトが当てられ、硝子がキラキラと反射する。

記念塔にはときどき人が訪れる。一人で来る人もいるし家族連れもいる。お母さんが鍵を開け、ノートを差し出す。受け取って静かにノートを捲っていくが、何かを見つけたのか急に動きが止まる。じっとノートに目を落とし、文字をさすり涙を流している。

そうした場面に大介も居合わせたことがあって、不思議に思ったのかもしれない。

「寿々音は知っているの？」

私がノートの話をお父さんに教えてもらったのは、二年前だ。

返事に困っていると、

「大ちゃん、ゼリーある？」

亜矢ちゃんが走り寄ってきた。

「亜矢ったら、大ちゃんのところへ行くって走り出しちゃって」

由利さんが後ろから追いかけてきた。

大介は亜矢ちゃんをすごく可愛がっている。

「みかんのゼリーとぶどうのゼリー、どっちがいい？」

しゃがんで亜矢ちゃんに尋ねる。それをニコニコと見ている由利さんを含めて、本物の家族みたいだ。

「寿々音、湖の方へ行こうよ。焚き火やるよ」

希海と秀くんがやって来た。二人はちょっと距離を取って立っている。久しぶりに会ったのだから仕方ないのかな。家族って色々だ。

希海と並んで秀くんの後ろから歩いていくと、湖の畔は、焚き火の炎とオイルランタンの優しいオレンジ色に染まっていた。焚き火を囲み、それぞれデッキチェアーにゆったりと座って、水面に映った白い月が揺れる様子や、ひとときも同じ形じゃない炎を眺める。薪がパチパチと爆ぜる音が耳に心地よい。眠たそうな亜矢ちゃんの頰を、希海が撫でているのが見える。私も思わずあくびをしてしまった。

「やっと解放されたよ」

野太い声がして目を向けると、的場さんが歩いてきて、お父さんの隣に座った。

「お疲れさん」

お父さんがビールを勧める。

「私は先に部屋に戻らせていただきます。明日は私も山にお供します」

後ろについていた蛇田さんが、緩んだネクタイを直しながら言った。

「分かってる。しつこいぞ」

不機嫌そうに手で払うような仕草をする的場さんに、深々と頭を下げて背中を向けた。去っていく後ろ姿はゴリラみたい。すぐに希海が追いかけて、大きな背中に飛びついた。蛇田さんは、希海の頭を撫でた。

「やれやれ」

的場さんは一気にビールを飲み干して、蓮見先生の方を見た。

「二人の兄さんたちは大活躍だな。せっかく歌舞伎の名門に生まれたのに、苦労して医者になるなんて、お前も馬鹿だな。わしだって出来るものなら政治家の家じゃなく、歌舞伎の家に生まれたかったよ。華やかな衣装で踊っていればいいんだものな。政治家は苦労ばかりだ。まったく羨ましいよ」

馬鹿って言うなんて、失礼だ。私は腹が立ってきた。蓮見先生は立派なお医者さんだ。大介を大事にしているし、私にもとっても親切だ。それに歌舞伎役者さんにも失礼な言い方だと思う。

「おいおい、役者だって楽じゃないのは分かっているだろう？　まったく口が悪いな」

お父さんが笑って注意する。もっと怒ってもいいのに、などと思ってしまう。

「だが、確かに照秀も大変そうだな。今年はこっちに来られないかと心配してたんだ」

この前、お父さんとお母さんが話していた。的場さんの側近が問題を起こして、困っているって。

「まったく頭が痛いよ。次から次に不祥事が起きて」

的場さんが目を閉じた。蛇田さんを見送って戻ってきた希海が、じっと見ているのに気づかず、的場さんは言葉を続ける。

「政治家になると私生活を奪われる。いつも誰かの視線にさらされる。ここだけが自由になれる場所だ。明日は山に籠もる。自然の中に身を置いて過ごしたい」

的場さんは広い山を所有している。毎年夏休みに土筆町に来ると、的場さんは必ず山に行って一日を過ごす。

去年、秀くんと大介と一緒に、山頂まで連れていってもらった。ジープラングラーという的場さんの車に、車好きの大介は目を輝かせていた。的場邸の東門を出て少し進むと、山に入る門がある。この門は常に施錠されている。ここが車で山に入る唯一の道だ。

「照秀は誰かが山に入るのを嫌う。防犯を考えているんだろうが、山を独り占めしたいんだろう」と以前父が笑って言っていた。

鉄製の門を通って、車は険しい道へと進んだ。

頂上までの道のりは楽しい思い出にはならなかった。窓を枝が叩く中、長い時間走った。とにかく揺れが激しくて、後部座席に乗った大介と私は、左右に揺れる体を支えるのに必死だった。大介は笑っていたけど、私は気持ち悪くなった。到着したときには、ぐったりしていたのを覚えている。二度と行きたくないと思ったが、的場さんは満足そうに、山頂からの景色を眺めていた。

明日も山に行くと言っている。

仕事の疲れを癒やしたいのは分かるけど、せめてここにいる間くらい、離れて暮らしている希海と過ごせばいいのに。

無表情の希海を見て、そう思った。

的場さんは機嫌良さそうに戻っていった。眠そうな亜矢ちゃんを連れて、由利さんとうちのお母さんも先に帰った。焚き火の周りに残っているのは、お父さんと蓮見先生と大介、秀くんと希海、そして私だけになった。

湖から吹く風に、炎が揺れる。煙が私を襲い、デッキチェアーを浮かせてカニのように移動した。

「こっちにおいでよ」

秀くんが笑いながら手招きしてくれた。希海と秀くんの間に座る。もう辺りは真っ暗で、見上げると満天の星だ。

「綺麗だね」

秀くんがため息を漏らした。

そのあと、しばらく無言で空を眺めていた。

「柊さん、記念塔のノートのことを教えてください」

火から離れて座っていた大介がいきなりそう言ったから、びっくりした。

「どう思う？」

お父さんが蓮見先生に尋ねる。

「大介も来年中学生です。話してやってください」

「お願いします」

大介は、立ち上がって頭を下げた。秀くんと希海もお父さんをじっと見ている。

「よし、じゃあ話そう」

焚き火に照らされ、頬を赤く染めたみんなの顔は期待に満ちている。

「記念塔のノートは正式には『柊家之記』という。中にはヒーローの名前が記されている」

お父さんが語り出した。二年前、私に星空の下で聞かせてくれた話を。そのときは今とは違って寒い冬空だった。

お父さんは年に何度も、一人で旅に出る。二年前の冬、キャンピングカーの旅に初めてついていった。私は一緒に行けるのが嬉しくて仕方がなかった。昼間、お父さんはたくさんの人に話を聞いて回った。半年前に起きた水害事故の話を聞いていたみたいだった。夜になると川岸にキャンピングカーを止めて、拾ってきた薪に火を点けた。冬のせいか周りでキャンプをしている人はいなかった。

「柊さーん」

遠くから声が聞こえた。シェパード犬を連れたおじさんとおばさんがこっちに向かってくる。私は犬の大きさにたじろいで、お父さんの後ろに隠れた。

「バルド、元気だったか」

お父さんが慣れた仕草でシェパード犬を撫でる。犬は嬉しそうに尻尾を振っている。

「ご苦労様です。お元気そうで何よりです」

おじさんとおばさんは、順番にお父さんと握手をした。

「娘の寿々音です」

と紹介されたので、ペコリとお辞儀をした。大きな犬はおじさんの横に大人しく座った。

「あなたが十六代目ね。どうぞよろしくお願いします」

おばさんが深く頭を下げたので、あわててもう一度お辞儀した。クリスマスプレゼントまでくれて、「お身体に気をつけて、これからも頑張ってください」と帰っていった。開けてみると、赤と白の縞々のマフラーだった。

「きっと手編みだよ。大切にしなさい」

お父さんに言われ、さっそく首に巻いた。

「あの人たち、お父さんの友達？」

「友達というわけではないな」

「私を十六代目って言ってた」

「そうだな」

私をじっと見て、温かいココアが入ったカップを渡してくれた。

「あの二人には息子さんがいたんだ。名前は篠田雅彦（しのだまさひこ）。命を懸けて人を救おうとしたヒーローだ」

星空を見上げてから、篠田雅彦さんの話をしてくれた。

雅彦は南アルプスの山岳パトロール隊だった。高校生のときに山の事故で同級生を失った経験が、進路を決めた理由だった。雪国で育った雅彦は、高校を卒業するとスイスに渡り、山岳救助犬の育成と捜索技術を学んだ。

雪崩（なだれ）で雪に埋まった人のわずかな匂いを感知して発見に繋（つな）がるよう犬を訓練する。正確に指示を与え、常に犬をコントロールする。また、自身の山登りやスキーの技術も磨かなければならない。子供の頃から犬や雪山を身近に育った雅彦でも、五年の月日を要した。

帰国して三年目、大きな雪崩が発生して、二十人が巻き込まれる事故が起きた。十七人は自力で下山したが、三人が戻らない。雅彦はそれまでに何度か捜索に加わり、人命救助を成し遂げてきたが、今回はもっとも困難な状況だ。二次災害の恐れから、捜索は翌日に持ち越される命令が下った。

雪崩に巻き込まれたのは高校の山岳部のパーティーだった。雅彦は命令に背き捜索に向かった。相棒の救助犬バルドを連れて。

だが雅彦は戻らなかった。天候が回復した二日後の朝、雪に埋もれ冷たくなった雅彦が発見された。その近くで三人の高校生も遺体で見つかる。教えてくれたのは、生きていたバルドだ。

高校生の死という最悪な結末に批判は溢れかえった。冬の登山を許可した学校だけでなく、無謀な救助に向かった雅彦にも批判が集中した。命令違反の上、結局は誰も救えず、浅はかな行動だったと。

「助けようとしたのに批判されるなんて、ひどいよ」

いつの間にか前に出て聞いていた大介が叫んだ。

お父さんが息を一つ吐いて、続けた。

「篠田雅彦は自分の中にある正義を貫いた。間違っていると言われても、行かずにいられなかった。きっと彼は後悔していないだろう。誰にも讃えられなくても、彼はヒーローだ。残された家族にも誇りを持って欲しい。そんなふうに、誰にも認めてもらえなくても素晴らしい行いをした人の名が、記念塔のノートに書かれているんだ」

「ノートは柊さんが始めたの？」

秀くんが尋ねた。

「いや、始まりはすごく昔なんだよ。寿々音、説明できるか？」

急に指名されドギマギした。柊家の歴史は旅に同行していた間に、少しずつお父さんから教えてもらっていた。

私は勇気を出して立ち上がった。

ノートの始まりは明治時代です。柊家十二代の柊誠一郎は、「東京大日新聞」の設立に関わり、自らも記者をしていました。引退した後は、実家がある土筆町に帰ってきました。そして、柊家の蔵から、ある書物を見つけました。戦国時代末期、二代目当主柊興忠によって書かれた「柊家之記」です。

それは、ただ人の名前が書き連ねてあるだけでした。誠一郎は、手を尽くして名前を調べるものの、一人として歴史に名が残るような人はいません。

ある日、土筆町で代々農家を営む老人が「書物を見せて欲しい」と訪ねてきました。そして書物の中に自分の先祖の名を見つけ「本当にあったんだ」と驚いていました。老人は先祖代々語り継がれた話を、誠一郎に話しました。戦国時代に戦で死んだ先祖の名前が記された書物がどこかにある。それは大切な者たちのために勇敢に戦った証しだと。

誠一郎は日記にこう書いています。

「戦で死んだ、幾多の足軽や下級武士。柊興忠はその名前をただひたすらに書き連ねた。書物に名を記されることが、残された家族には大きな意味があるのだ。興忠は死んでいった者や、その家族に想いを馳せていた。私はそれを継承しなければならないのではないか」

誠一郎はその後、記者生活で取材した事件や出来事を改めて調べ始める。すると当時気づかなかった人々の存在が見えてきた。

そしてノートは始まりました。

困難や危険も顧みず、人のために勇気ある行動をする人は、日本中にいるはずだ。誠一郎は調査の旅に出て、ノートに少しずつ名前が増えていきました。

誠一郎は生涯を終える前に、私財を投じて今の元となる記念塔を作り上げ、能楽堂も改修しました。柊家は代々それを守り「記念塔」と「緑のギャラリー」として残っています。

ノートは現在、十五代目柊源治郎まで受け継がれています。どこかで為されているかもしれない尊い行い、人知れぬヒーローを探しながら。

話し終えて、私は椅子に座った。お父さんを見ると、うんうんとうなずいてくれた。良かった。ちゃんと話せたみたいだ。

「十六代目は、寿々音ってこと？　すごいな」

大介が感心したように私を見る。そんなこと言われても困ってしまう。私に受け継ぐ資格があるかどうかも分からないし。

希海が耳たぶを触りながら足をブラブラと揺すっている。ノートの話にあんまり興味がないようだ。大介は興味津々で質問してくる。

「ノートには篠田雅彦さんみたいなヒーローの名前がたくさん載っているんですか？」

「ああ、そうだ」

「ノートを見にきた人たちは、ヒーローとして名前が書かれた人の家族だったんですね」

大介が、疑問が解けたみたいに目を輝かせる。

「本人が家族を連れて見にくることもある。ノートに記されているのは、命を懸けて死んでしまった人ばかりではない。周りから見たら小さな行いでも、誰かのためにした勇気ある行動は尊いんだ」

「どんなことをすれば、ノートに名前を書いてもらえるんですか？」

秀くんが訊くと、大介も身を乗り出して、お父さんの答えを待っている。

「それは自分で考えなさい」

「あの鐘はノートに名前が載った人が鳴らせるということなのか」

大介が塔を見上げて言った。

「さあ、もう寝る時間だ。片付けるとしよう」

お父さんが立ち上がった。

「また明日ね」

笑顔で手を振って別れた。明日もみんなと過ごせる。明日はどんな日になるかな。とっても楽しみだ。

的場希海　*Nozomi Matoba*　十一歳

今夜聞かされた話はどう考えたらいいんだろう。ヒーローなんて本当にいるの？　だっ

たら私を助けにきてよ。

脇腹の痣を見下ろして思う。

父親と兄に会うこと自体は全く嬉しいと感じないけれど、二人がこっちにいる間は、私が傷つく心配はない。人には表と裏の顔があると、私は母親から教わった。痛みと共に。

母は私を嫌っている。叱られたり罵られたりする度に、自分が悪いからだと思った。嫌われないように良い子にしようと努力した。でも無駄だった。何をしても結果は同じ。良いことをして他人に褒められたら、あとで「良い子のフリが上手ね」と嫌味を言われ、「性格が悪い」と罵声を浴びせられた。そして服で隠れる部分を、定規で叩いたり何度も何度も強くつねる。

人の目があるときは優しい母親が、二人きりになると豹変する。無視されるのは、全然辛くない。むしろ歓迎だ。私だって口もききたくない。怒りをぶつけてくるときが怖いのだ。

「あんたさえいなければ、秀平と暮らせたのに」

「押しつけられて貧乏くじを引いたわ」

「秀平が助かると分かっていたら、あんたなんか要らなかった」

兄の秀平は、生まれつきの心臓病で、幼い頃にアメリカで移植手術を受けた。

大人たちが「秀平くんが助からなかったときのために、奥さんは無理をしてもう一人子供を産んだ」と話しているのを聞いた記憶がある。兄さえいれば、私など不要ということだ。

母が「東京で暮らしたい。秀平と離れているのは淋しい」と頼んでも父は認めなかった。

「希海がいるじゃないか」

「あの子も連れていけばいいわ」

「あいつは目付きが気に入らん。うちには合わん。絶対に駄目だ」

父はきっぱりとそう言った。私は両親に嫌われている。

秀平は優しい性格だが、兄と慕う気持ちにはなれない。兄妹なのに、秀平だけが何もかも持っている。周りの大人たちも後継者としてチヤホヤする。皆、私を蔑ろにする。

体の傷を知られないため、母は私の健康診断や予防接種を往診で受けさせた。母に命じられた医師は、こんなふうに言った。

「カルテを見ると、あなたは生まれてすぐに徹底的に検査をされている。普通はこんなに検査はしない。お兄さんの病気のことがあったからだね。ご両親は、あなたが健康で生まれたことを喜んだはずですよ」

いつ両親の心は変わってしまったのか、などと悩んだりもした。でも結局、医師は虐待を見過ごす罪悪感を和らげるために言っただけだと気づいた。

そんな中で、蛇田だけは他の大人と違う。私にも丁寧な言葉遣いで接する。母との間に起こっている出来事にも気づいていた。

だからといって、母の行為をやめさせることは蛇田にも出来ない。

それでも救われたのだ。蛇田の眼差しに。

慰めや誤魔化しの言葉など一切ない。ただ見てくれている。

大きな胸に飛び込むと安心する。私という存在を蛇田だけが認め、受け止めてくれていると感じる。

今夜、十六代目だと言われ、寿々音ははにかんでいた。皆が養子だと知っている。本当の子供じゃなくても、寿々音は大切にされている。あの子は恵まれている。私とは違う。

今、私がわずかに縋れるものは、蛇田の存在だけなのだ。


―――　大　介　―――

すっかり目が覚めてしまい、部屋を出て、みんなの眠りを妨げないよう静かに廊下を歩く。薄暗い階段を下りると広い共有リビングがある。低いテーブルを囲む革製のソファーに人影はない。隅にある、背丈よりも高い振り子時計は五時二十分を指していた。

蓮見家は、母屋から少し離れた的場邸のゲストハウスに泊まっている。

後ろには湖が広がり、周りはブナ林に囲まれている。ゲストハウスは四家族が泊まれる造りになっていて、それぞれ二つのベッドルームがあり、シャワーやトイレも備えた贅沢な建物だ。今、蓮見家の他に泊まっているのは医師の杉山さんという夫婦だけだ。

杉山さん夫婦は去年も一緒に滞在していた。年齢は蓮見先生たちより十歳くらい上で、奥さんの直美先生は、土筆総合病院の院長をしている。寿々音や希海も熱を出したりすると診てもらっているらしい。秀平くんたちは、直美先生の父親が以前やっていた白川産科医院で生まれたと聞いた。二代続けてお世話になっているお医者さんだ。

ここに来ると、家系とか後継ぎとかの話を耳にする。秀平くんと希海や寿々音も、代々続いている家の子供だ。後を継ぐと決めつけられるのは、大変そうで気の毒な気もする。

蓮見先生のように、親と違う職業に就く人もいる。

死んだ父親は調理師だったけど、俺は将来、どんな仕事をするのだろう。

リビングの重いガラス戸を開けてウッドデッキに出た。天気予報が外れて、今にも雨が降りそうだ。上から吊されたハンモックチェアーに揺られながら考えても、大人になった自分を想像できない。

今、頭の中にあるのは、将来よりも、ヒーローについてだ。

昨夜の話を聞いてから、興奮が収まらない。焚き火が怖くて後ろにいたけど、話に夢中になって、気がついたら前に出ていた自分に驚いた。

家族が死んで八歳から施設で暮らすようになった。他の子たちもそれぞれの悲しい理由があって、施設に来ている。ときどき暴れたり泣き出したりする子はいたが、それなりに穏やかな日常だ。どちらかというと、学校の方が、いじめや偏見などの問題が起こる。施設の子だからと言われるのが悔しくて、いつも強がっていた。

ただ、弱い者いじめだけはしなかったし、している子は許せなかった。特に同じ施設の子供に何かあると、相手が上級生でも向かっていった。やり過ぎて、施設長と一緒に謝りに行ったり、時には返り討ちにあったりもした。

今年の春、ある出来事があった。放課後、校庭で手打ち野球をした。ベースはホームベースと一塁と三塁の三角形。ゴムボールを手で打ち、得点を争う遊びだ。

クラスのリーダー的存在の子が、運動が得意な子ばかりを自分のチームに集めた。野球が上手い俺も指名されたが、断って弱い方のチームに入った。戦力の差は歴然だ。あからさまに差別している感じが気に入らない。

始まる前に、仲間たちに作戦を伝え、アドバイスをした。

でも誰一人打球をキャッチ出来ず、転がるボールを追いかけているうちに、どんどん相手チームの得点が重ねられる。

ピッチャーの俺は悔しくて、打球が飛ぶと「左に走れ」とか「もっと後ろ」と大声を出す。得点の差は広がるばかりで、「下手っぴばかりだな。つまんないからやめようぜ」というリーダーの一言で試合は終わった。仲間が馬鹿にされて、腹が立った。

だから、黙って帰ろうとするチームメイトを「負けて悔しくないのかよ。練習しようぜ」と呼び止めた。

「嫌だよ。別に僕たちは負けたっていいんだ。ただの遊びだろう？」

気力のない返事にカッとなる。

「そんなんだから、いつも馬鹿にされるんだ。もっと頑張れよ」

「そんなに勝ちたいなら、大介が全部三振取ればいいじゃないか。負けたのを僕たちのせいにするなよ。こっちのチームに入ったのは威張れるからだろう？　本当は大介だって僕らを馬鹿にしてるんだ」

ショックだった。仲間のためと思っていたつもりが、負けた悔しさをただぶつけていただけだと気づかされた。弱い者いじめは許さないと正義を掲げたくせに、自分の意見を押しつけて弱い者を利用していたのは、俺だった。そんな自分が嫌いになった。

それから夏休みまで、学校ではほとんど一人で過ごした。誰からも遊びに誘われない。

昨夜から、心の中で叫んでいる。「ヒーローになりたい」

ノートに「石田大介（いしだ）」と名前が載ったら、自分を好きになれるかもしれない。火の中から一人で逃げ出してしまった自分を変えたい。俺はどうしてもヒーローになりたい。

的場秀平　*Shuhei Matoba*　十三歳

独房へ向かうヒルツは仲間からグローブとボールを受け取る。胸を張り独房に姿を消すと、ボールが壁に当たるリズミカルな音が鳴り続く。

エンドロールと共に軽快なテーマ曲が「緑のギャラリー」に流れる。去年のリクエストを忘れずにいてくれて嬉しかった。

大好きなアメリカ映画『大脱走（だいだっそう）』、昔の映画だ。

捕虜になった連合軍の兵士が力を合わせてドイツ軍の収容所から脱走する。個性的な登場人物がたくさんいるが、僕はスティーブ・マックイーンが演じる陸軍大尉ヒルツが大好きだ。最初は単独行動を貫いていたヒルツが、次第に大量脱走を企む仲間に協力していく。犠牲をも厭わない行動もさりげなく実行する。終盤オートバイで柵を跳び越えるシーン、ドイツ軍の銃口に囲まれながらも、不敵に浮かべる笑みが目に焼き付いている。

もう一つ好きなシーンがある。独房でコンクリートの床に座り壁に向かってボールを投げる。跳ね返ったボールをグローブでキャッチしてまた投げる。ただ繰り返すその姿が無性に格好良く見えた。

自分でも真似をしてみたが、何回やっても思うようにボールをキャッチ出来なかった。憧れと現実は違う。ヒルツみたいな男になりたいと願っても、自分には無理だと分かっている。

祖父や父のように、政治家になると周りは思っている。

的場家の長男として生まれた宿命は、充分に理解しているつもりだ。大人たちは腫れ物に触るように接してくる。幼い頃、心臓の移植手術を受け、生命の危機を乗り越えたことも影響しているかもしれない。特別扱いにも慣れてしまった。母や妹とも離れて暮らし、父は多忙でほとんど家にいない。住み込みの家政婦さんに家庭教師の先生、秘書の蛇田さんと取り巻きたち、いつも誰かしら近くにいた。そして自分の価値を見定めるような視線が注がれる。いつしか「監視され、全て父に報告されている」、そんな恐怖に怯えるようになった。

的場家の長男らしく堂々としていなければならない。失敗してはいけない。善い振る舞いをして誰にでも親切にした。父に認められたいという思いが、自分の行動を支配している。

周囲の大人たちは「秀平坊ちゃんは優秀で気性も穏やかで素晴らしい」と父に向かって言う。

だけど、父は眉間に皺を寄せ「男は強くなければ駄目だ。時には人に反抗してでも信念を貫くような強さ。秀平にはそれがない。もっと鍛えなければ」と言い捨てた。

昨夜聞いた柊さんのヒーローの話と、観終わったばかりのスティーブ・マックイーンの姿が重なる。

ヒーローなんて僕とは遠い存在だ。

胸に手を当てて鼓動を確かめる。僕は命をもらった。見知らぬ幼い命が失われたことで、今僕は生きている。別の子の物だった心臓が、僕の中で動いているのだ。僕にとっては、心臓の持ち主だった子と、移植を申し出てくれたその子供の両親がヒーローだ。

その人たちに恥ずかしくない人生を送りたい。

灯りが点き始めた劇場で、そう強く思った。

「面白かった」

前列の席で観ていた寿々音が振り向いた。隣で希海もうなずいている。

大介が気に入るのは確信を持っていたけど、女子にはどうなのか少し心配だった。

「ちょっと聞いてくれ」

大介が興奮気味に近づいてきた。

「みんなでヒーローノートに載らないか?」

何かが始まる予感がする。ワクワクして胸が躍る。僕は期待を込めて三人の顔を見回した。

寿々音

大介が、ヒーローノートに載ろうと言い出した。さっそく的場邸に移動して、作戦会議が始まった。

的場邸は、人の気配がなく静かだ。的場さんは蛇田さんをお供に、予定通り朝から山に出掛けていた。

エントランスホールには二体の銅像が立っている。確か希海たちの祖父と曽祖父の銅像だ。その間にトロフィーやら賞状が飾られ、本棚には難しそうな本がたくさん並んでいる。ふかふかなソファーは居心地が良くて、大きなテーブルもあるから作戦会議にはちょうど良い。

「お母さん、具合悪いの？」

いつもは出迎えてくれる姿がないので、希海に訊いた。綺麗な洋服で優しい笑顔、それが希海のお母さんの印象だ。

「ううん、今日、お兄ちゃんと出掛けたかったらしいけど、断られたから、シュンとしているだけ」

「え？　私たちのせい？」

たまにしか会えない息子なのに、悪いことをしてしまった。

「寿々音が気にしなくていいよ。中学生だし、母親と出掛けるっていうのもな」

秀くんが大人ぶる。

「母親って、息子が大好きな生き物らしいよ」

希海が黒縁メガネを人差し指で直しながら言った。

「さあ、会議を始めよう」

大介は張り切っている。

「ノートに載るって本気なのか？」

「何をするつもり？」

「人助けでもやろうって言うの？」

皆が口々に尋ねる。

「具体的に何をやるかはまだ分からない。でも絶対何か出来ることがあるはずだ。みんなで考えようよ」

顔つきを見ただけで真剣さは伝わる。だけどそんなに簡単ではない。私たちに何が出来るだろう。

「この近くに助けが必要な人がいるだろうか？」

秀くんが腕を組んで考え込む。

「寿々音に嫌がらせをしている人を見つけるのはどう？」

希海がそう言い出したから、二人は驚いている。

「嫌がらせされているのか？」

知られたくなかったけれど、仕方ない。

「ときどきね」

「何をされてるんだ？」

「変な手紙が置かれているだけ。この間は『すずねは、うそつき。すてられた子』って定規で書いたみたいな文字の手紙だった」

「ひどいな」

「大丈夫。気にしてない」

一年くらい前から、変な手紙が置かれるようになった。本音を言うと嫌な気分だ。

「一体誰がそんなことするんだ」

大介が憤慨している。

「寿々音が捨て子だってことは、みーんな知ってるから、誰がやったか探すのは難しいか」

希海は何でもズバッと言うところがある。それに自分で言い出しておいてあっさり諦める。希海の言い方には慣れているから平気だ。でも前に一度だけ本気で怒ったことがある。

希海と私には秘密の遊び場所があった。希海は的場邸の端っこにある納屋に玩具(おもちゃ)を持ち込んでいた。おままごとセットや着せ替え人形やぬいぐるみをしまい込んだ段ボール箱を、私たちは「夢の箱」と呼んだ。

納屋は、古い物がたくさんあるせいか、少し臭いし薄暗かったけど、二人きりで遊ぶのは楽しかった。何より、二人だけの秘密があることにワクワクした。

「夢の箱」から一つずつ玩具を取り出すことから、遊びは始まる。

懐中電灯をいくつも立てて、お人形の舞踏会をしたり、ぬいぐるみの犬を、隠れて飼っている本物の犬として可愛がったり。

四年生のとき、いつものように玩具を取り出していると、突然、黒い物体が私の顔をめがけて飛んできて、思わず悲鳴を上げた。足元を大きなネズミが通り過ぎるのが見えた。

あわてて納屋を飛び出し、必死に走って逃げた。

そんな私を、希海は大笑いしたのだ。ものすごく怖かったのに笑うなんてひどい。

「もう絶交する」と宣言した。でも絶交は三日と持たなかった。

なぜか希海を許してしまう。

ただ、それ以来、ネズミが怖くてどうしても納屋には入れなくて、二人の秘密の遊びは終わってしまった。

「寿々音」

大介の呼びかけにハッとして顔を上げる。

「手紙のことは改めて考える。いいな、ちゃんと俺が考えるから」

きっぱりした力強い言葉に、思わずうなずいた。

少しの間、皆黙り込んで考えたが、正義のヒーローには簡単になれそうもない。

「この本に何か載っていないかな」

秀くんが本棚から、分厚い本を持ってきた。

『土筆町の歴史』。町役場が作って、住民に配布したもので、うちにも一冊置いてある。土筆町の航空写真が見開きいっぱいに掲載されていて、町についての色々な出来事が載っている。

「これ記念塔だ」

大介が航空写真の一部分を指さす。私も初めて見たときに、同じように記念塔を見つけて嬉しかったのを思い出す。

「何か参考になるものはないかな？　この町で昔から困っていること、例えば動物の被害とか」

ページを捲って見ていく。

「土筆町の河童伝説」という記事を大介が指さす。

「この辺りって河童が出ると言われているの？」

「うん。お父さんに聞いたことがある。山の谷に流れている川に河童がいるって。河童はイタズラ好きで、何をされるか分からないから近づいちゃいけないって」

「河童は夜になると川を下って、カルガモや白鳥の雛(ひな)を襲うらしいよ」

希海が何だか嬉しそうに言った。

「最近、カルガモが少なくなったってお父さんが言ってた。毎年親子が並んでいっぱい泳いでいたのに」

「それ、河童にやられたのかも。ねえ、河童って捕まえられないかな? 河童の好物がキュウリって本当?」

大介が変なことを言い出した。

「違うんじゃない?」

「どうだろう」

話をしているうちに、思い出した。

「あのね、金森(かなもり)商店のお婆さんが大事なものをなくして元気がないって聞いたの」

「急に何の話だよ。金森商店って?」

大介が話をそらされて、ちょっと不機嫌そうだ。

「この辺の家へ食料品とかを配達してくれるお店。この間おじさんが配達に来たとき、お母さんに話していたの。お婆さんは、河童が持っていったに違いないって言ってるって」

「また河童の話?」

秀くんがあきれたような声を出す。

「お婆さんは大事なものを河童に取られて困っているんだよね？」

大介が体を乗り出して私に確認する。

「そうみたい」

「お婆さんに話を聞きにいこう」

「待って」

大介は今にも走り出しそうだ。

「だってカルガモの雛を襲うし、お婆さんの大事なものを盗んだんだよ。河童をやっつけて取り返そう。河童大作戦だ」

大介はもう作戦名まで決めている。何だか面白そうな気がしてきた。

「もう夕方だ。雨も降ってきたし、お婆さんのところに行くのは明日にしよう」

冷静な秀くんの言葉に、大介もうなずいた。

明日の約束を交わして、別れた。明日がどんな日になるのか、とても楽しみだ。私は降り出した雨にも構わず、スキップしながら家へと向かった。

希海

「これから一緒に東京に行くぞ。希海もたまには行きたいだろう？」

父に突然言われたときはうんざりした。「どうして？」と訊いても、はっきり答えない。後ろで、蛇田はいつも通り無表情で立っていた。父が部屋を出ていったあと、蛇田が理由を教えてくれた。

週刊誌に「田舎に住む娘とはほとんど会っていない。息子と娘に対する扱いが違いすぎる。歪んだ家族関係」という批判記事が出るというので、対抗策を考えた。別の出版社の雑誌に、娘と東京で楽しく過ごす様子を報じさせるという蛇田のアイデアだ。蛇田の意見には従うけれど、ちょっとだけワガママを言いたくなった。

「仲の良い親子の振りをすればいいのね？」

「お嬢さんは物分かりがいい。やはり賢いお方だ」

「その代わり、蛇田の家に行ってみたい。それが駄目なら東京に行かない」

少し考えてから蛇田はうなずいた。河童大作戦なんて興味ないし、東京行きが楽しみになった。

取材は簡単だった。自分が思っている反対を言えばいいからだ。ニコニコして質問に答える。ただ、記者のある言葉に、思わず小さく舌打ちをしてしまった。

「生まれ持っての大病を克服されて良かったですね」

秀平と間違えている。訂正しようとしたが、隣の父が私の頭を撫でながらすぐに答えた。

「子供が健康でいてくれるのが親としては一番嬉しいことです」

私は黙ってニッコリ笑ってみせる。

写真撮影では、両親の真ん中で微笑み、父の腕を組んで甘えるようなポーズをした。取材が終わると、記者は「お嬢さんはとてもしっかりしていて、先生も将来が楽しみですね」などと調子のいいことを言っている。

私がいい子にしていたので、父は上機嫌で、蛇田と出掛けるのを許してくれた。

原宿(はらじゅく)の通りをブラブラして、可愛いTシャツを買ってもらったあと、車で蛇田の家へ向かった。そこは煉瓦(れんが)造りのマンションだった。

「へえ、こんなところに住んでいるんだ」

キョロキョロと辺りを見回す。

入り口の前にある郵便ポストの脇で、人がしゃがんでいる。立ち止まって見ていると、お婆さんが花束を置いて手を合わせた。

蛇田は気にもせずに、マンションに入っていく。

「あの人、何しているの？」

急いで追いかけて尋ねた。

「事故などで人が亡くなった場所に花を置く人がいますが、さっぱり意味が分かりませんね。それで死者が喜ぶと思うなんて、ただの自己満足です」

エレベーターに乗り込み、八階を押しながら、蛇田は不機嫌そうに答えた。

この近くで誰か死んだのだろうか。少し気味が悪い。蛇田はお婆さんなんて気にも留めていないようだ。冷たい人だと感じるが、私には優しい。私は特別なんだと思うとそれも悪くない。

「お嬢さんをここに連れてくるなんて、思ってもいませんでした。ここには妻も来たことがない」

「家じゃないの？」

「入れば分かります」

最上階でエレベーターは止まった。

蛇田は部屋の鍵を開け、扉を開くと「どうぞ」と私を中へと促した。

いきなり目に入ってきた光景に思わず後ずさる。背丈ほどある蛇の剥製(はくせい)がこちらを睨(にら)んでいる。今にも飛び掛かってきそうだ。

「ここは私のコレクションルームです」

蛇田は私を見て微笑む。

剝製を避けながらリビングに入った。高層の窓には、初めて見る都会の風景が広がっていた。でも私を驚かせたのは景色ではない。部屋の至るところに蛇がいた。壁に掛けてある時計の針も、ガラステーブルの脚も蛇の形をしている。クッションの柄も蛇、壁の棚にも蛇のグッズが沢山並んでいた。

「いくら苗字に蛇が付いているからって、集めすぎでしょ」

「嫌われがちですが、昔から蛇のモチーフは縁起が良いとされているんです。弁財天の化身とされ、身につけていると金運が良くなると言われています。隣の部屋にもまだたくさんありますが見ますか？」

もう充分だ。すぐさま首を振った。でも次第に笑いがこみ上げてきた。蛇に囲まれて怯える自分も可笑しいし、せっせと蛇のグッズを集めている蛇田も変すぎて笑える。笑い転げる私を見る蛇田の困った様子も面白い。

「ねえ、小さい頃から蛇が好きだったの？」

ようやく笑いが収まり、訊いてみた。

「いいえ」

「じゃあ何で集めているの？　お金持ちになりたいから？」

そっぽを向いているだけで答えない。

「どうして？　教えて」

答えが聞きたい。一歩も引かない私に、

「楽しい話じゃないですよ」

と断ってから話し始めた。

『私の父親は小さな印刷工場を経営していた。不幸は父親が親戚の保証人になったことから始まった。私が小学四年のときだ。工場も家も失い、生まれた町を離れた。母もいつしか姿を消し、父と二人で借金取りから逃げながら各地を転々とした。ある町で、骨董屋さんに飾ってある蛇の剝製を、父はいつも立ち止まって見ていた。

「父さん、あの剝製好きなの？」

「子供の頃、爺さんにいつも言われていた。蛇田家にとって蛇は守り神だ。あの剝製が手に入れば、暮らしも少しは良くなるかな」

高価な剝製など買えない。父の言葉とうなだれた姿が頭から離れない。ある日、私は店主の目を盗んで、剝製を抱きかかえて逃げた。家に帰った私を、父は殴った。二人で骨董屋に返しに行ったときの惨めさは今も忘れていない。

その三日後に、借金取りに居場所が見つかり、追い詰められて父は首を吊って死んだ。私は父を恨んだ。あの蛇の剝製を手元に置いていれば守り神になってくれたのにと。

その後、親戚をたらい回しにされながら中学を卒業し、気づいたときには裏社会が私の居場所だった。二十二歳のときに、ふらっと入った骨董店で蛇の剝製を見つけた。非売品と書いてあったが、半ば脅すようにして手に入れた。

その日の夜、クラブの用心棒をしていた私は、的場から声を掛けられた。

「こんなところでくすぶっていないで、わしのボディーガードにならないか？」

運命が変わった瞬間を、守り神がもたらしてくれたと思った。それからは、目に付いた蛇の物は必ず手に入れることを貫いている』

蛇田にも物語があった。

「私も守り神が欲しい」

「私はお嬢さんが羨ましい」

思いもしない言葉にカッとした。

「どうして？　こんな目に遭っているのに？」

服を捲り上げて、背中の痣を見せつけた。蛇田は表情を変えない。

羨ましいなんて言って欲しくない。蛇田だけは、私の気持ちを分かってくれていると思っていたのに。

「お嬢さんはご自分が手にしているものが、どんなに価値のあるものか理解していますか？」

「手にしているもの？」

私に何があるというの。反発するように睨み返す。

「的場家の財力、名誉、そして権力です。これらは努力したからといって得られるものではない。生まれた瞬間からお嬢さんに与えられた幸運です」

「的場家の後継者は秀平よ。私なんか」

「まだ決まったわけではありません。秀平さんは優しすぎる。政治家には向いていないと私は思います。それに比べてお嬢さんは、苦しみを味わっている分、強い心を持っている。いつか自分を苦しめた者に復讐することも出来る。権力さえ手にすれば、人は皆ひれ伏します」

私の前でひざまずく母の姿が頭に浮かんだ。今まで考えてもみなかった。

「お嬢さんは選ばれた人なのです」

「選ばれた人？」

親にも愛されず、邪魔にされている私が？

「欲しいものは自分の力で手に入れなければいけません。私はお嬢さんの味方です。一緒に進んで行きましょう」

信じてみようと思った。蛇田が味方でいてくれるなら、母の仕打ちにも耐えられる。私には未来がある。強くなって見返してやる。

「分かった。じゃあ欲しいものがある。お守りとして蛇のものを一つ頂戴」

蛇田は返事をしない。でもどうしても欲しい。

「一生のお願い」

「分かりました。私にとっても、大切なものです。どれでもってわけにはいきませんよ」

うなずいて、棚を順番に眺めていく。最初に目に付いたのはナイフだった。手で持つところに蛇が付いている。いかにも強そうで「守り神」という感じがする。刃もピカピカで綺麗だ。

アクセサリーもいいな。指輪やブレスレットが並んでいる棚の前に立つ。一番奥にあるくすんだ色の指輪が気になる。

「あれ見せて」

指さすと、蛇田は取り出したものの、手に取ったまま離さずにいる。

「早く見せて」

手を伸ばすと、やっと手渡してくれた。よく見ると顔が三つある。三匹の蛇が絡み合いぐるっと一周している。鱗や目がリアルだ。他にも似たようなデザインの指輪が幾つかあるけれど、これは蛇の顔がちょっと可愛く見える。見ているうちに愛着が湧いてきた。

「これがいい」

「シルバーで価値のあるものではないですよ。もっと他にもいいのがあるでしょう?」

「これじゃなきゃ嫌。お願い」

ますます欲しくなって、必死に頼んだ。

「分かりました。そうですね。この指輪は、お嬢さんにお似合いかもしれません」

蛇田がようやく聞き入れてくれた。まだ私には大きすぎる指輪にチェーンを通して、首に掛けてくれた。これならずっと着けていられる。服の下にすれば誰にも見つからない。

今夜は父の家に泊まって、明日土筆町に帰る。秘密の宝物が出来た嬉しさで心がいっぱいだ。

母のひどい仕打ちから、この指輪が守ってくれたらいいのに。叶わないと分かっていても、願いを込めて、指輪を強く握った。

秀　平

朝になると、昨夜まで降っていた雨はすっかり上がっていた。

突然、希海を東京へ連れていくと父から聞かされ、自分も帰らなければいけないのかと不安になったが、「秀平は予定通り、こっちに残っていい」と言われたのでホッとした。

うちの家族は別々に暮らしている。それは大人の都合で、僕や希海にはどうすることも出来ない。僕は男だから我慢するけど、希海は淋しいんじゃないかと、いつも心配している。もちろん母親と一緒なんだから大丈夫だと思うけど、本心では家族揃（そろ）って暮らしたいと思っているだろう。希海にとって、今日は両親を独り占め出来る、貴重な時間になるかもしれない。

今日はみんなとの約束がある。僕にとって大切な一日だ。

寿々音と大介に、希海が両親と東京へ行ったと伝えると、二人とも残念そうにしていた。

でも金森商店へと歩き出すと、気持ちは大介が名付けた「河童大作戦」でいっぱいになった。

金森商店に着くと、おじさんが離れのお婆さんのところに案内してくれた。

「河童は、いたずら者なの。それにキラキラ光る物が大好きなの」

お婆さんは、布団に横たわったまま、ため息をついた。弱々しい声で心配になる。

「なくした物は何ですか？」

寿々音が優しく尋ねた。元気がない様子に同情しているようだ。

「お爺さんにもらったペンダント。贈り物はあれ一つだけなの」

仏壇にちょっと怖そうなお爺さんの写真が飾ってある。ペンダントをもらったとき、お婆さんはきっとすごく嬉しかったのだろう。

「どこでなくしたか分かりますか？」

「川に赤ミズを採りに行って、帰ってきたらなかったの」

「赤ミズ？」

「山菜だよ。赤ミズは夏でも採れるんだ。ついこの間まで元気に採りに行ってたのに、ペンダントがなくなって、急に寝込んでしまって」

傍でおじさんが説明してくれた。

「ペンダントは首に着けていたんですか？」

「そうよ。いつも肌身離さずにね」

「じゃあ、俺たちが河童から取り返してきます」

大介が元気よく宣言した。

「きっともう見つからないわ」

子供みたいに泣き始めた。

「婆ちゃん、飯も食わなくなって、俺も困ってるんだ」

おじさんもため息を漏らした。

河童が関係しているかはともかく、お婆さんやおじさんが困っているのは事実だ。ペンダントを探すのは、僕も賛成だ。

お婆さんから山菜採りの場所を聞いて、一度別荘に帰り、食料と飲み物をリュックに詰めた。

ちい婆が、みんなの分のおにぎりを作ってくれた。ちい婆は僕が生まれる前から母の面倒を見てくれている家政婦さんだ。梶谷京子という名前だが「ちいさいお婆ちゃん」が短くなってちい婆と呼んでいる。大介はちい婆にも河童について訊いている。

「河童がカルガモの雛を襲うって話は、私が子供の頃にも聞きましたよ。河童は雛がいそうな水辺に現れるというからね。でも雛を狙っているのは鷹ですよ。空をグルグル飛んでいたら、何か獲物を探している証拠です。山には色々な生き物がいるから、森の奥へ行ってはいけませんよ」

「河童を探しにいく」とは言えないから、ちい婆には「ハイキングに行くだけだから大丈夫」と言い残して、僕らは出発した。

僕は「河童が出る」という言い伝えは、子供が危険な山に近づかないように、大人が考えた作り話だと思う。でも真剣な大介にそんなことは言いにくい。

とにかくお婆さんのために、どうにかしてペンダントを見つけたい。

「そうだ。納屋に役に立つ物があるかもしれない。寄っていこう」

敷地の端にある納屋には、庭の手入れ道具や、父が山に持っていくアウトドアグッズが置いてある。父が予定外に早く東京に帰ったので、自由に使えるのは好都合だ。林を抜けて納屋に出た。

母屋やゲストハウスと違い、納屋は木造で古びている。隣にはガレージがあり、シャッターの中には、山へ行くときに使う父の愛車が、また一年間の休息に入っている。広い敷地の外れにある木々に囲まれた納屋とガレージは、父の秘密基地のように思う。

敷地の道路側は、視界を遮断する高いコンクリート塀が的場邸を守っている。塀の上には忍び返しという尖(とが)った金属が施され、外部の人間の侵入を防ぐ。的場邸の門は二つ、正確には三つある。正門と、もう一つは納屋とガレージの奥にある東門だ。防犯カメラが付いている正門と違って、東門は庭師などが出入りする、車一台がやっと通れる大きさだ。父も山に行くときは、ガレージにある車に乗り、東門から出る。

東門を出て、道路を百メートルほど行ったところに、山に入る鉄製の門がある。それが三つ目の門だ。施錠され、車の侵入を阻んでいる。

近所の人が山菜を採るために徒歩で入ったりするのは、父も認めている。金森商店のお婆さんもきっとその一人なのだろう。


「私、ここで待ってる」

寿々音が遠巻きに納屋を見ながら言った。「寿々音は絶対に納屋へは近づかない」と希海から聞いたことを思い出した。前に納屋で怖い思いをしたらしい。

「分かった」

大介と二人で中に入った。ムッとする空気と錆(さ)びたような匂い。扉の脇にあるスイッチを押すと裸電球が室内を照らした。納屋の中は、結構広い。何段もの棚が並び、様々な物が置かれている。フックに錆びた大きなナタがぶら下がり、ロープやヘルメット、雨合羽などもある。

二人で必要そうな物、双眼鏡やブルーシート、軍手などを持ち出した。背中のリュックは重たくなったけれど、三人の足取りは軽やかだ。秘密の「河童大作戦」の始まりだ。

まずは、お婆さんが山菜採りをしていた川辺に行き、ペンダントを探す。大介は「河童が持っていったんだから、ここにはないよ」と言い張ったが、僕は譲らなかった。

ここで見つかるだろうという僕の予想は甘かった。かがんだ姿勢で草の根元を探りながら水辺を歩くのは、思った以上に大変だった。

お腹（なか）が空（す）いたので、シートを敷いてみんなでおにぎりを食べた。

「お婆さん、本当に元気がなかったね」

「頑張って探そう」

食べ終わるとすぐに、またペンダント探しに取りかかった。木々の葉が夏の日差しを和らげ、それほど暑さは感じない。浅瀬の水は澄んでいてとても綺麗だ。どこからか鳥の声も聞こえる。ハイキングなら、ただ楽しい時間を過ごしていただろう。でも、僕たちには目的がある。だんだん痛くなってきた膝をそっとさすり、下ばかりを見ていた。

「見て」

大介が上を指さしている。見上げると、大きな鳥が空を旋回している。

「鷹だ」

三人が同時に叫んだ。鷹は次第に高度を落として、優雅に杉のてっぺんに止まった。枝が小さく揺れている。

「何か獲物を見つけたんじゃない？」

「カルガモの雛かも」

寿々音が心配そうな声で言う。

「行ってみよう」

大介が鷹がいる方向へ進み出す。リュックを背負って、あわててあとを追った。

「鷹が狙っている獲物のところに河童が現れるかもしれない」

早足で進みながら大介が言う。あくまでも河童退治をしたいみたいだ。

鷹の様子を窺（うかが）いながら、木の間を歩き進む。何羽かの鷹が飛び交っている。見失わないように上を見ながら、ずんずん進んでいく。

夢中になって歩いているうちに、ずいぶん奥まで来てしまった。

大介は上だけでなく、河童が現れないかとキョロキョロと辺りを見回している。

「ねえ、あそこで何か光った」

大介が斜面の下を指さす。寿々音と僕も覗いてみた。

「何も見えないよ」

「ほら、あそこ。見てくる」

大介が木に掴まりながら、斜面を下り始める。

「あっ」

掴んでいた木から手が離れ、大介がずるずると斜面を滑っていくのが見えた。とっさに寿々音が大介の手を握った。

「頑張って」

必死に手を引っ張る寿々音に僕も加勢する。二人で必死に引き上げようとするが、昨日の雨で地面がぬかるんでいるせいで、足元が不安定だ。

「あ――――！」

僕たちは三人とも斜面を滑り落ち、折り重なるように地面に転がった。

「みんな、大丈夫か」

寿々音は立ち上がったが、大介は足首を押さえて座り込んでいる。

「立てるか？」

「うん、平気さ」

と立ち上がろうとしたが、「うっ」と唸ってまた腰を落とす。

「無理に動かさない方がいい」

「ごめん、私の下敷きになったからだね」

「大したことないよ」

強がっているけど、顔をしかめる様子から、かなり痛いのが分かる。

背中のリュックを下ろし、シートを出して大介の横に敷いた。ゆっくりと体の位置をずらしながら、何とかシートの上に座らせた。念のためにとリュックに入れてきた救急セットを使う羽目になるとは思わなかったけど。

とりあえず包帯で足首をグルグルと巻いた。周りを見回す。傾斜が結構きついから、大介が登るのは難しいかもしれない。これからどうしよう……。

「足痛む？」

「それより、あの辺で何か光ったんだ。寿々音、探してみて」

大介は自分の怪我（けが）より、ペンダントを気にしている。寿々音はうなずいて、ぬかるみも構わず辺りを探し始めた。僕も目を凝らして見る。

「あっ」

二人同時に叫んだ。石の上に銀色の光るものが見えた。

「きっと、これお婆さんのよね？」

寿々音が手にしたペンダントがゆらゆらと揺れている。

「やったあ！」

大介の大きな声が森の中に響く。僕らはとうとう見つけた。

寿々音は、丁寧にハンカチで包み、ポケットに注意深くしまった。シートの上に三人で座りながら、何だか愉快な気分だ。困った状況なのに、どうしてだろう。

大介と寿々音もニコニコしている。ペンダントを見つけられて嬉しくて仕方ないのだ。でものんびりしてはいられない。辺りはもう薄暗い。早く決断しなければ。

「大介が歩いて帰るのは無理だ。誰か大人を呼びにいくしかない。僕が急いで行ってくるから、二人で待っていて」

顔を見合わせ考え込んでいる。

「寿々音も一緒に行った方がいい。秀平くんはこの辺りに詳しくない。迷ったら大変だ。俺は一人で大丈夫だ」

大介が胸を張る。

「迷ったりしないさ。心配するな」

正直言うと不安がないわけではない。暗くなり始めた森の中を一人で歩いた経験などないから。だけど僕が一番年上だし、大介は怪我をしている。そうするしかない。

リュックを背負い、小さい懐中電灯を手にして立ち上がった。大きい方の懐中電灯は寿々音に渡した。

「待って。何か音がしない?」

寿々音が斜面の上を見ながら訊いた。息をこらして耳を澄ます。

「ガサガサ」と確かに音がする。

「河童かな?」

大介の目が輝いている。喜んでいる場合じゃないのに。

「まさか熊かイノシシ?」

小声で寿々音が言い、ドキッとした。河童より、そっちの方が可能性が高い。熊だったらどうしよう。

三人とも身動きせず、目と耳を働かせる。少しの動きや物音を逃さないように。

「パキッ、パキッ」という枝が折れるような音がする。その方向に目をやると、葉っぱが揺れている辺りに黒い影が見えた気がする。

「何かいた」

「私も見た。黒っぽいものが動いてる」

しばらく息を潜めて辺りの様子を窺っていた。葉っぱの揺れが不自然なものにも思えるが、暗さが増して黒い影はもはや判別できない。小声で寿々音に尋ねる。

「熊が出たときはどうすればいいんだ？」

「ええと、音を立てて人間がいると知らせるのがいいって。熊の方も人間が怖いから、無闇に襲わないって。私、熊除けの鈴持ってる」

「よし、それだ。あと、懐中電灯を点けてもいいかな？」

「うん」

手に持った懐中電灯のスイッチを入れた。まずは地面に向ける。薄オレンジの光が丸く広がった。

「鳴らすよ」

袋から出した鈴を、寿々音が少し振ると、チリンと控えめの音が鳴った。だんだんと大きく動かし、鈴の音が響き始める。

ゆっくりと懐中電灯を林の方に向けた。少しずつ上方に光を移動させ、今度は横に動かしていく。一瞬だが、何かが光った。光は二つあった気がする。何かの目？　枝が大きく揺れた。こっちに来るのか？　寿々音が鈴を鳴らし続ける。

「こっちに来るな。山へ帰れ」

夢中で叫んでいた。隣で寿々音と大介も声を出していた。

どのくらい叫んでいただろう。

鈴の音がやんだ。寿々音が手を止めて、耳を傾けている。急に静けさが広がる。

「もう行っちゃったかな？」

葉っぱの揺れも止まっている。

「林の中で目が光ったよね？」

寿々音が言った。

「俺も見た」

大介も声を上げる。やっぱり何かがいたのは確かだ。途端に足がガクガクし始めた。

「怖かった」

寿々音の声も震えている。もうすっかり日が暮れてしまった。暗くて、しかも熊が近くにいるかもしれない場所に、動けない大介を残しては行けない。

僕らは、警戒しながら、朝になるのを待つと決めた。

シートの上に並んで座り、持ってきたチョコと飴（あめ）を分け合って食べた。「ホッ、ホッ、ホッ」とフクロウの鳴く声と、葉っぱが擦（こす）れるサワサワという音が聞こえる。

納屋から持ってきた小さな電気ランタンの光が、ぼんやりとみんなの顔を照らし、一人じゃないことを確認させてくれる。懐中電灯で時折、周囲を照らして様子を探った。八月とはいえ、山の中は夜になると肌寒いくらいだ。それぞれ持っていた長袖の上着を着て、膝を抱えて体を寄せ合った。

「大介、足痛い？」

真ん中の寿々音が尋ねた。

「うん、少し」

「さっきいたの、熊だったのかな？」

「俺は河童だと思うよ」

「そうだったらいいな」

僕は二人の会話を黙って聞いていた。

「河童が今も隠れて私たちの話を聞いているかもね」

「寿々音が必死に鈴を鳴らしているのを笑って見てたかもよ」

大介が笑いながら言うと、寿々音も笑った。木の向こうで河童が隠れている様子を想像して、僕も可笑しくなった。

夜はどんどん更けていく。聞こえるのは虫の声だけだ。

「みんな心配してるよね」

不安そうな寿々音に、

「俺のせいで、こんなことになってごめん」

大介が謝っている。

「いや、僕の判断ミスだ」

一番年上として、責任を感じている。

「誰のせいでもないよ」

寿々音がそう言ってくれた。

次第に心細くなって、三人とも下を向いて、しょんぼりしていた。

「グゥー」と、誰かのお腹が鳴った。

「あっ」

寿々音がお腹を押さえる。

「腹減ったなー」

大介が大きな声を出す。

「あー、お腹減ったぞー」

僕も大声で言い、笑い合った。

「ホー、ホー」フクロウの鳴き声が優しく聞こえる。

空を見上げても、木々の葉っぱの間からわずかに星が見えるだけだ。

「何か聞こえない？」

寿々音の言葉に耳を澄ます。

人の声だ。幾つかの黄色っぽい光が見える。光と声がどんどん近づいてきた。

「おーい」

「ここです」

大きな声を出したつもりなのに、耳に届いたのは頼りなく弱々しい自分の声だった。

眩しい光に照らされ、思わず手で顔を覆う。指の隙間から何人もの姿が見える。

「いたぞ。三人いる」

僕らは制服姿の大人たちに囲まれていた。ほっとすると共に、とんでもない事態になっていることが分かった。

捜索してくれた警官たちに連れられて、別荘に着いたときには日付が変わっていた。止まっていた数台の車とパトカーの向こうから、柊のおじさんとおばさんが走り寄ってきた。二人に抱きかかえられた寿々音は声を上げて泣いている。蓮見先生と由利さんが警官に背負われた大介に駆け寄る。

下ろしてくれと警官に頼み、大介は蓮見先生の前に立った。

「ごめんなさい」

片足を浮かせて立つ大介を支えるように隣に並んだ。

「ごめんなさい」

「馬鹿野郎」

初めて聞く蓮見先生の怒鳴り声、その目は真っ赤だ。僕と大介を交互に見つめる。大介の頰が叩かれ、音を立てた。続けて蓮見先生の大きな手が僕の頰にも飛んできた。人に叩かれたのは初めてだった。冷たい感触が、じんじんと熱さに変わっていく。

二人まとめて肩を抱かれ、「良かった」という呟（つぶや）きを耳元に聞く。

「うぅ」と大介が呻（うめ）き声を漏らした。

「怪我しているのか？」

蓮見先生がハッとしたように大介を見る。横にいた由利さんがしゃがみ込んで、足を調べている。

「軽い捻挫ね。でも痛いよね？」

大介がうなずく。

「普段冷静なあなたが珍しいわね」

由利さんがあきれたように蓮見先生に言う。

「どれだけ心配したか分かるわね？」

今度は僕たちに向けて言った。

「はい」

大介と二人でうなだれる。

そのあと三人とも蓮見先生に健康状態をチェックしてもらい、寿々音は家へ、大介はゲストハウスへと戻っていった。

僕はお風呂に入り、ちい婆が作ってくれた夜食を食べてベッドに横になった。ちい婆にも泣かれてしまったが、蓮見先生の真っ赤な目と、初めて受けたビンタの感触が頭から離れない。眠れそうになくて閉じた目を開く。電気を消した部屋は暗いけど、森の暗さとは全然違う。安全なところに帰ってきたんだ。僕はようやく眠りについた。

大介

捜索隊が出るという騒ぎを起こして、三人ともすごく叱られた。

柊さんに、金森商店のお婆さんがなくしたペンダントのこと、河童の話、カルガモの雛と鷹の話、熊らしきものと遭遇したこと、転んで怪我をしたこと、翌日になって全部正直に話した。

「それは冒険だったな」

聞いていた柊さんの顔には、少し微笑みが浮かんでいた。

そのあとすぐに、金森商店のお婆さんのところに向かった。

三人でお婆さんの前に並ぶ。足はまだ痛むが、構っていられない。

「これですか？」

寿々音が握っていた手を広げる。銀色に光る丸い形のペンダントは、真ん中に小さな赤い石が付いている。お婆さんから聞いていた特徴と同じだ。

息をつめて、お婆さんの返事を待つ。

「これよ。私のペンダントよ」

「やったあ！」

三人の声が揃った。手を握り合い、三人が輪になって繋がった。

「ありがとう」

寿々音から受け取ったペンダントを、お婆さんが優しく撫でる。

「よく見つけたね。すごいよ」

おじさんが感心したような声で褒めてくれた。

「みんなが一生懸命探しているのを見て、河童が返してくれたのかもしれない」

ペンダントを首に着けながら、お婆さんがポツリと言った。

まさか、と思いながらも、河童がそっとペンダントを石の上に置いた様子を想像して、一人でクスクスと笑った。つられるように寿々音も笑い出す。やがて三人の笑い声が空に広がっていった。

ひょっとしたら、本当に河童が返してくれたのかもしれない。

帰る日の朝、柊さんに呼び出された。蓮見先生と一緒に記念塔に行くと、寿々音と秀平くんもいた。

「金森さんがお礼に来てくれた。お婆さんがとても元気になったと、嬉しそうに報告してくれたよ」

柊さんがニコニコしながら、俺たち三人の顔を見ている。

「さあ、上に行って鐘を鳴らしておいで」

何を言われたのか、すぐには分からなかった。

「鐘を鳴らしていいんですか？」

秀平くんが、一番先に声を上げた。

「本当に？」

俺も続いて訊いた。

柊さんが大きくうなずく。

あの鐘を鳴らせる。自分が鳴らせるんだ。だんだんと喜びが広がってくる。

「あの頃を思い出すんじゃないか？」

柊さんが、蓮見先生にささやいた。蓮見先生は照れたように笑っている。

「何？　教えて」

寿々音が尋ねると、

「実は、私も小学生のときに鐘を鳴らしたことがあるんだ。あることをしてね」

「どんなことをしたの？」

「秘密だ」

蓮見先生は笑うばかりで教えてはくれないみたいだ。

「ノートに俺たちの名前が載るの？」

期待を込めて尋ねる。

「君たちはノートに載るために、ペンダントを探したのか？」

柊さんに訊かれて、考える。

最初はそうだったけど、探しているときはお婆さんを喜ばせたいと、それだけを考えていた。ノートのことなんて忘れていた。みんな、ペンダントをなくして悲しんでいるお婆さんのために頑張ったんだ。

横を見ると寿々音も秀平くんも首を振っている。俺も大きく首を振った。

「ノートに載るために行動するという考えは間違っている。どのような生き方をするか、それが一番大切なことだ。この先ノートに載るかどうかは、未来の君たちが答えを出す」

柊さんに続いて蓮見先生も話し出す。

「ノートにはルールは存在しない。正しいか間違っているかも意味はない。人から讃えられることもない。ただ本人だけがノートに名が記される意味を知っている。その行動に誇りを持てるか。それが全てだ。そうですよね、柊さん」

「君たちはまだ子供だけれど、お婆さんにとってはヒーローだ。堂々と鐘を鳴らしてきなさい」

柊さんが三人の頭を撫でた。秀平くんは少し照れくさそうにしている。

美しい鐘の音が空に響く。

自分が鐘を鳴らしている……。

寿々音と秀平くんも瞳を輝かせている。ノートに名は載っていないけど、心は喜びでいっぱいだ。

三人の絆はずっと続く。

鐘の音は小さいが、いつまでも心の中に響いていた。

寿々音　一年後

小学生最後の冬休みに、またキャンピングカーでの旅についていった。出会った人たちの話は、以前より深く心に沁みた。中学からは勉強や部活も忙しくなるから旅のお供はもう終わりだと、父に言われた。

ときどき「私たちはヒーローなのよ」と大声で叫びたくなるときがある。でも人に言う必要はない。誰も知らなくても、誇らしく胸がジワーッと温かくなる。それだけで充分だ。

中学の入学式から二週間ほど経った日に、教室でぼんやりと窓の外を見ていた。午前中の授業が終わり、給食の準備をしている教室内は、近くの子同士でおしゃべりしたり、机を並べ替えたりとザワザワしていた。小学校ではずっと同じクラスだった希海と、別々になったのが少し心細かった。

誰もいない校庭で、突風に煽られた砂埃が円を描きながら宙に舞い上がった。プール脇の裏門を誰かがよじ登っているのが目に入った。制服姿の男子が門を乗り越え校庭に飛び降り、校舎へと向かってくる。遅刻をしてこんな時間に登校したのだろうかと、不思議に思った。

しばらくしてガラガラとドアが開く音がして目を向けると、入ってきたのは大介だった。詰め襟姿を見るのは初めてだったので一瞬目を疑ったが、間違いない。

「寿々音に変な手紙を出している奴は誰だ」

黒板をバーンと叩く音と怒鳴り声に、教室にいたクラスメートが皆、動きを止めた。

「今度やったら、俺が絶対に許さない。ボコボコにしてやる。分かったな」

端から端まで睨みつけて、大介は出ていった。

目の前で起こった突然の出来事に、体が固まってしまった。入学してすぐに、また嫌がらせの手紙が来ているのは事実だ。

隣の教室から大介の怒号が聞こえて、我に返った。クラス中の人たちが私を見ている。

あわてて席を立つ。

廊下で、隣の教室から出てきた大介と目が合った。大介は無言で階段へ向かう。

「待って」

階段の踊り場で追いつき、腕を摑んだ。

「三階は上級生のクラスだよ。全部回るつもりなの？」

「だって誰がやったか分からないんだろう？　こういうのは最初が肝心なんだ」

「もういいよ。やめてよ、こんなこと」

思い込んだら一直線の性格だと知ってはいたけど、無茶苦茶すぎる。

「先輩じゃないよ。六年生のときにも学校であったんだから、同級生の誰かだよ」

思いつくまま必死に説得する。

「そうか」

「とにかく早く帰って。先生が来ちゃう」

腕を引っ張って、裏門へと走る。門を乗り越えた大介は、額に汗を浮かべ、頰も真っ赤だ。

「もう無茶はしないで」

「分かったよ」

少し前に私の留守に大介から電話があったとお母さんが言っていた。お母さんから手紙の件を聞いたのかもしれない。大介が住んでいる施設は埼玉県だ。このためにわざわざ来てくれたんだ。

「今日、学校は休みなの？　まさか、サボったの？」

「俺のことは心配するな」

門の中と外とで話している状況が、不思議な感じだ。

「じゃあな。困ったときは、すぐに言えよ」

手を振り、背中を向けて歩き出した。

「ありがとう」

私の言葉が届いたかどうかは分からない。小さくなっていく後ろ姿を見ていると、泣きそうになった。大介はやっぱりヒーローだ。

「よし、負けないぞ」小さく呟いて、教室へと走り出した。

そのあと嫌がらせの手紙が来なくなったのは、大介のおかげかもしれない。私は希望通り演劇部に入り、新しい友達も出来て、穏やかに一学期を過ごした。

そしてまた夏がやって来た。

大介と秀くんが来たら、どんな話をしよう。再会に期待で胸を膨らませていた。

でも、実際に二人が到着しても、なかなか話が出来なかった。例年通り、境界線の柵から覗いたが、車から降りてきた秀くんは、一年前と比べていっそう大人びて見えた。今年は秀くんは友達を二人連れてきていた。だから近づいて話しかけることも出来ない。期待していた夏休みとはほど遠くて、がっかりした。去年は、みんなで忘れられない経験をしたのに。

恒例の夕食会のときも、秀くんはずっと友達と一緒で、離れたテーブルにいた。大介とは去年同様、同じテーブルだったけど、亜矢ちゃん中心に会話が進んで、二人で話す機会がなかった。

亜矢ちゃんは、背もまた伸びてますますおませさんになって、おしゃべりが止まらない。「大ちゃん、大ちゃん」と、あとを追って離れない。ひと月に一度会っていると言っていたけど、すっかり懐いているようだ。

秀くんたちが来て三日目、私は夏休みの登校日で、学校からクラスメート四人と帰ってきた。弓子（ゆみこ）、和美（かずみ）、光（ひかり）、めぐみだ。久しぶりに会って話が弾み、そのまま遊ぼうという話になった。

学校は午前中だけだったから、家で友達とお昼を食べることにした。急に四人も連れてきて、お母さんは大忙しだけど、すごく張り切っていた。一緒に作った焼きそばとお好み焼きをワイワイと食べているところに、大介が亜矢ちゃんを連れてきた。「すずちゃんと遊びたい」と言い出したらしい。亜矢ちゃんは、「お姉ちゃんがいっぱい」と喜んで、お昼ご飯はもう食べたと言っていたのに、お好み焼きを焼いてもらって、嬉しそうに食べていた。

「かくれんぼしたい」

亜矢ちゃんが言い出して、友人たちも賛成した。小さい亜矢ちゃんのために、かくれんぼはゲストハウスの近くで始めることにした。それなら途中で帰りたくなったりトイレに行きたくなったとしても困らないから。私の友達も的場邸の敷地で遊べるのを喜んでいた。

「あ、どこかで見たことあると思っていたら、学校に乗り込んできた人だ」

突然、弓子が大介を指さす。そうだ、あのときみんな同じ教室にいたんだった。一瞬の出来事だったのに、顔を覚えられていたのか。

他の子も「そうだ。この人だ」と騒ぎ始める。大介は、「先に戻ってる」と言ってあわてて出ていった。

「あとで一緒にかくれんぼしようね」

亜矢ちゃんが大きな声で、走り去る大介に叫んでいた。

そのあと、みんなに「あの人、寿々音の彼氏なの?」とニヤニヤしながら、からかわれた。

「違う、違う」

と手を振って必死に否定したが、「ムキになって怪しい」などと、余計に疑われてしまった。私にとって大介は、かけがえのない仲間だ。一番信頼できる友達なんだ。

みんなが集まっているんだからと、希海を無理やり誘い出し、かくれんぼが始まった。ジャンケンで負けて、鬼は私だ。

亜矢ちゃんはかくれんぼがお気に入りの遊びみたいだ。小さい亜矢ちゃんには特別ルールがある。亜矢ちゃんは鬼にはならない。鬼に見つかっても、捕まらずにまた隠れることが出来る。

大介は来なかった。やっぱり女の子ばかりの中に参加するのは嫌だったのだろう。

目を閉じて百まで大きな声で数えた。ぶらぶらと歩き出す。

木の隙間に水色のスカートが見える。見ない振りして反対側に進む。「みんな、どこかなー？」と言いながら。

耳を澄ますと笑い声が聞こえた。すぐに方向を変えて一直線に隠れているところに走った。

「亜矢ちゃん、見ーつけた」

背中を触って叫んだ。「あはは」と嬉しそうに笑っている。

「こんな近くじゃすぐ分かっちゃうよ。もっと上手に隠れなくちゃ、また見つけちゃうぞー」

くすぐりながら、そう言うと、いっそう楽しそうに笑う。

「隠れるから、また百数えてね」

「分かった、分かった。じゃあ向こうの方に歩きながら数えるね」

「うん。鬼さん、バイバイ」

手を振って、亜矢ちゃんは走っていった。

私はゆっくりと湖の方へ歩き出した。遊歩道で前方を歩く秀くんの友達が見えた。背が高い人と低い人。でこぼこコンビの二人とは一度挨拶を交わしただけで、ひと言も話していない。服装が派手で少し不良っぽい雰囲気のせいか、あまり近づきたくない感じだ。

秀くんは一緒じゃなかった。今日はどこかに行ったのかな。

ふと思いついて、走り出す。自由に歩き回れるのは鬼の特権だ。ちょっとだけ脱線だ。

記念塔のらせん階段を駆け上がる。窓のない塔は上に行くほど暑くなる。重たい扉を開けて、空を仰ぎ、額の汗を手で拭った。

「やっぱりここにいたのね」

大介が漫画を手に、座っていた。

「一人？」

「そうだよ」

もしかしたら、秀くんもいるかもしれないと思ったけど違った。

「どうして来なかったのよ」

「女ばっかしとかくれんぼなんか出来ないよ」

「大勢すぎて、怖じ気づいたの？」

「別に。女のジャージ軍団なんか怖いわけないだろ」

思わず自分の格好を見下ろす。学校帰りなので、全員が半袖の体操服と下は紺色のジャージ姿だ。

「ジャージ軍団なんて、失礼ね」

「寿々音、鬼なんだろう？　こんなところにいていいのかよ」

「どうして鬼だって知ってるの？」

「みんなが散らばっていったのが見えたんだ」

屋上の手摺りに掴まって下を見る。何度も見ているのにこの高さには一向に慣れない。

確かに的場邸の広い庭が一望できる。

車のエンジン音が聞こえると、大介は読みかけの漫画を置いて、手摺りに駆け寄ってきた。私の隣で熱心に覗き込んでいる。一台の車がうちの門に近づき、Uターンして戻っていった。今日は「緑のギャラリー」が定休日なことを知らなかったのだろう。気の毒だなと思っていると「あれは……だな」大介が呟く。

きっと車種の名前なのだろうが、よく聞き取れなかった。大介は本当に車が好きなんだな。私には何が面白いのか全然分からないけど。

「あ、希海だ」

自分と同じジャージ姿の希海が小走りで通り過ぎていくのが見えた。

横にいる大介に向き直り、

「あのときはありがとう。びっくりしたけど嬉しかった」

伝えたかった感謝の気持ちをようやく言えた。

「あれから変な手紙は届いてないか？」

「うん」

「そうか、良かった」

ホッとしたように明るい声になった。

「もう行くね。鬼の役目を果たさなきゃ」

「おう、頑張れよ」

「亜矢ちゃんが待っているから、あとで必ず来てね」

「分かった」

扉を開けてらせん階段を下りながら、何となく淋しさを感じた。三人で鐘を鳴らした日が、遠くなっていく。少しずつバラバラに離れていってしまう。大人になるってこういうことなのかもしれないとしょんぼりした気持ちになった。

記念塔を出て、近道をして境界線の柵を越えようと足を掛けたとき、柊家の門に人影が見えた。秀くんだ。門が閉まっていたから帰ろうとしている。急いで門へ走った。

「待って」

秀くんの背中に呼びかける。振り返った秀くんはハッとしたような顔をした。

「屋上に大介がいるよ」

私の言葉にも反応せず、秀くんはいつになく眉をひそめ、口元を歪ませている。

「どうしたの？」

秀くんは手にしていた封筒のようなものをポケットに押し込んで、

「寿々音はいい子だよ。僕は好きだよ」

そう言うなり、走っていく。「好きだよ」という言葉が耳に残って、ぼんやりと後ろ姿を見送った。

そのあとは、ウロウロと歩き回った。

ゲストハウスのテラスで蓮見先生と杉山さんが将棋を指していた。蓮見先生が私を見て、手を振っている。一人も見つけられずに、時間が過ぎていった。

しばらくすると五時のチャイムが鳴った。探す気力が湧かなくて、的場邸の広場と玄関が見渡せる樫(かし)の木に登って、腰を落ち着けた。座るのにちょうどいい太さの枝があるので、誰もいないときにときどき登る、私のお気に入りの木だ。

秀くんの友達二人が広場を歩いているのが見える。

遠くから何人かの笑い声が聞こえた。きっとみんなも飽きてしまって、他の遊びを始めてしまったのだろう。前にも同じようなことがあり、勝手に先に帰った子もいた。

皆、帰るときはここを通るはずだから、この場所にいれば、知らないうちに一人で取り残される心配はない。

さっきの秀くんの言葉を何度も頭の中で繰り返す。

いつの間にか日暮れを迎えていた。

「亜矢ー」

由利さんの声が聞こえた。ハッとして辺りを見回す。

枝を伝って、そろそろと木から降りた。急に吹いてきた風が、木の葉を揺らして通り過ぎていった。

蓮見幸治

緑に囲まれた、普段は閑静な別荘の周りに、警察車両が連なっている。日はとうに落ち、辺りはすっかり暗闇に包まれている。

隣に座る妻、由利の手を握りただひたすら待つ。娘がいないことに気づいてから必死に捜し歩いたが、今は警察の指示に従い、ゲストハウスに留(とど)まり、祈ることしか出来ない。

去年、大介たち三人が暗くなっても戻らず大騒ぎになった。無事を確認するまで、心配でたまらなかった。また同じ思いをするなど考えてもみなかった。しかも今度は幼い亜矢と大介が帰らないのだ。

「大介が一緒なんだから大丈夫だ」

由利にこの言葉を掛けるのは何度目だろう。まるで自分に言い聞かせるように。

「それなら、どうして帰ってこないの？　何かあったってことでしょう？」

このやり取りを幾度も繰り返している。寿々音たちと遊んでいた亜矢の帰りが遅いので由利が迎えにいくと、寿々音は、もうゲストハウスに戻ったと思っていたという。他の友達に尋ねても、皆、どこにいるか知らないと答えた。行方が分からないのは大介と亜矢だけだった。

大介が、理由もなくこんなに遅くまで亜矢を連れ歩くなど、考えられない。やはり、帰れない状況なのだ。例えば怪我、去年と同じことが起こったのか。だがまだ見つからないのはなぜだ。二人で森の奥まで行くなど、ありそうもないが。

頭の中を色々な想像がぐるぐると駆け回る。熊やイノシシ、変質者。自分がしっかりしなくては。震える由利の手をいっそう強く握る。由利はもう真っ青だ。

「きっと何かが起きたのよ。大ちゃんが一緒でもどうしようもないことが」

「落ち着くんだ」

「もしものことがあったらどうしよう」

「悪い想像ばかりするな」

「何かあったら、私は生きていけない」

「そんなこと言うな」

「亜矢が死んだら私も死ぬ」

由利の悲鳴とも思える声が、部屋中に響く。部屋にいた杉山夫妻は、黙ってうつむいている。

泣き崩れる由利の肩を抱き、

「去年みたいに、無事に見つかって、笑い話になるさ」

無理して元気な声を出した。

「大介がついているんだから」

また同じ言葉を繰り返す。おまじないのように。

「大介くん？」

杉山さんが声を上げた。その視線の先に目をやると、青ざめた顔の大介が立っていた。

「大ちゃん、亜矢は？」

由利が駆け寄って腕を摑む。大介は首を振るばかりだ。

杉山さんが近くにいた警官を呼んできた。

「君、亜矢さんと一緒にいたのか？」

「いいえ」

答えを聞いて、由利が崩れ落ちる。

そこに、別荘の持ち主である的場の伯父が部屋に入ってきた。山から戻ったそのままの格好のようだ。

大介の震えがいっそう大きくなる。

「事情を聞かせて」

「亜矢ちゃんがいなくなったなんて、知らなくて」

涙声でポツポツと話す。

「俺、遊びに入らなくて、ずっと記念塔の屋上にいて。いつの間にか眠っちゃって」

「今までずっと？　じゃあ亜矢さんを最後に見たのはいつ？」

警官が質問する。大介は、拳を握り締め、うつむいている。

「いつ？」

警官がもう一度訊く。

「寿々音の家に連れていったときです」

「じゃあ、その後のことは知らないんだね？」

「はい」

見る見る唇が歪む。

「亜矢ちゃんの傍についていなくて、ごめんなさい」

何も出来ず、ただ大介の手を握った。その手は冷たく、強ばっていた。

「どうやら、亜矢は一人でいなくなったようだな。もっと人員を増やして捜索するよう県警にも掛け合うから」

伯父は政治家らしい態度で向かいのソファーにどしりと座っている。この人はどんなときでも威厳を失わない。人によっては「偉そうだ」とか「威張っている」などと悪く言う。

以前、的場夫人の出産に携わった白川院長が愚痴を漏らしていた。秀平と希海は自宅で生まれた。「奥さんの強い要望で自宅出産を引き受けたのに、秀平くんの心臓に問題があったのを、私のせいみたいに責められた。先天性の病気で、お産の経緯とは全く関係ないのは明らかだった。あの人は、ときに理不尽なことを言うから困る」と。

だが、根っこは優しい人間であると、甥でありホームドクターでもある自分にはよく分かっている。

歌舞伎役者の三男として生まれ、子役の経験も経たが、思うことあって医師への道を選んだ。伯父は、当初はこの決断を快くは思っていなかったようだが、今は「身内に医師がいるのは都合が良い」と喜んでいる。

現在六十二歳の伯父は、ここ長野県を選挙区とし、いつかは総理の椅子を狙える人物とも評されるベテラン議員だ。

「味方にすればこの上なく頼りになるが、自分にとって少しでもマイナスになると判断したら、容赦なく切り捨てる男だ。それを頭に置いて付き合いなさい。お前は人を信じすぎるきらいがある。世の中は甘くないぞ。充分に気をつけなさい」

以前、父親から言われた言葉をときどき思い出す。自分でも分かっている。この世には悪事を企む者がいる。

だからといって、会う人すべてを初めから疑いの目で見るような生き方は性に合わない。

「きっと道に迷って、どこかにいるさ。この辺はそれほど危険な地形でもない。ただ川と湖だけは怖いからな。とにかく警察が必死に捜しているから、もう少しの辛抱だ。由利さんも気をしっかり持って、待っていてください」

言葉とは裏腹にイライラした様子の伯父が、私の肩をぽんと叩いた。

「ありがとうございます」

呆然(ぼうぜん)として、言葉を発する余裕もない妻に代わって礼を言う。

娘の亜矢は活発で人見知りもしない。だが勝手にどこかへ行ってしまうような出来事は今までなかった。迷子になったこともない。

別荘に集まった人々のなかで亜矢が一番懐いているのは大介だ。だから一緒にいると思っていた大介が別荘に一人で戻ってきて、一気に深刻さが深まった。

ノックの音がして、秘書の蛇田さんが顔を出した。

「蓮見先生、大変なことで……」

蛇田さんは、感情を表に出さない、そつのない印象の男だ。

「今、地元の警察署長がいらしたので、お話を」

蛇田さんは、制服に身を包んだ中年男性を部屋に通して、自分は出ていった。

「署長の佐久間です。的場先生から連絡をもらいまして、現在全力を挙げて娘さんの捜索を行っています。ご心配でしょう」

五十代後半と見える署長は、小太りで人の良さそうな顔つきをしている。後ろに眼鏡を掛けたヒョロリとした細長い体型の男を従えている。男は細井と名乗った。

「念のためお聞きしますが、事故や迷子以外で何か思い当たることはありませんか？」

佐久間署長が手を後ろに組んだ体勢で尋ねてきた。

「どういう意味ですか？」

「ご職業柄、患者さんやその家族から逆恨みを受ける可能性もあるでしょうし、誘拐も、警察としましては視野に入れる必要がありますので」

事件性があると考えているのか。隣の由利が息を呑む気配が伝わる。ただの迷子だとしても心配で胸が張り裂けそうなのに、これ以上不安を与えるのはやめて欲しい。

「恨まれる覚えはありません。とにかく早く捜してください。私たちも捜しにいかせてください。じっとしていられない」

「まあ、落ち着いて」

自分が動揺させておいて、何を言っているんだ。思わず厳しい目を向けた。すると、佐久間署長の穏やかな瞳の奥に、冷徹なものを感じてどきりとした。人を見定めるような鋭い目付きだ。

「ここに滞在している方について、確認させていただきますね」

数秒後、佐久間署長は咳払いをして、向かいのソファーに腰を下ろした。

「蓮見幸治さん、東京医療研究センターの医師。的場照秀先生の甥御さんでホームドクターでもある。奥様は蓮見由利さん、同じく医師。一人娘の蓮見亜矢さん、幼稚園年中。もう一人同行者が、石田大介さん、中学一年生。蓮見先生とはどういったご関係ですか？」

大介はまだ隣の部屋で警官に話を聞かれている。

「五年ほど前に、自宅が火災に遭い、うちの病院に運ばれて治療しました。残念ながら両親と当時六歳だった妹は亡くなりました。大介も重傷を負い四ヶ月の入院生活を送り、身寄りがないために、退院後は児童施設に入りましたが、その後もときどき会っていて、この別荘にも私が誘って今年で五回目になります」

「患者さんに対して、ずいぶん親切なんですね。彼は娘さんとも親しいのですか？」

「ええ、月に一度は家に呼んで、食事をしたり進路について相談に乗ったりしているので、娘も懐いていますよ」

「そうですか」

佐久間署長は意味深に頷いたあと、視線を上に向けた。

「他に別荘にいるのは、的場先生と奥様、息子の秀平さん、中学三年生。娘の希海さん、中学一年生。秀平さんの同級生の小松原隆（こまつばらたかし）くんと立山順治（たてやまじゅんじ）くん。あとは家政婦さんだけですね？」

「あと、杉山さん夫妻です。お二人とも医師で、妻の直美さんは土筆総合病院の院長です」

後ろに控えていた細井が付け加えた。

「ああ、たしか白川産科院長の娘さんだったね」

「はい、ちなみに土筆総合病院の前身が白川産科医院です」

「分かっている。お前は細かいな」

メモを手にする細井を不機嫌そうな目で見た。

「では、娘さんを最後に見たのはいつですか？」

佐久間署長が由利の方を見る。由利は呼吸を整えて、話し出した。

「寿々音ちゃんのところに行きたいと言い出して、二時過ぎに大ちゃんと出かけたんです。それからしばらくして、一度ゲストハウスに一人で戻ってきて『今、お姉ちゃんたちとかくれんぼしてるの』と言って、トイレを済ましてまた外へ出ていきました。それが四時くらいだったと思います」

由利の声が涙交じりになる。

「六時頃から辺りを捜しました。でも七時になっても二人が戻らないので警察に連絡しました。それが今しがた大介が戻って、亜矢と一緒じゃないと分かったんです」

由利の背に手を添え、代わって私が佐久間署長に伝えた。

細井が何か耳打ちしている。署長は相づちを打つと、

「去年も、子供たちが帰らないと騒ぎになったそうですね？　捜索隊も出動したとか」

「はい」

「昨年は無事に見つかったようで良かったですが、二年続けてですか」

「すみません」

頭を下げるしかない。

「おいおい、警察は国民の安全を守るのが仕事だろう」

伯父が佐久間署長を睨んだ。

「もちろんです。お任せください。私めが必ず解決してみせます」

向き直って、頭を下げている。

「佐久間、これは事件じゃないぞ。迷子だ。私の別荘で事件が起こるなどあってはならぬ。一刻も早く子供を見つけ出してもらいたいが、あまり騒ぐな。マスコミに変なふうに報じられたら困る」

「はい、よく分かっております」

「佐久間署長は私の大学の後輩だ。頼りになる男だ」

伯父は私に向かって砕けた調子で付け加えた。

「出世欲が旺盛だから、任せておけば大丈夫だ。部下は苦労しているという噂は聞くがな」

親しい間柄のようだが、こんなときに軽口を叩かれると、ため息をつきたくなる。

「えっ、そんなこと誰が言っているんですか？　おい細井、どうなんだ？」

署長が振り返って細井を見る。

「いえいえ、滅相もありません」

細井が額の汗を拭き、ペコペコと頭を下げている。

「お父さん」

秀平が部屋に入ってきた。

「お前は関係ないんだから、あっちに行ってろ。とにかく警察に任せよう」

伯父に続いて署長と細井も部屋を出ていった。

由利がシクシクと泣き出し、秀平はうつむいて、床を見つめている。私たちには、祈ることしか出来ないのか。身悶(みもだ)えするほど苦しい一夜を過ごした。


何日も捜索が続いたが、亜矢の行方は分からない。目撃者も現れず、これといった手掛かりもない。

大掛かりな湖の捜索も行われた。動物に襲われたような痕跡も見つからず、あとは車で何者かに連れ去られた可能性を考えて、捜査は行われている。

まるで神隠しだと、大昔からこの地方に語り継がれた話まで持ち出す人も現れた。地元の人々の間では、野生動物、子供を狙う変質者、或いは何かの祟(たた)り、と恐れる対象が分かれながらも、それぞれ用心する生活を過ごしている。

当初、何台も中継車が押し寄せ、毎日のようにリポーターがマイクを握り、報じていた。新聞の紙面に亜矢の顔写真が載り、捜査状況についての記事が連日綴(つづ)られた。現実とは思いたくない気持ちになり、辛くて次第に見るのを避けるようになった。

伯父はカメラの前で沈痛な様子で、捜索への協力や情報を求めるコメントを述べ、予定通りに別荘を後にした。

自分が去った後も、私と由利を滞在させてくれたことには感謝している。たとえ本心がどうであっても。

由利は、精神的に参っているので捜索に加わるのは無理だと止めても、一日に一度は山道を歩き、亜矢の名を叫ぶ。

日に日に、由利が歩ける距離と呼びかける声は小さくなっていく。

「もう戻ろう。休まないと駄目だよ」

週末に施設から外泊許可をもらって別荘に来てくれる大介が由利を支える。

「私、何も出来なくて情けないわ」

「そんなことない」

大介は心の温かい少年になった。家族を失った経験を乗り越えて強く優しくなった。亜矢を想う気持ちを真に分け合えるのは、由利と大介と自分の三人だけだと感じる。

有事のときに人間の本性が見えるというのは本当だ。誰もが安否を心配してくれているのは事実だが、やはり家族とは温度差がある。結局、自分の立場、世間からの見られ方が重要なのだ。

警察もそれは同じだ。

私は、捜索の始まりと終わりには、捜索に携わっている警察官に「よろしくお願いします」「本日もありがとうございました」と頭を深く下げていた。

いつも通りに別荘の前に出ると、前日とは明らかに捜索隊の人数が少ない。呆然としながら送り出した。遠ざかる後ろ姿を眺めながら、次第に心臓が痛くなった。私にとっては、まるで死亡宣告を受けたようなものだ。

警察上層部は、もう生存している可能性はないと判断したのだ。それでも捜索をやめるわけにはいかない。もはや目的は人命救助ではない。

緊迫感や重要性が薄れていくのは、警察だけでなく報道陣にも当てはまると知った。折しも隣県で通り魔による無差別殺人事件が起こり、世間の関心は一気にそちらへ移っていった。

亜矢の捜索は、ニュースでも取り上げられなくなり、規模も縮小され、私たちは取り残された。

伯父は、自分の別荘で子供が行方不明になったことで、自身にとってマイナスの報道がされる懸念を抱いていたに違いない。

猪や熊の目撃情報が数件寄せられ、地域住民の間で一気に動物による事故だという噂が流れ始めた。結論をそちらの方向へ持っていきたいという意向の存在を、人を疑わないはずの私でも感じてしまう。

日が暮れ、成果のない捜索を終了した警察官たちが整列する。いつも通り感謝を伝えると、解散して去っていく列から離れ、一人の警察官が私の元へ近寄ってきた。

「どんな形でも、ご両親の元へ亜矢さんを届けるまで全力を尽くすつもりでおりましたが、本日で私は現場から離れなくてはなりません。娘さんを発見できず、実に無念です」

帽子を取って下げられたごま塩頭を、戸惑いながら見つめた。心情が痛いほど伝わってくる。

「今まで大変な捜索作業をありがとうございました。感謝しております」

その警察官に、頭を下げ返した。肩を落として歩いていく姿が見えなくなるまで立ち尽くす。

夕闇の中、一人で立っている自分が、一瞬俯瞰(ふかん)で見えた。不意に涙が溢れ出る。

「どんな形でも」

警察官が口にしたフレーズが耳に残る。言い換えれば「遺体であったとしても」という意味だ。亜矢はもう生きていない。誰もがそう考えていると実感した。懸命に捜索してくれた人物から発せられた言葉であることが、余計重くのし掛かる。

「あなた」

後ろから由利が近づいてきて、私の顔を覗き込む。今まで涙を見せないように努力してきたが限界だ。由利がショックを受けた表情を浮かべている。

しばらく黙って二人で佇んでいた。

星が空にぽつぽつと現れ始める。一つ二つ見つかると、次々と星の数は増える。見えなくても星はずっと存在している。

この空の下に亜矢はいる。存在は消えることはない。

由利が優しく手を握る。

「あなた、やっと泣けて良かったわね。私が泣いてばかりだったから我慢させてごめんね」

「男だからな」

「男か女かなんて関係ないでしょ」

頬に微かに笑みが浮かんだ。

繋いだ手を強く握り返した。

「亜矢のために何も出来ないのが一番辛いの」

「亜矢が戻ってきたときに、しっかり迎えてあげられるように、二人ともが元気でいないといけない。まずはご飯を食べる。今はそれが由利の任務だ」

微かにため息が聞こえたが、構わず続ける。

「亜矢が帰ってきたら、由利が作った料理を三人で食べよう。遊園地にも連れていってあげよう。新しい洋服を買ってあげよう。欲しがっていた玩具も買おう」

「甘いパパね」

「構うもんか」

「じゃあ私は、動物園へ行って、飽きるまで何時間でも付き合う。違う動物のところに行こうよなんて言わない。ケーキも何個でもあげちゃう。私の高い口紅をイタズラしても怒らない。ハイヒールも貸してあげる」

「由利も甘々だな」

「構うもんか」

その顔に笑みはない。それでも心なしか表情が和らいで見える。

「さあ、晩ご飯だ」

手を繋いだまま、ゲストハウスへと戻っていく。

「亜矢のために今日はこれが出来た」と思えることを、私は作らなければならない。そうすれば、由利は生きていける。

同時に、由利の安息を守り続けるのが、私の生きるよすがになるのだ。

「作戦会議をしよう」

夕食を終えて、淹れてくれた熱いコーヒーを飲みながら、提案した。

「作戦会議？」

自分の前にもカップを置いてソファーに座った由利が聞き返す。

「亜矢を取り戻すための作戦だ」

警察に任せてただ待っているだけでは、由利はこれ以上耐えられそうにない。私たちは前へ進まなければいけない。

「どうするの？」

期待と不安が入り交じった顔で見つめられる。

「警察が三週間、山も川も捜しても亜矢の靴さえも見つかっていない。もしも動物に襲われたなら、何かしら痕跡があるはずだ。そして」

顔色を窺いながら、思い切って続ける。

「山で足を滑らせて落ちていたとしたら、未だに亜矢の体が見つからないのは変だ。だから、亜矢は生きていて自分では帰れない状況だと考えられる」

遺体という言葉は使えなかった。それでもどう受け止められるか、内心はビクビクしていた。

「誰かに連れ去られたということ？」

「そうだ。例えば、どうしても子供が欲しい人とか」

無理な推論だと分かっている。それでも、縋れる何かを差し出したい。

由利は少しの間、黙り込んだ。テーブルのコーヒーがどんどん冷めていく。

「酷い目にあってないかしら？　でも連れて帰りたくなるくらい亜矢を可愛いと思ったなら、大事にしてくれるわよね？　そうよね？」

「亜矢、牛乳アレルギーだって、ちゃんと言えてるかしら？　具合が悪くなってないかしら？」

「電話が掛かってきていないから、お金目当ての誘拐じゃないのは確かよね。あなたが言う通り子供が欲しい人がきっと家に隠しているのよ。どうやって捜せばいいのかしら？」

次々と話し出す由利の瞳が、力を取り戻した。

私は安堵するとともに不安に駆られる。自分が聞かせた、希望を抱かせる話が、由利にとって本当に良いことなのか、分からない。

生きていないのなら、一刻も早く遺体が見つかって欲しいと願う日もあれば、残酷な現実を突きつけられるよりも、望みが絶たれない方がいいと考える日もある。

客観的に判断して生存を諦める自分と、一縷の望みに必死に縋り付くもう一人の自分。

由利の中でも二つの意見が闘っているのだろうか。

翌朝、由利の顔つきが前日までとはガラリと変わっていた。

「おはよう」

悲愴感が消えて、スッキリとしている。まるで憑き物が落ちたようだ。

「体力つけなくちゃね。何としても亜矢を見つけて取り戻さなくちゃ」

朝食を淡々と口に運んでいる。

頭の中から、「亜矢はもう死んでいるかもしれない」という考えを排除してしまったようだ。

それからは警察の捜索で、何も成果がなくてもがっかりする様子もなくなった。遺体が見つからないのは、亜矢が生きている証明なのだから。

私の前で涙を流すことも少なくなった。泣くときも今までの慟哭とは違い「淋しいなぁ。早く会いたいな」と静かに頬を濡らす。

私は少しずつ、病院の仕事に戻り始めた。病院の話をすると「今一番大事なのは亜矢でしょう？　ここを離れるなんて信じられない」と非難したり「お願い、私を一人にしないで」と懇願したりしていた由利が、落ち着いてきたからだ。

いつまでも患者さんを放っておくわけにもいかない。病院との往復は大変だが、私の精神的な負担は減少した。

土曜日の朝、起床してリビングに下りていくと、子供番組をじっと見ている由利がいた。楽しそうに歌を口ずさんでいる。多分亜矢がいつも見ていた番組だろう。私に気づき振り返ると「亜矢も今これを見ているわよね？」

そう微笑んだ。

由利は現実とは別の世界を見ているのだ。私が差し出した世界を。

どこかで冷たくなっている亜矢を想像すると、息をするのも苦しい。その苦しみから抜け出させたかった。

苦しみに耐えるのは自分だけでいい。久しぶりに見た柔らかな表情を目の前にして、改めて心に言い聞かせた。

第二章

寿々音　十八歳

記念塔の屋上に上がるのは久しぶりだ。あの日が思い出されて足が遠のいていた。亜矢ちゃんがいなくなって、もうすぐ六年になる。未だに行方は分からない。

ここから見える景色も変わった。湖の向こう側に大きなショッピングセンターが出来た。緑が広がっているのは変わらないが、開発は進んでいる。

土筆町を離れる前に見ておきたかった。桜の開花まであと一週間くらいか。満開の風景を今年は見られない。今日、私は東京へ旅立つ。下宿先は、蓮見先生の自宅近くのアパートだ。

的場邸に滞在し続け、亜矢ちゃんの捜索を見守っていた由利さんは、蓮見先生の説得に従い、事件から半年が過ぎる頃、東京へ帰った。その後も毎週のように土筆町に来て、駅前でビラ配りをした。私や大介も手伝ったが、最近は半年に一度ほどに減ってきている。もちろん決して諦めてはいない。捜し出したい気持ちは皆変わらない。

テレビでときどき未解決事件に関する番組が流れると、亜矢ちゃんの顔が映し出されてハッとする。司会者は神妙な表情で事件を説明する。それを聞きながら、もしかして関係者の中に犯人がいると思われているのではないかと勘ぐってしまう自分がいる。

当時居合わせた人たちは全員、警察から当日の行動を細かく訊かれた。私は亜矢ちゃんがいなくなった時間に、一人で木の上にいた。正直にそう話したが、まるで自分が疑われているかのように感じたことを覚えている。屋上に一人でいた大介も同じ思いをしたかもしれない。警察官の目付きや言葉が訳もなく怖かった。

別荘にいた人で、所在がはっきりしていたのは、複数の人が目撃した、ゲストハウスのテラスで将棋を指していた蓮見先生と杉山さんだ。あとは希海と的場夫人だけ。かくれんぼに飽きて四時前に帰宅した希海は、そのあとずっと母親と一緒に部屋にいた。ちい婆が二人の姿を確認している。うちの両親も警察からその時刻にどこにいたか訊かれていたが、証明できる第三者はいなかった。

世間は私たちの中に犯人がいると思っているのだろうか。そんなふうに見られているとしたらとても悲しい。

　亜矢ちゃんを連れ去った人がいたとしたら、一体誰なんだろう。事件なのか事故なのか、今も分からない。

　見下ろす的場邸は、ひっそりとしている。希海は、事件後すぐに母親と共に東京の家へ越していった。理由は何にしても、家族が一緒に暮らすようになって良かったと思った。

　希海とは、ときどき電話で話をした。東京での生活を楽しんでいる様子だったのに、ある日突然、驚きの報告を受けた。東京に移って一年経った頃、中学二年のときだ。父親の秘書である蛇田さんの養子になったという。

「私は蛇田の籍に入って喜んでいるのよ。的場家には後取りがいるし、蛇田には子供がいないから」

　結婚して十年、子供を授からなかった蛇田さんからの申し出だと、あっけらかんと言い放った。蛇田さんの大きな背中に飛びついていた希海の姿が思い出された。確かに前から懐いていた。親子間の愛情は血の繋がりだけではないと、私が一番よく分かっている。希海が喜んでいるのなら、それでいい。家族の形はそれぞれだ。

　ずっと会いたい気持ちは持っていた。でも私たちにとって、東京と土筆町の距離は意外に遠い。希海からの電話が減ったのは、新たな生活で忙しいのだろうと思って、私から掛けるのも遠慮した。忘れられてしまったようで、少し淋しかったけど、私が東京に行ったら、きっと会う機会もあるだろう。

希海は今年の秋にイギリスに留学すると大介から聞いた。希海が日本を旅立つ前に、絶対に会いたいと思っている。

夏休み恒例の集まりもなくなり、的場邸は人の出入りもほとんどなく、今は鍵を預かっている父が、ときどき見回りや掃除をしている。

閑散とした的場邸の玄関前の広場を、誰かが歩いているのが見えた。紺のジャケットを着て辺りを見回しながら、玄関へと進んでいく。あれは……。

螺旋(らせん)階段を急いで下りた。境界線の柵を乗り越え、的場邸の敷地に入る。気配を感じたのか、その人が振り返った。

やっぱりそうだ。

「秀くん」

息が上がって、掠(かす)れた声になった。

「寿々音」

六年ぶりに見る笑顔は、春の陽光と共に私の心に飛び込んできた。

均整の取れた立ち姿は、まるで恋愛ドラマの主人公みたいだ。昔の面影はもちろん残っているが、大人に変貌した雰囲気に戸惑う。

「久しぶりだね」

「うん」

見つめ合っているのが恥ずかしくて、視線を玄関の方に向ける。

「別荘に用があったの？」

「こっちで親父の支援者の集まりがあって、駆り出されたんだ。隙を見て、ちょっと抜けてきた」

「そうだったの」

「大学合格おめでとう。大介から聞いたよ。東京に来るんだね？」

「ありがとう。今日引っ越しなの。大介も手伝いにきてる。今うちの前でトラックに荷物を積んでるよ」

「よし、じゃあ僕も手伝うよ」

「そんなのはいいけど、とにかく行こう。大介もびっくりするよ」

二人で並んで歩き出す。春の優しい風が、甘い香りを運んできた。庭園とは違う、嗅いだことのない香りが秀くんから漂っている。それは都会を連想させた。

「おう、秀平、来られたのか」

大介が荷台から顔を出した。ベッドを運び入れたところだった。

「こっちに寄れるかどうか、はっきりしなかったから、寿々音には言わなかったんだ。びっくりさせたかったしな」

ニヤニヤしながら私を見る。

「どうだ。驚いただろう？」

子供の頃と同じ顔だ。

「全然」

と平気な振りをしたが、ちょっと悔しい。

「よし、次は机だ」

トラックを運転してきてくれた大介の先輩が言った。

「了解」

二人は玄関に向かう。

「すいません、よろしくお願いします」

後ろ姿に頭を下げた。

「手伝おうか」

秀くんの申し出に、

「そんなパリッとした服の奴には似合わないよ。任せとけ。懐かしいだろ？　その辺を歩いてきたら？」

大袈裟に追い払うように手を振った。

「大介とは、よく連絡を取っているんだ。あいつの店にも何度か行った。頑張っているよ」

大介からも聞いていたが、二人は変わらず仲が良い。

大介は、中学を卒業後、築地にあるふぐ料理店に住み込みで働き始めた。そのお店は、大介の父親が働いていた中華料理店と近いと聞いた。幼いときに過ごした場所だという。

それを聞いたとき少し心配になって「子供の頃を思い出して悲しくなったりしないの？」と尋ねた。「親父に頑張っているところを見せられるようで嬉しいんだ」と大介が答えたので、安心した。

尊敬する先輩たちに囲まれ、充実した日々を送っているようだ。今日もトラックを出して引っ越しの手伝いをしてくれるなんて、先輩に可愛がられている証拠だ。

大介は、蓮見家にはもちろん、時には柊の父の旅先にも現れて、ヒーロー探しを手伝っている。父はその際に大介が作ってきてくれるお弁当を楽しみにしているようだ。幼い頃に家族を失ったが、今は多くの人から愛されている。どんなときも真っ直ぐな性格だからだろう。私のために中学の教室に乗り込んできた姿を、今でも忘れていない。

「まあ、秀平さん？　立派になって」

ちい婆が目を細める。的場家の家政婦をしていたちい婆には、的場邸が無人になってから、柊家に住み込みで「緑のギャラリー」や家事を手伝ってもらっている。

「おにぎりがまだ残っているのよ。良かったらどうぞ」

声を弾ませ、おにぎりとお茶を載せたお盆を差し出した。

さっき大介たちがパクパクと平らげていたのに、まだあるなんて、一体幾つおにぎりを作ったんだろう。

母より一つ年上だが、元気で明るいちい婆には、ずいぶん助けられた。東京に行くと決めたときも、母の傍にいてくれるちい婆の存在は大きかった。

「ありがとう。母をよろしくお願いします」

顔を見る度に何度も口にしてしまう。「分かってる」とでも言うように頷くと、

「向こうのベンチで食べたら？」

とシワシワの顔でウインクした。

「緑のギャラリー」前のベンチに並んで座った。入り口に次の公演のポスターが貼ってある。最近は土筆町の人口が増えたせいか、客席も以前より埋まるようになっている。「懐

かしの名画」と銘打った週末の上映会も好評だ。
私が東京の大学を志望するようになったのも、元々は「緑のギャラリー」が影響している。熱心に練習する劇団員の姿に惹かれて、中学高校と演劇部に入った。「緑のギャラリー」の舞台にも何度か立ち、全員で一つの公演を作り上げる喜びを味わった。
「大学でも演劇を続けるんだって?」
ポスターに目をやって、秀くんが言った。
「うん。先輩の話を聞いているうちに、私も行きたいっていう思いが強くなって。わがま
ま言って両親には申し訳ないけど」
「柊さんたちも背中を押してくれたんだろう? わがままなんかじゃないさ」
父は「進みたい道があるなら、それでいい。家を重荷に感じる必要はない。こういうこ
とはなるようになるんだ」と言ってくれた。自信に満ちた言葉に、安心した。
それにしても、どうして詳しく知っているのだろう。
疑問をぶつけると、
「大介が色々話してくれるんだよ。あいつ寿々音とは同い年のくせに、完全に兄貴のつも
りなんだ。『東京に来たら面倒見てやらなくちゃ』って張り切ってる。僕のこともいつの
間にか呼び捨てだし、一足先に社会人になったから、すっかり大人ぶっているみたいだ」

笑って教えてくれた。

「医学部に進んだこと、大介から聞いた。的場さんはよく許してくれたね」

「将来的には、政治家になるって約束したから」

「そうなの？」

やっぱり、後継者という運命には逆らえないのか。少し気の毒になった。

「僕は小児科医を目指している。自分が幼い頃病気だったのも理由の一つだけど、とにかく病気で苦しんでいる子供を救いたい。そして、病気の子供を抱える家庭、いや、病気だけでなく貧困や差別に苦しむ人たちが、安心して暮らせるような社会を作りたい。そのためには政治の力が必要だ。子供の頃は父の仕事が好きではなかったけど、今は違う」

はっきりとした将来の夢を語る瞳は輝いている。秀くんは、ただ漫然と父親の後を継ぐわけではない。気の毒だと思うなんて、全くの思い違いだった。

「素晴らしいと思うわ」

素直に言葉が出た。秀くんは少し照れたような表情を浮かべる。

「蓮見先生の影響も大きいな。医師としても人としても尊敬している。鐘を鳴らした先輩としても」

皆で鐘を鳴らした日を、今でもよく思い出す。

「誰かのために何かをするって、やっぱり理屈抜きにすごいよ。大きい小さいに限らず」

三人で見つけ出したペンダントを受け取ったときの、お婆さんの顔は忘れられない。秀くんも大介もきっと同じだ。


「このおにぎり、もらっていってもいいかな?」

秀くんがお盆に残ったおにぎりを指さす。

「もちろんいいけど」

「希海も来てるんだ。今別荘にいる」

秀くんの言葉に驚く。

「希海が来てるの? 会いたい」

立ち上がって駆け出した。秀くんがおにぎりを手に、私のあとを追いかけてくる。

的場邸の扉を開けると、見覚えのあるエントランスホールのソファーに希海が座っていた。

「希海」

思わず叫んで駆け寄る。

「久しぶり」

希海が立ち上がった。

真っ直ぐな髪は昔のままだ。眼鏡の縁が黒ではなくて深緑色なのが、少しおしゃれに見えるけど、髪の毛が顔を覆っている感じは、私が知っている希海そのものだ。何だか胸がジーンと熱くなった。

照れくさいのか、希海は遠慮がちに私を見ている。

「そうだ、寿々音、大学合格おめでとう」

ようやく笑顔を向けてくれた。

「希海こそ、イギリス留学なんてすごいよ」

「まだ正式な大学入学じゃないの。向こうで一年間勉強して、成績次第で入学が許可されるのよ」

「わあ、大変なのね。頑張って。希海なら大丈夫」

「うん」

「ねえ、東京でも会えるよね。希海がイギリスに行くまで、なるべくたくさん会おうよ」

「良かったな、希海」

横で二人のやり取りを笑って見ていた秀くんの声が、すごく優しく聞こえた。秀くんを見て頷く希海の眼差しも柔らかい。

子供の頃と違って、二人は仲の良い兄妹に見える。希海が土筆町から東京に移ったことで、二人の距離は縮まったみたいだ。たとえ、蛇田さんの養子になっても、兄妹であることは変わらないのだな、と何だか嬉しくなった。

「懐かしいな。部屋見てみようかな」

秀くんが歩き出す。

ヒーローノートに載ろうと話し合いをしたエントランスホールを通り抜け、階段を上がる。あの日が、遠い昔のような、ついこの前のような、両方の思いが浮かぶ。

秀くんが自室のドアを開けた。

父も、さすがにこの部屋には入っていないようで、空気が淀(よど)んでいる。白いカーテンと窓を開けると、春の風がスーッと流れ込んできた。ふうっと息を吐いて、秀くんが室内を見回す。私と希海もキョロキョロと視線を動かした。

「当たり前だけど、あの頃のままだ」

机の棚に並ぶ本を抜き出してパラパラと捲ってみたり、引き出しの中を探ったりしている秀くんの手が止まった。白い封筒から取り出した紙を開いて見ている。

「あの頃、嫌がらせを受けていると聞いていたのに、僕は何も出来なかった。大介から話は聞いていたけど、あれからは本当になくなった？」

「うん、大丈夫」

大介が中学の教室に乗り込んできたあとは、変な手紙は来なくなった。

秀くんの手元を何気なく見る。文字を貼り付けたような紙に、「すずね」という字が目に入ってきた。

「それ、何？　見せて」

奪うように取って、じっくり見た。

「すずねはあくまのこ　ははおやはブルースノウ　うらみはきえ　い」

切り取った文字を貼り付けた文章。その内容に目を見張る。

「何これ」

「寿々音のうちの門に挟まっていたんだ。見せたくなくて自分の部屋に隠していた」

「いつのこと？」

「亜矢ちゃんがいなくなった日」

記憶が蘇(よみがえ)ってくる。門のところで言われた「好きだよ」というフレーズだけが、あのあと何度も頭の中を駆け巡った。

確かにあのとき、秀くんはポケットに封筒のようなものを押し込んでいた。こんなひどい手紙を書かれた私を、可哀想に思って言ったのか。

ているのか。

「馬鹿馬鹿しいことを書く人がいるのね」

希海が吐き捨てるように言った。

ただのいたずらだと考えているようだが、何だかそう思えない。この文章は何を意味し

「ブルースノウって何？」

疑問を口にした私に、

「何だろうね？」

と、希海も首を傾げている。

「前にテレビで見たことがあるな。よく覚えてないけど、確かビルの屋上から飛び降りた女の子のことじゃないかな？」

秀くんが自信なさげに答えた。

「変な手紙。こんなの気にしない方がいいよ。捨てちゃおうよ」

希海が手を出すが、何か気になり、手に持ったまま眺める。

捨て子だと書かれたときは、悔しかったけれど、ただの悪口として我慢した。この手紙の「うらみ」という言葉には、強い悪意が込められている。

「気にするなって言われても、書かれた当事者は嫌に決まっているよな」

黙り込んだ私に、秀くんが気遣うような言葉を掛けてくれた。

「ううん。ただ子供のいたずらとしてはちょっと変だと思って」

しかもこの手紙が置かれたのが、亜矢ちゃんがいなくなった日だというのが心に引っかかる。

あの日、かくれんぼの鬼だった私は「こんな近くじゃすぐ分かっちゃうよ。もっと上手に隠れなくちゃ」と亜矢ちゃんに言った。

そのせいで、亜矢ちゃんが遠くまで行ってしまったとしたら。

そう何度も自分を責めた。今でも後悔は消えない。

依然として亜矢ちゃんの行方は分からないが、一つだけ新たな情報がもたらされた。事件から半年が過ぎ、由利さんも土筆町を去ったあと、あの日かくれんぼをしていた同級生の一人が、両親に打ち明けた。

「一人で隠れていたら、突然後ろから袋を被された。耳元で『騒ぐと殺す』と囁かれた。体操着を捲られ体を触られ、怖くて抵抗も出来なかった。そのあと『寿々音はどこだ』と訊かれ、とっさに納屋だと答えた。寿々音は納屋には行かないと知っていたから。『このことをしゃべったらお前も親も殺す』と言われた。亜矢ちゃんがいなくなったのを知って、話したら自分も何かされるかもしれない、と思って怖くて言えなかった」

当時、周囲には沈んだ様子の子はたくさんいた。学校を休みがちな子もいた。私も、夏休みが明けても、何日か登校できなかった。その同級生も恐怖と苦しみをずっと抱いていたのだろう。

私は両親と共に、この情報を知らされた。

「恨みを持っているような人物に心当たりはないか？」などと根掘り葉掘り訊かれたあげく、「このことは口外しないように」と警察に言われた。被害者である女子中学生の心情を考慮したためか、公式に発表されることはなかった。秀くんも大介も知らない。このわいせつ事件と亜矢ちゃんの失踪が関係しているのか、捜査がどこまで進んでいるか、私には知るすべがない。

両親は私が名指しされたという事実にショックを受けていた。

それは柊家に暗い影を落とし、中学時代はもちろん、高校に入ってもバス停まで必ず送り迎えをするのが日常になった。目に見えないものへの恐れが、時間の経過と共に、ようやく薄れてきた今、再び不審な手紙が現れた。

「寿々音、大丈夫？」

一人で思考に耽っていた私に、希海も心配そうに言う。

「手紙のことは、お父さんたちには言わないで。余計な心配をかけたくないの」

「分かった。でも一体誰が何の目的で、こんな手紙を作ったんだろう」

秀くんが言うが、それは私が一番知りたい。私を快く思わない人、いや、もっとはっきりと憎しみを持っている人だと想像できる。

「これ、一文字抜けているね。うらみはきえ　い、って。たぶん［な］という文字が剝がれたんだ。でも見つけたときは抜けてなかったと思う」

そう言われて封筒の中を確かめると、四角く切られた小さな一片があった。糊が劣化して剝がれ落ちたのだろう。厚みがある紙に、［な］という文字が印刷されている。裏はぼやけた深緑色だ。写真を切り取ったようにも見える。雑誌か何かを切ったのだろうか。

秀くんに小さな一片を差し出すと、裏返して調べている。

「他にも剝がれそうなのがある」

少し浮いている［え］という文字をそっと引っ張るとすぐに剝がれた。カッターで切ったと思われる四角い紙片を裏返すと、そこには見覚えのある建物が見えた。

「これ、記念塔じゃない？」

尖ったてっぺんが写っている。

これは多分、航空写真……。

「これは、『土筆町の歴史』を切り取ったのかもしれない」

思わず大きな声が出た。

「うちにあるよ。ちょっと待ってて」

私は気が急いて、走り出す。家の本棚から目的のものを持ち出した。

秀くんの部屋に戻って、ページを捲った。

航空写真の記念塔と、四角い紙片とを比べてみる。全く同じだ。ページを捲り、記念塔の裏に何が書かれているか調べる。

「え」の文字だ。

この紙片は『土筆町の歴史』を切り取ったのに違いない。

『土筆町の歴史』は各世帯に配られたから、住民なら誰もが持っている。逆に言えば、住民しか手に入れられない。

「この手紙を作ったのは土筆町に住んでいる人物なのね」

小さく切り取られた紙片を見つめる。

秀くんと希海もじっと見ているが、黙ったままだ。私に悪意を持つ人がいたということを目の当たりにして、戸惑っているのかもしれない。

「そろそろトラックが出発するわよ」

窓の外から母の呼ぶ声が聞こえる。

「このこと、誰にも言わないでね」

もう一度、念を押すと、秀くんと希海は黙って頷いた。

「また東京で」

約束の言葉を交わし、別荘を出る二人を見送って、家に戻った。


「もう一つのドッキリ、どうだった？」

大介が嬉しそうな表情を浮かべている。希海が来ていることも知っていたのか。少し悔しいが二人に再会できた喜びの方が大きい。

「希海が昔のままで何だか嬉しかった。秀くんとも仲良さそうだし」

「希海が元気になって良かったよ」

「どういう意味？」

大介が、マズイって顔をした。私には分かる。何か隠している。

「希海に何があったの？　病気？」

大介が仕方ないなというふうに、ため息をついてから話し出す。

「希海は中学にほとんど通えてなかったんだ。東京に引っ越して少しの間は行ったんだけど、馴染（なじ）めなかったのかな。すぐ不登校になった。秀平も心配して気にかけてた。希海は親とも上手くいってなかったみたい」

「どうして私に教えてくれなかったの？」

強いと思っていた希海がそんな状態になるなんて、よっぽどのことがあったに違いない。

「俺も希海とは会えてなくて、秀平から様子を聞いてただけなんだけど。心配かけたくないから寿々音には言わないでって、秀平は希海に強く口止めされてたんだ。だから俺も黙ってた。ごめん」

希海は昔から私に弱みを見せなかった。希海らしいと思うけど、出来ることなら力になりたかった。

「でも、養子になってから、少しずつ元気になっていった。秀平は希海が家を出たあとも、度々訪ねて勉強を教えたりしていたんだよ。ただイギリス留学には反対していた。まだ心配みたいだ」

離れて暮らしていた妹を思いやる、秀くんの優しさは、希海にも伝わっているのだろう。さっき、二人が温かい雰囲気だったことからも分かる。

「希海も辛い時期があったのね。でも元々希海は強い子だもの。イギリスへ行っても、きっと大丈夫よ」

希海の新しい生活が、明るいものになるよう心から願う。

「じゃあ、先に出発するぞ」

トラックの助手席から大介が手を上げる。

「ありがとう。よろしくお願いします」

運転席の先輩にお辞儀をした。トラックはエンジン音を上げて走り去っていく。

「先輩も休みなのに、災難だったな。でも大介はいい職場で働いていると分かって、安心したよ」

父はとても嬉しそうだ。

「キャンピングカーじゃ、ベッドや机は運べないから、本当に有り難いわ」

母はトラックがもう見えなくなっているのに、また頭を下げた。

「さあ、我々もそろそろ出るか」

「はいはい」

父も母も、キャンピングカーで東京まで送ると張り切っている。子供扱いされている気がして、ちょっと照れくさいけど、母が一番楽しみにしているみたいだ。親子三人で長いドライブなんて久しぶりだから。

「大介にあんまり遅れないよう、出発しよう。由利さんたちも待っているぞ」

土筆町を離れるときが来た。見上げた記念塔をしっかり目に焼き付けて、ひと欠片の不安を心の隅に追いやる。大丈夫、ここで過ごした幸せな思い出はなくならないから、と自分に言い聞かせた。

カーテンの隙間から差し込む光が揺れている。目覚まし時計のアラームを止めてベッドから出た。朝は強い方だけど、何だか体が重い。演劇サークルの先輩に頼まれた資料作りが、夜中まで掛かってしまったからだ。

窓を開けて朝の空気を入れ、町を眺める。アパートがある文京区根津は、東京でも比較的緑が多いらしいが、電線が張り巡らされ、空が小さく感じる。東京に来て二ヶ月経つけど、寝起きに見る窓からの景色にはまだ慣れない。

でも町並みはとても気に入っている。お寺も多くて、静かで情緒ある雰囲気がほっとさせてくれる。

アパートから歩いて二十分くらいのところに蓮見先生の家がある。

蓮見家も町並みに馴染んだ木造の一軒家だ。元々は由利さんの実家だが、母親の病死後一人暮らしをしていた父親を心配し、亜矢ちゃんが生まれたのを機に、一緒に生活するようになったと聞いた。父親は宮大工だったそうだ。玄関に年季の入った大工道具が飾られている。伝統を守る仕事柄か、頑固な父親だったと由利さんが言っていた。同居を始めて一年も経たずに父親も亡くなり、蓮見家は三人家族になった。亜矢ちゃんがいなくなってからこの夏で六年になる。今は夫婦二人きりの生活だ。

大学の帰りや休日にときどき訪ねる。

廊下に襖(ふすま)が並んでいる奥の部屋は、いつも閉め切られていた。一度だけ襖が少し開いていたので、好奇心から覗いてみると、学習机とランドセルが見えた。すぐに襖を閉めた。きっと亜矢ちゃんがいつ帰ってもいいように、用意しているのだ。二人の胸の内を想像すると切なくなった。

元気に振る舞おうと由利さんが努力しているのは、傍目(はため)にもすぐに分かる。私も、なるべく楽しい会話になるよう心がけているけれど、どのくらい役に立っているのか自信はない。

警察による捜索活動の規模はどんどん縮小していると聞いた。由利さんは、亜矢ちゃんは生きている、と信じている。会話の中で「亜矢は来年中学生になるから制服どうしようかしら」とか「亜矢の新しい靴を買っておかなくちゃ」とか、普通に言う。

そんな様子を見ていると、自分に出来ることがないかと真剣に考える。

亜矢ちゃんがいなくなった日に置かれた手紙が、どうしても心に引っ掛かる。私を恨む文章が頭から離れない。

同級生からの、ただの嫌がらせの可能性もある。でも、子供が作ったとは思えない。

あの日起きたことは三つ。

一つ目は、同級生へのわいせつ事件。犯人は私を探していた。

二つ目は、私への手紙が何者かによって置かれた。

三つ目は、亜矢ちゃんの失踪。

同じ日に三つの出来事が起きたのが偶然とは考えにくい。何らかの関連性があるように思える。

まずは手紙に書かれていたブルースノウについて調べ始めた。

東京に来てから連絡をくれていた秀くんも、手伝ってくれた。国会図書館で過去の新聞を調べようと提案してくれたのも秀くんだ。

ブルースノウとは、ビルの屋上から飛び降り自殺した少女のことだと分かった。

私の母親がその少女だなどという手紙の内容には、信憑性がないと秀くんは考えている。

でも、私の気が済むならと、付き合ってくれたのだと思う。

そんな秀くんの思いやりは、とても嬉しかった。

調べていくうちに、ブルースノウについての詳細がいくつか判明した。

事件が起きたのは、今から十八年前の平成三年十二月二十七日の夜だった。私が柊家の前に置かれた一週間後にこの事件が起こったと知り、何となく胸騒ぎがした。ブルースノウと呼ばれる少女が出産をしたなどという記述はどこにもなかったけれど。

事件現場は東京都千代田区神田神保町。

ブルースノウは当時十八歳の少女、未成年なので名前などの情報は報道されていない。覚醒剤を使用後、ビルの屋上から飛び降り自殺した。

母親が覚醒剤常習者で何度も逮捕歴があることから、その影響かとの記載があった。そして不幸にも、ビルの下を歩いていた女性を直撃した。

被害者の女優、富根美咲は、八歳の娘奈那と歩いているときに、飛び降りの巻き添えに遭い死亡した。娘は無傷だった。

少女が死ぬ前に「青い雪」と言ったのを娘が聞いていて、そこからブルースノウという呼び名が付けられたらしい。事件の日に降った雪が、覚醒剤の影響で青く見えたのではないかと噂された。

とっさに娘を庇ったという目撃談が出て、「自分の命を懸けて我が子を守った悲劇の母」などと、よりいっそう涙を誘うような週刊誌やテレビの報道が加熱した。事件の夜、富根美咲が夫の経営する「洋食タカノ」で娘と食事をした帰り道だったことも報じられていた。

［すずねはあくまのこ　ははおやはブルースノウ　うらみはきえない］

もし手紙の内容が事実だとしたら、私を恨む人物が存在していることになる。

亜矢ちゃん失踪に、何らかの関係があると思えて仕方ない。

このまま放って置くわけにはいかない。

だから東京に来てすぐに、刑事である神山さんに連絡を取った。

神山武史さんと初めて会ったのは私が八歳のときだ。もう十年の付き合いになる。当時交番勤務だった神山さんは、車椅子に祖父を乗せ、母親と共に記念塔を訪れた。父が差し出したノートを見て、車椅子の老人は泣いていた。大人があんなに激しく泣くのを初めて見た。

家族が老人に優しく寄り添っていた光景が今も心に残っている。

そのあとも神山さんは度々、一人で訪ねてきた。キャンピングカーでの旅先に現れることもあった。私を「十六代目」と呼ぶので、恥ずかしいからやめて、と言うと今度は「お嬢」と言い出した。それも嫌だと言っても、その呼び方が気に入ったらしく、「お嬢、お嬢」と呼び続ける。そのうち私も慣れてしまった。

「お嬢は大事な十六代目だから」と私に甘くて何でも言うことを聞いてくれる。キャンピングカーの中で、私が勝つまでオセロゲームやトランプをしてもらったことは、楽しい思い出だ。

私が高校一年のときに、念願の刑事になれたと我が家に報告に来てくれた。私は、ずっと気になっていても聞けずにいたことを尋ねた。神山さんのお祖父さんの話を。

記念塔のノートに記されているのは名前だけだ。以前父に「なぜ、名前を載せる理由を書かないの？　名前だけだと、何をした人なのか分からないよ」と訊いたことがある。

「自分が行ったことは、本人が分かっている。それでいいんだ」父はきっぱりと答えた。

中学生になった頃から、父から聞いたヒーローたちの話をファイルにまとめていた。世の中に知られていない、誰かのために為された勇気ある行動は様々だった。名前が載った人たちにはそれぞれ物語がある。実は、いつかヒーローの話を演劇にしたいという思いを抱いている。「ヒーローたちの物語」と銘打ったファイルに、神山家の話も綴ってある。

【神山一雄（かずお）は炭鉱の町で妻と二人で居酒屋を営んでいた。息子の武男（たけお）は中学卒業後、鉱山の作業員になり、二十二歳で結婚した。当時、炭鉱の町は多くの人が集まり最盛期を迎え、炭鉱労働者で店は大賑わいだった。長屋のような住宅で、危険と隣り合わせの過酷な仕事を共にする仲間の絆は強い。

孫の武史が生まれた年に、大きな事故が起き、息子の武男は坑内で亡くなる。炭塵爆発と一酸化炭素中毒で多くの犠牲者が出た。二次災害の危険から、救助はなかなか進行しなかった。

武男の遺体が収容されたあとも、一雄は毎日おにぎりを大量に作り現場に届けた。いつまた爆発が起こるか分からない、危険だから近づくなと言われてもやめなかった。

事故が収束するとその鉱山は閉山になった。炭鉱で成り立っていた町は、人が離散して急速に廃れていく。一雄夫婦も店をたたみ、死んだ息子武男の妻と幼い孫を連れて町を離れた。

事故から十年後、柊は爆発事故の救護隊の一人だった人に話を聞く。

「炭鉱の救護隊は選りすぐったベテラン炭鉱員で編成されていた。爆発が起きた坑内に飛び込む決死隊でした。二次災害の危険は全員が分かっていた。それでも仲間を救うために前へ進んだ。救えた命もあれば救えなかった命もある。現場は地獄さながらだった。戦場にいるかのように、死を覚悟して殺気だっていた。今思い返しても震えが蘇る。そんな中、毎日握り飯を届けてくれた人がいた。悲惨な現場で、食べる気力さえなかったが『とにかく食ってくれ』と差し出された。受け取って無理やり頬張った。美味かった。『明日も持ってくるから』と言った親父さんの顔は忘れられない。明日まで生きて、また握り飯を食うぞと勇気と希望をもらった」

柊は神山一雄を探し出し、ノートの話をした。

「わしは何もしとらん。わしなんかより、息子の名前を記してやってくれないか」

一雄は涙ぐんで言った。

「息子の武男は、あの日爆発事故が起きてすぐに自力で脱出した。そのあと、救護隊が来る前に、坑内から出た人たちによる救助隊が急遽結成された。仲間を助けるために再び坑内に入るのが救助隊の役目だ。武男は志願して先頭を切って坑内へ向かったそうだ。あのまま留まっていれば、死なずに済んだのに。武男は事故に巻き込まれて死んだのではない。仲間を助けようと勇気ある行動を取った。今となっては、武男の行いを知っている人は誰もいない」

神山一雄さんの孫が、私を「お嬢」と呼ぶ神山さんだ。私があのとき見たのは、息子の名が書き加えられたノートに涙していた神山一雄さんの姿だった。

私に神山家の物語を話してくれたあと、

「祖父はあの半年後に亡くなりました。安らかな最期でした。ノートを通じて、祖父だけでなく、生まれて間もなく亡くなって、顔も覚えていない父親を、胸を張って尊敬できることが嬉しい。二人に恥ずかしくない生き方をしたい」

最後にそう言った。刑事になったのも、それが影響しているのかもしれないと私は思っている。

神山さんは信頼できる人だ。

門に手紙が置かれていた新事実と、芽生えた疑念を率直に打ち明けると、神山さんはちゃんと受け止めてくれた。

「調べてみるから少し待って」と言われ、二ヶ月が過ぎたが、まだ連絡はない。

今日の午後、秀くんと神保町で待ち合わせをしている。一度事件現場と「洋食タカノ」を見てみたかった。

事件現場となったビルの近くに、今もお店はあった。亡くなった富根美咲の夫、鷹野(たかの)宏(ひろし)は、料理人同士が対決するテレビ番組にも出演した有名なシェフだ。現在は再婚しているらしいが、ブルースノウに恨みを持つ最有力人物と言える。

もしかしたら店にいるかもしれない、と覗き込む。

「今日、遅くなっても平気？」

そう訊かれ、とっさに頷く。秀くんは「ちょっと待ってて」と店に入っていった。

「六時に予約が取れたよ。ちょうどキャンセルが出たんだって。ラッキーだったよ」

「でも」

急な展開に戸惑った。それに、あまりお金を持っていない。

「東京に来た歓迎会だ。僕に奢(おご)らせて」

屈託のない笑顔を向けられ、甘えることにした。今日は、ワンピースを着てきて良かった。靴がヒールではないからちょっと恥ずかしいけれど仕方ない。

六時まで二人で本屋巡りをして時間を潰した。難しそうな医学関係の本を見ている横顔を眺めていた。それは、自分の進む道を持っている凛々(りり)しさが漂う姿だった。


「かしこまりました」

蝶(ちょう)ネクタイを着けたウエイターがメニューを手に下がっていく。

私は、ふう、と小さく息を吐いた。土筆町にもレストランはあったけれど、ここのメニューには、カタカナの長ったらしい料理名が並んでいた。よく分からなくて困っていると、秀くんは料理を幾つか選び、ビールと、私のためにはジンジャーエールを注文してくれた。

二十歳になった秀くんは、慣れた手つきでグラスに注がれたビールを飲んでいる。的場家の長男として生まれ、都会で暮らしてきた秀くんと、土筆町で育ち、東京に出てきたばかりの田舎者の私。育ってきた環境の違いを肌で感じた。

「素敵なお店ね」

心の中を悟られないよう、明るく話しかけた。

「うん。シェフは見当たらないね」

秀くんは店の奥に目を向けている。店内には丸いテーブルが幾つも置かれ、半分ほど客で埋まっていた。空いているテーブルには「予約席」の札があるので、満席になるのだろう。キャンセルが出なければ、入れなかった。秀くんが言った通り、運が良かった。

色々と質問されて、中学や高校時代の話をたくさんした。町のお年寄りが起こした愉快な話には、秀くんは声を上げて笑って、思わず二人で周囲を見回してしまった。

でも他のお客も、自分たちの会話に夢中で、私たちの笑い声など気にしていないようだ。

将来、劇団を作って、ヒーローを題材にした演劇を「緑のギャラリー」で公演したい、という今まで誰にも言っていない夢も打ち明けた。話しやすい雰囲気を秀くんが作ってくれたからだろう。

秀くんも大学のことや、前に聞かせてくれた将来の夢についても話してくれた。医者になるだけでなく、政治の世界でも活躍して、困っている人を助けられる世の中を作るという、とても大きな夢だ。

「一人前の医者になるって大変なんだと、今更ながら感じているよ。勉強はもちろん、人間性や精神力の強さが求められる。蓮見先生は僕の目標だ。患者として診てもらった大介にとっても、蓮見先生は恩人であり、生涯に亘って尊敬できる人だ。苦しみを乗り越えて医師としての務めを果たしている。すごいと思うよ」

秀くんは「乗り越えて」と言ったけれど、実際はどうだろうか。

亜矢ちゃんの事件はまだ終わったわけではない。何も解決していない。死んだという証拠がない限り、蓮見先生も由利さんも諦めてはいないはずだ。

「お料理いかがでしたか？」

シェフがテーブルを回って、客に挨拶をしている声が聞こえてきた。隣のテーブルから、私たちのところへ近づいてくる。

「素晴らしいお料理でした」

秀くんが会釈しながらシェフに答える。私にも問いかけるような視線を向けられて、

「美味しかったです」

やっとのことで言葉が出た。

「ありがとうございました」

眼鏡の奥に目尻の深い皺が見えた。鷹野宏、ブルースノウに妻の命を奪われた男は、穏やかな笑みをたたえているが、その胸中は誰にも分からない。

レストランを出るともう九時近かった。秀くんは駅まで送ってくれた。

「今日はありがとう。ごちそうさまでした」

お礼を言って、改札へ向かおうとした。

「寿々音」

呼び止められて振り向く。思い詰めたような眼差しの秀くんに腕を取られ、柱の陰に引き寄せられた。

「きちんと気持ちを伝えておきたいんだ。ずっと好きだった」

息が止まるかと思った。でも心臓の鼓動は、秀くんに聞こえてしまうのではないかと心配になるくらいに激しく鳴っている。

思いも寄らぬセリフに、心がついていかない。初恋の相手に告白されているのに、嬉しいはずなのに、言葉がどうしても出ない。

「驚かせたなら、ごめん。僕は真剣だってことを知っていて欲しくて」

秀くんは摑んでいた腕を放した。

「また連絡する」

足早に去っていく背中を、見えなくなるまでずっと見ていた。

摑まれた腕に鈍い痛みを感じる。胸が次第に熱くなる。秀くんの言葉を忘れないように反芻しながら家路についた。


その一週間後、神山さんから電話が来て、直接会って話を聞かせてもらうことになった。秀くんからは、あれ以来連絡がない。

梅雨とは思えない爽やかな空を見上げ、待ち合わせの場所へ向かう。約束の五分前に着いたのに、大学の講堂前にある芝生広場には、すでに神山さんの姿があった。ベンチに腰掛け、私に向かって手を上げた。

午前中の構内には、広場でくつろぐ学生はいない。

「今日はありがとうございます。忙しいのにわざわざごめんなさい」

「お嬢の頼みならどこへでも行きますよ。任せてください」

元気ないつもの調子で言った。

「何か分かりましたか？」

早速尋ねると、途端に表情が曇る。

「担当している長野県警の刑事となかなか会えなくて、時間が掛かってしまいました。どうやら県警は迷子の末の事故、もしくは動物による被害で、翌日の大雨で最終的には川に流されてしまった、と見ているようです。まだ捜査は続けているとは言ってますが、事件の可能性は極めて低いと考えている様子です」

「当日に私を名指しした人物についてはどうなったの？」

「同級生の証言は虚偽だと判断されたようです。証言が半年も経ってからだったこと、その少女が過去にも嘘をついたという情報が寄せられたこと、それから」

視線をそらし、少し言い淀んだ。

「何？」

「お嬢がその頃いじめを受けていたこともあって、同級生が悪ふざけで名前を出したのではないかと」

「私はいじめられてなんかいない。ちょっとした嫌がらせはあったけど。それにあの子は嘘つきじゃない」

「自分も、中学生がわいせつ事件の被害にあったなどという作り話をするはずがない、と反論したんですけど。あの年齢の子供は色々あるから、などとはぐらかされました」

「あの切り貼りされた手紙については？」

「一応受け取ってくれましたが、ただのいたずらだろうと一蹴されました」

他に手掛かりがないなら調べてくれてもいいのにと思った。私の不満げな思いが分かったのか、神山さんが明かしてくれた。

「これは自分の勘ですが、亜矢さん行方不明の捜査には見えない力が働いている気がするんです。『この件には首を突っ込むな』という雰囲気がプンプンしました」

首を傾げる私に、俯きがちに小さく首を振る。

「現場は、当時国家公安委員会の委員長で、現在は党幹事長の的場照秀さんの敷地です。当初から的場さんは一貫して事故だと主張していた。自分の別荘で事件が起きたとはしたくなかったのでしょう。幼い子供が川に流されて行方不明、不幸な出来事だったと。実際、過去にそういった事例がないわけではない。事故だという結論に持っていこうという道筋が作られている。私が話を聞いた刑事も、捜査中だというのに士気が感じられなかった。ご家族の心情を思うと遣りきれません」

何か進展するかとの期待は完全にへし折られた。むしろ絶望感が押し寄せてくる。でもわざわざ長野まで足を運んでくれた神山さんには感謝を伝えた。

「お嬢、何年も前とは言え、あんな手紙を届けた人物がいたのは事実です。くれぐれも身辺には気をつけてください。何かあったらすぐに連絡してくださいね」

と念を押してから、神山さんは教室に向かう学生の流れに逆らいながら去っていった。

しばらく呆然と一人でベンチに座り込んでいた。このままでは単なる事故として捜索も終わりになってしまう。

まだ希望を捨てていない由利さんのために、どんなに細い糸でも手繰(たぐ)っていきたい。もしも亜矢ちゃんが誰かに連れ去られていたとしたら、その人物に繋がる可能性があるものを追いかけたい。当日に置かれた手紙が関係しているという考えが捨てきれない。

突然の告白以降、秀くんとは会っていない。私の方から連絡するのも何となく恥ずかしいけれど、神山さんから聞いた話はすぐに伝えるべきだと思った。

「寿々音?」

電話に出た秀くんの声が、いつもと変わらなかったのでホッとした。

「今日、神山さんと会ったの」

私は神山さんから得た情報を伝えた。

「僕の方も話があるんだ。来週の水曜日空いてる? 実はブルースノウのことを知っている人とアポイントが取れたんだ」

「本当?」

「水曜日の午後三時に会う約束をしたんだけど、都合はどう？」

興奮気味に経緯を話してくれた。

大学の学園祭で、法学部有志による模擬裁判が催されていた。一つのテーマを掘り下げ、裁判形式の劇を繰り広げる人気の催し物らしい。今年のテーマは「未成年犯罪の報道のあり方」だった。その中でブルースノウの事件が取り上げられていた。

そこで模擬裁判に参加していた法学部の友人に、それとなく訊いてみた。するとブルースノウの情報は、あるOB弁護士の協力によって得たという。友人に頼み込み、そのOB、石戸弁護士と会う約束を取りつけた、という話だった。

説明が終わると、待ち合わせの場所と時間を決めて電話を切った。これまでと変わらぬ会話だったことに安心したけれど、物足りなさもあり、複雑だ。好きだと言われて、心は今も乱れたまま。私もずっと好きだったと、すぐに言えなかったのはどうしてだろう。

きっと、予想もしていなかった、という理由だけではない。心のどこかで、私たち二人は住む世界が違いすぎる、と感じているから。子供の頃は、何も考えずにただ単純に好きだと思えた。

「ははおやはブルースノウ」と書かれた手紙を見た日から、心の奥底に隠していた疑問が、むくむくと立ち現れてきた。

「私を産んだ人はどんな人なんだろう」

決して誰にも訊けない。それを知りたいと思うのはいけないことなのだろうか。その答えを知っている人はいるのだろうか。

石戸法律事務所は、山手線の目白駅の近くにあった。駅前に立つと、見覚えがあることに気づいた。引っ越しの日、土筆町から父のキャンピングカーで送ってもらった。そのとき目白を通り、窓から見た景色だ。学習院大学を抜けて少し行ったところにあるひと際目立つ豪邸が、蓮見先生の実家だと教えられ、立派さに驚いたので印象に残っている。

「石戸先生は町会長もしていて、地域のお祭りや行事にも熱心に関わっているらしい。面倒見が良いからきっと何でも教えてくれるだろうって、紹介してくれた友達が言ってた。明るくて楽しい人だけど、ダジャレが多いから付き合うのが大変だって笑ってたよ」

秀くんが、私の緊張をほぐすように楽しげに言った。知らず知らずに私の表情が硬くなっていたのかもしれない。緊張の理由が石戸弁護士に会うからなのか、秀くんを意識しているためなのかは、自分でも分からないけれど。

駅前の大通りから少し入ったところに、石戸法律事務所の名前を見つけた。年季の入った看板に歴史を感じる。事務員についていき、部屋に通された。

「いらっしゃい。どうぞ、そちらに座って」

七十歳くらいだろうか。白髪頭の石戸弁護士がにこやかに出迎え、太ったお腹を揺らしながらソファーに座った。

「的場秀平です。今日はお忙しい中お時間をいただき、ありがとうございます」

きっちりと挨拶をする秀くんを、石戸弁護士は頼もしそうに見ている。

「的場先生には何かのパーティーで、一度ご挨拶をしたことがあるんだよ。君が的場君か。お父上よりハンサムだなあ。ＯＢの間でも噂は聞いているよ。とても優秀だと」

「いえ、まだ未熟者です」

慣れた口振りで父親の話題をかわした。

「こちらは柊寿々音さんです。今回大学の演劇でブルースノウを題材にした脚本を作るために、石戸先生にお力をお借りしたくて伺いました」

「大学の後輩でもあり、的場幹事長のご子息の頼みとあれば、聞かずにおられようか」

大袈裟に歌舞伎役者が見得(みえ)を切るような手振りをした。秀くんが頬を緩めたが、私はなぜか顔が強ばって上手く笑えない。

「ありがとうございます。早速ですが、実際の彼女に関してご存じのことを教えていただけますか？」

「この近くに住んでいたということは事件後に知った。アパートの大家から相談を受けてな。身寄りがなかったから残された家財道具をどうしたものかと困っていた。大家に話を聞きたいなら、連絡してあげよう。正直言ってワシはよく知らんのだよ」

「彼女は当時、学生だったんですか？」

「いや、確か商店街にあるトヨマルスーパーで働いていたと聞いたな。そこのオーナーにも会ってみるかい？」

秀くんが問い掛けるように私の方を向いたので、すぐに頷いた。

「ぜひお願いします」

石戸弁護士は、デスクに移動し、受話器を取った。少しの間黙っていたが、

「どこかでサボっているんだろうか。電話に出んわ」

と言って受話器を戻した。今度は思わずクスッと笑ってしまった。石戸弁護士は、嬉しそうに私を見て、

「まあ、石戸の紹介で来たと言えば大丈夫だ。訪ねてみるといい」

と言って立ち上がった。秀くんと私もすぐに立って、お礼を言った。

帰り際に「的場先生によろしく」と石戸弁護士の方も頭を下げていた。秀くんは落ち着いた様子で、もう一度お辞儀を返す。どこへ行っても父親の名を出されることは、秀くん

にとって当たり前なんだ、と思った。

夕方の商店街は活気に溢れていた。行き交う買い物客にぶつからないように歩く。トヨマルスーパーの店先には、バナナやキャベツなどが並べられ、カゴを持った多くの客が店内へと流れている。

秀くんが入り口にいた店員に「オーナーさんはいらっしゃいますか？」と声を掛ける。私は邪魔にならないよう脇に寄った。そのとき、ふと視線を感じた。買い物客の向こうに、男が一人、立ち止まってこちらを見ている。男はすぐに目をそらした。帽子を被ったジャンパー姿の男は、きびすを返して脇道に入っていった。何だか変だ。

「寿々音」

と呼ぶ声が聞こえ、急いで店内に入る。秀くんの後について事務所のような部屋に向かった。

「お忙しいところすみません」

「石戸のおやっさんの紹介じゃ仕方ない。どうぞ」

手拭いを首に巻いた五十歳くらいの男性が、パイプ椅子を勧めてくれた。

「店長の豊田（とよた）です。聞きたいことって？」

ポケットから煙草（たばこ）を取り出すと火を点けた。

「あの、ブルースノウがこちらで働いていたと聞きまして」

「何だ、マスコミか？」

あからさまに不機嫌になった。

「違います。石戸先生の大学の後輩です。今度大学でブルースノウを題材にした演劇をやることになりまして、少しでも彼女のことを知りたいと調べています」

秀くんが即座に否定する。

「そうなのか。それなら答えてやるよ。その代わり面白おかしく劇にしたら許さないからな。それからそんなふうに呼ぶな。彼女の名前はノアちゃんだ。ふざけたニックネームを付けやがって、俺は今でも悔しく思っているんだ」

店長は煙を天井に向けて吐き出した。

「ノアちゃんの母親のことは知っているかい？」

「はい、覚醒剤の常習者だと当時の新聞に載っていました」

「ノアちゃんは中学卒業した後、うちで働き始めた。施設と母親のところを行ったり来たりで育ってきたらしい。小柄で、いつもジャージの上下。素直でいい子だった。うちで働いていた間、一度も休まず遅刻もなかった。休憩時間にはよく本を読んでいたな。ノアちゃんももっと勉強したかったのかもしれない。無駄なおしゃべりはしないが、笑うとえくぼが出て可愛かったよ」

　煙草を灰皿に押しつけて消した。

「事件当時もこちらで働いていたんですか？」

「いや、事件の半年くらい前に辞めたんだ。突然辞めたいと言い出したから驚いて、散々引き留めたけど意志は固かった。聞いても理由は言わなかった。大人しいけど頑固なところもあったからな」

　ふうと大きくため息をつく。

「だから事件までの間、何をしていたか分からない。刑事がその間に覚醒剤を覚えたんじゃないかと言っていたけど、俺には信じられない。ノアちゃんは、母親を駄目にした覚醒剤を心底憎んでいた。今は母親の顔を見たくもないけれど、覚醒剤さえやめてくれれば一緒に暮らしたいと言っていた。自分から薬物に手を出すなんて考えられない。本当に何があったんだろうな」

　店長は手拭いで額の汗を拭いた。

「悪役にしないでおくれよ。頼むよ。いい子だったんだから」

　最後までノアを庇う言葉を繰り返した。

日が暮れて商店街の照明がくっきりしてきた。

今まで遠い存在だったブルースノウが、ノアという名を持つ一人の女の子として現れてきた。

秀くんに促され、ネオンが光るパチンコ店の角を曲がる。

「あそこみたいだね」

秀くんが指さす。木造二階建てのアパート「平和荘（へいわそう）」は当時のままらしい。アパートの横にあるタバコ屋が大家の家だと聞いた。

「こんばんは」

「はーい」

奥から中年の女性がニコニコしながら出てきた。

「石戸先生の紹介で、ノアさんの話を伺いに来ました」

「ああ、さっき先生から電話が来ましたよ。あまり思い出したくないんだけど、先生に頼まれたら断れないわ。私で分かることなら話すわよ」

「ありがとうございます」

「ブルースノウなんて呼ばれちゃってひどいわよね。あら、ノアちゃんの名前、知ってるのね？」

「トヨマルスーパーの店長さんに教えてもらいました」

「全くおしゃべりだね、とよちゃんは。まあ、いっか。もう二十年近く前の話だもんね。とよちゃんと私、同級生なの。ずっと地元暮らしだから、何年来の付き合いになるのかしら。嫌になっちゃうわ」

　エプロンを外しながら、壁際に置いてある椅子を勧めてくれた。朗らかな性格に見受けられて、緊張がほぐれる。これまで秀くん頼みだったが、自分で質問をした。

「ノアさんはどんな人でしたか？」

「一番の印象は髪型ね。極端に短くてボーイッシュだった。少し伸ばせば？　と言ったら『私はこれがいい。シャンプーも楽だし』って笑っていた」

「当時付き合っていた人がいたんでしょうか？」

「付き合っていた人？　いないと思うわ。その当時アパートの大家は父がやっていたの。父とはときどき工房で話していたみたいだから、何か知っているかもしれないけど、今入院しているのよ」

「工房？」

「うちは昔アクセサリー工房もやっていたのよ。父は職人で、工房の一部を店舗スペースにしていたの。頑固な偏屈職人だったから、あんまりお客さんは来なかったけどね。でも腕はいいから、たまにオーダーされて一点物を作ったりしていた。今は辞めちゃったけど全部片付けるのも可哀想だから、こうして飾っているの」

大家さんが壁を指さした。二十本ほどのネックレスが、無造作に刺された画鋲にぶら下がっていた。その下の薄い木の棚には、指輪が数個置かれている。変わったデザインのものが多いようだ。

「ノアちゃんアクセサリーが好きで、よく見にきていたみたい。作業中の手元を見て『すごい』って言われたと、単純な父は喜んでいたわ。そうそう、私も居合わせたときに『彼氏が出来たらプレゼントしてって頼みなよ。いいの作ってあげるよ』って父が珍しく軽口を叩いたら、『彼氏なんていません』って頰を真っ赤にしてた。純情だったのよ。警察に男関係はどうだったかって訊かれたけど、想像も出来なかったわ」

「事件の半年前にスーパーを辞めたと聞きましたが、ここにはずっと住んでいたんですか？」

「それがね、父の話だと、しばらく留守をするけど、また戻ってくるからと、半年分の家賃を置いていったらしいのよ」

何だか変な話だ。その間、どこに行くつもりだったのだろうか。

半年間の空白が気になる。スーパーの店長や大家さんの話からは、ノアは真面目な人物に思える。半年の間に何が起きたのだろう。

「でも私は詳しいことは分からないの。事件を知った父はショックを受けて、それ以来ノアちゃんの話はしなかったから」

「亡くなった後、荷物を引き取りにきた人はいなかったんですか？」

「ええ、誰も来なかった。母親も連絡してこなかったし、こっちから探す気にもならなかった。正直、そんな母親とは関わりたくなかったしね。それに報道陣が押しかけてきて、それどころじゃなかったわよ。マイクを突きつけられるから、もう一歩も外に出られない感じよ。ほんと参ったわ」

「その部屋は、今はどうなっているんですか？」

「有名になっちゃったから、もう貸せなくて、あの部屋は今は物置になってる。当時住んでいた人もみんな出ていったわ。まあ、ここで死んだわけじゃないから、幸い他の部屋は新しい借り手があったから良かったけど」

そう言えばノアが飛び降りたのは神保町のビルだ。なぜそこを選んだのだろう。

「セブンスターください」

「はーい」

お客さんが来て、大家さんが立ち上がった。それまで黙って聞いていた秀くんに「そろそろ行こうか」と耳打ちされた。椅子に置かれたエプロンを見て、夕方の忙しい時間帯であることに思い至った。

「今日はありがとうございました」

客の応対を終えた大家さんにお礼を言った。

「父がいれば良かったんだけどね。でもあまり話したがらないかもしれない。ノアちゃんを可愛がっていたから、父にとっては辛い思い出なのよ」

「お父様、お大事に」

秀くんが掛けた言葉に、

「入院と言っても転んで骨折したの。大したことないのよ。時間が経てば治るのよ」

大家さんは笑って答えた。

外に出たときに、電信柱の陰から動く人が見えた。ジャンパー姿の男。さっきスーパーの入り口で見かけたのと同じ人？　もしかして尾けられているのだろうか。

「どうかした？」

「うん」

言うべきか迷って曖昧な返事になる。

「疲れたんだろう。ちょっと座ろうか？」

小さな公園のベンチに並んで腰掛けた。薄暗くなった公園には遊ぶ子供の姿はもうない。

［ははおやはブルースノウ］

という文字が頭に浮かぶ。それが事実なら、空白の半年間に子供を産んでいたことになる。そして生まれた私を柊家の前に置く。時間的には可能だ。でもノアと柊家が結びつく要素がない。どうして赤ん坊を土筆町に連れていく必要があるのか。

「一体、あの手紙を置いたのは誰なのよ」

思わず口から言葉が出ていた。

「落ち着いて」

秀くんが私の顔を覗き込む。こんなに身近に秀くんがいる。

東京に来て、何度も会う度に、違いが浮かび上がる。やはり住む世界が違うのか。秀くんは地位のある親の元に生まれ、将来が約束されている。

港区白金にある的場宅には一度だけ行ったことがある。豪邸と呼ぶに相応しい立派な日本家屋だ。長く続く高い塀、何よりも門に警備の警官が立っているのを見て、改めて的場さんの凄さを感じた。

久しぶりに会った的場夫人は、見違えるほど元気だった。元々綺麗な人だったけれど、いかにも都会の奥様という華やかな雰囲気だ。東京での生活が性に合っているのだろう。

土筆町では病弱なイメージだったから驚いた。

「この間、希海に会いました」

と思わず言ってしまってから、慌てて口を噤んだ。私にとっては今でも希海のお母さんという認識だったが、希海は蛇田さんの養子になっていたのだった。

「ああ、そう」

的場夫人は顔色も変えず答えたが、言葉には冷たさを感じた。その冷たさは私に向けられたものか、希海に対しての感情なのかは分からないけれど。廊下で擦れ違った蛇田さんの、

「ああ、寿々音さん、東京の大学に進学したのですよね。秀平さんとよくお会いになっているようですね？」

詮索するような口調にも、冷たさを感じてしまう。

私が捨て子だという事実は消えない。

ブルースノウの子供かもしれないし、違ったとしても、どこの誰の子供か分からないのだ。

秀くんが私を見つめている。

「寿々音」

優しい声で私の名を呼ぶ。

この胸にどうして飛び込んではいけないの。

秀くんの顔が近づいてくる。私は肩の力を抜いて目を閉じた。唇に温かい感触があった。

胸がドキドキする。唇が離れ、ギュッと抱きしめられた。

「あなたは私の初恋なの」

ようやく伝えられた。

秀くんがホッとしたように笑った。

「それなら早く教えてよ」

肩を抱かれたままベンチに並んで座っていた。

「私でいいの？」

まだ不安で一杯だ。

「寿々音じゃなきゃ嫌なんだ」

真っ直ぐに私を見る瞳を見つめ返す。

もう何も怖くない。信じてついていこう。もうひとときも離れていたくない。これまで封じていた感情が溢れ出る。

「秀くんが好き」

もう戻れない。私を抱きしめる秀くんの手に力が籠もる。秀くんの温もりをこんなに近く感じて、離れることが出来ない。

翌日から、世界が変わって見えた。私には愛する人がいる。そして愛してくれる人がいる。こんな幸せは初めてだ。恋が実った人は皆こんな気持ちになるのだろうか。

秀くんは、私たちが付き合い始めたと、すぐに大介に報告すると言った。何となく恥ずかしくて「わざわざ言わなくてもいいんじゃない？」と言ってみたが、すぐに却下された。「大介と寿々音と僕の間に隠し事なんて絶対に駄目だ」と。

その代わり、蓮見先生たちにはまだ伝えないで欲しいという頼みは聞いてくれた。いつかは報告するつもりだけれど、今はまだ知られたくない。

大介が自分の働いている店に招待してくれたと、秀くんから電話をもらった。希海も来るという。美容院に行き、初めて少し髪を染めてその日を迎えた。

教えてもらった築地の店は、大通りから細道に入った静かなところにあった。立派な門構えをくぐり石畳を進むと、玄関で和服姿の女性が出迎えてくれた。横には、的場様という看板が立っていた。

係の人に案内されたのは個室のお座敷で、秀くんと希海が向かい合って座っていた。私は、希海の隣に座った。薄いグリーンのワンピースがよく似合っている。

「素敵なお店ね」

秀くんと希海、どちらに向けるともなく曖昧に言った。床の間を前に正座をしていることもあって、何となく緊張してしまう。

部屋は中庭に面していて、池も見える。ガラス戸の外を眺めると、鯉が池を優雅に泳いでいる。

「ねえ、立派な鯉がいるよ。希海、見て。あの鯉すごく太ってる」

ガラス戸の傍に行き、希海を手招きした。希海はゆっくりと立ち上がって、私の横に立った。

「本当だ。ちょっと太りすぎじゃない？」

希海が隣で笑っている。この感じ、懐かしい。

「何だか子供の頃みたいだな」

後ろから、秀くんの嬉しそうな声がする。

襖が開いて、お店の人が入ってきた。急いで席に戻って、ふかふかの座布団に座った。

「本日はようこそおいでくださいました」

和服の女性が挨拶をして、おしぼりをそれぞれに置いていく。飲み物が運ばれ、

「さあ、乾杯しようか」

秀くんの掛け声で食事が始まった。

次々と運ばれてくる料理に気持ちが浮き立つ。初めて食べるふぐのコース料理は、お刺身も唐揚げもお鍋も全て美味しくて感動した。

「イギリスっていいところでしょうね。庭園も有名なんでしょう？　私もいつか行ってみたいな」

「雨が多いみたいだけど、夏でも気温がそれほど上がらないらしいし、きっと過ごしやすいだろうな」

「お兄ちゃん、気候や服装のこと調べてくれて、この間買い物にも一緒に行ってくれたの」

希海が嬉しそうに言った。

「寒い思いしたらいけないと思って、あれこれ勧めるんだけど、希海はそんなに要らないって言うんだよ」

仲の良い兄妹の様子が羨ましい。

「最初、イギリスに留学すると聞いたときは心配だったんだ。でも希海がやる気になって

いるなら応援しなきゃって思うようになった」

「お兄ちゃんには、たくさん心配かけちゃったから……」

　希海がうつむく。

「今まで、辛いことも苦しいこともあった。でも、いつまでも後ろを向いていたらいけないって、蛇田の父に言われたの。イギリスへ行って新しい生活を始めろと。父は私のことを色々考えてくれているのよ」

　大介から、東京に移った頃の希海が、学校や親との関係で悩んでいたことを聞いた。予期せぬ転校や生活の変化に対応するのは大変だっただろうと想像する。地元にいた私でさえ、中学に上がったときは不安だった。丸っきり知り合いもいない環境に置かれた希海の心情を思うと切なくなる。あの頃もっと、希海の力になってあげれば良かった。

「両親の態度が後取りの僕と希海とでは違うとずっと感じていた。今時男女差別なんて時代遅れだ。希海を蛇田さんの養子にすると聞いたときも嫌だと思った。でも希海は蛇田さんのことが好きだし、結果的には良かったと今は思うよ」

「うん。蛇田の父は私を守ると言ってくれたんだ」

　希海は真っ直ぐに前を向いている。新しい自分への決意を感じて嬉しくなった。

「希海、頑張ってね」

「ありがとう」

希海は普通に答えているのに、私はなぜか泣きそうになって、ハンカチで目頭を押さえる。

「どうだ、うちの料理、美味いだろう。希海も寿々音もたくさん食べてるか？」

襖が開いて大介が現れた。調理白衣に前掛けを腰に巻き、白い調理帽を被った姿は、すっかり料理人の風貌だ。

「何だよ寿々音、泣いてるのか？」

「何でもない、何でもない」

慌ててハンカチを顔から離す。

「あれ、寿々音、髪、染めたな？　やっぱり恋をすると、おしゃれしたくなるのか」

「恋？」

希海が私を見る。

秀くんがきまりが悪そうにうつむいている。

「何だ、まだ希海に話してなかったのか。この二人、付き合ってるんだ」

「これから話そうと思ってたんだよ」

秀くんが照れたように頭に手をやる。

少し恥ずかしくて希海の顔を見られない。

「寿々音、もし喧嘩したら俺に言えよ。俺は寿々音の味方だからな」

「おい、男の友情はどこ行ったんだよ」

「それとこれは別だよ」

秀くんと大介が笑い合っている。

「次は全部俺が作った料理を食べてもらうことが目標だ。楽しみにしていろよ」

大介は忙しなく姿を消した。

急に静かになり、気まずくなる。

「へえ、そうなんだ。寿々音、東京で色んな人に出会えるのに、こんな身近な人でいいの？　何だかつまらないじゃない」

以前と同じ物言いに、希海らしさを感じて、なぜかホッとした。

「寿々音をよろしくね」

希海が秀くんにそう言った。希海がそう言ってくれたことが、すごく嬉しかった。

帰り際に寄った化粧室で、希海と鏡の前に並んだ。

「ブルースノウのこと、まだ調べているの？」

「うん。秀くんから聞いたの？」

「やめた方がいいよ」

私の問いを遮るように希海が言った。

「どうして？　亜矢ちゃんの件に繋がるかもしれないのよ」

「人のことより自分のことを考えなさいよ。今更母親探ししてどうなるの？　寿々音にはちゃんと両親がいるんだから、それでいいじゃない。寿々音が過去にとらわれる必要ないと思う」

「私のことを心配してくれるのは嬉しい。ありがとう、希海」

希海の気持ちには感謝するが、私はきっとやめることは出来ないだろう。

それから一週間もしない頃、秀くんから希海がイギリスに旅立ったと聞いた。「見送られるのは苦手だから、寿々音によろしく言っておいてね」と一人で行ってしまったという。

希海らしいとは思うが少し淋しかった。

神山さんに、ある人物を探して欲しいと依頼した。それはノアの母親だ。空白の半年間に何があったのか知っているかもしれない。

どうしても、亜矢ちゃんの失踪に私が関連しているかどうか確かめたい。それが、亜矢ちゃんの行方を捜す手掛かりになるかもしれないから。

「分かりました。調べてみます」

何度も頼み込んでようやく引き受けてもらえた。

私は一人で、もう一度、目白へ行ってみた。ノアが住んでいたアパートの部屋が気になっていた。大家さんは、

「あら、また来たの。ずいぶん熱心ね」

と、変わらずにこやかに迎えてくれた。

「部屋を見せてもらえませんか？」

「いいけど。工房で使っていた作業台や機械があるだけよ」

大家さんは、しょうがないわね、と言いたそうな顔で答えてくれた。鍵を持った大家さんの後について、アパートの前に立つ。ノアの部屋は一階の一番手前だった。鍵を差し扉が開かれる。部屋の中は暗くてよく見えない。カビ臭い匂いが鼻にきた。

「待って、今カーテン開けるから」

慣れているのか、物の間を縫うようにすいすいと進んでいく。シャーというカーテンを引く音がして、部屋の中が明るくなった。壁際に作業台や機械、タンスも一つある。幾つかの段ボール箱が積まれ、足を畳まれた丸い卓袱台（ちゃぶだい）が立てかけてある。

「布団とか洋服とか虫が湧きそうな物は捨てちゃったけど、タンスと卓袱台はこの部屋にあった物よ」

「これノアさんの物なんですか？」

驚いてタンスを見る。

「そう。中身は空っぽよ」

「見てもいいですか？」

「虫の死骸があるかもよ」

恐る恐る下の段から順番に引き出しを開けていく。埃っぽいが、幸い、虫の姿はない。大家さんが言う通り、空っぽだ。

「ね、何もないでしょう？」

大家さんに頷き、壁や天井を見回す。ここでノアという少女が暮らしていた。なぜあんな最期を迎えることになったのだろう。

最後に一番上の引き出しを開けた。奥に何かある。手を伸ばし、取り出してみると、二十センチくらいの正方形で、綺麗な模様の缶だった。おそらくクッキーか何か、お菓子が入っていた缶だろう。

「これは？」

「あら、何かしら？」

大家さんが受け取って、蓋を開けた。

「ああ、これノアちゃんの物だ。何となく捨てられなくて、そのままになっていたんだわ」

「見せてもらっていいですか？」

「どうぞ」

中には綺麗な包装紙やリボン、可愛いシールなどが入っていた。いかにも女の子が好きそうな物だ。ノアがこれを集めていたのか。十八歳で亡くなった少女の物だと思うと、何となく切なくなる。

「これ、少しお借りしてもいいですか？　あとでお返しします」

「いいわよ返さなくても。いつか処分しなきゃいけないんだから、どうぞ持っていって」

大家さんは、中をちらりと見て言った。

私は受け取った缶をカバンにしまい、部屋を見回した。もう見るべき物はなさそうだ。

「ありがとうございました」

お礼を言って、アパートを出た。

電車に揺られ、カバンの中でカタカタと小さな音が鳴った。

死を選んだノアが残した物が、今カバンの中にある。不思議と気味悪さのようなものは感じない。

部屋に戻り、缶を開けて中に入っている物を一つずつ出していく。

可愛いペンギンキャラクターのシールとメモ帳、リボン、小さなソーイングセット、パンダのキーホルダー。シャープペンシルとまだ使っていない消しゴム、小さな匂い袋。綺麗にたたまれた包装紙、小花模様の布で出来た小さな巾着袋、バッジのような物が入っている小さなケース。

ペンギンの絵がついたメモ帳をパラパラと捲ってみると、間におみくじが挟まっていた。開いてみると、大きく「大吉」の文字。学業運には「努力は報われる」、恋愛運のところには「障害あれど結ばれる」と書かれている。

縁起がいいと取っておいたのかもしれない。

小さなケースのバッジには「東京都中学合唱コンクール第三位」という文字が刻まれていた。ノアは中学で合唱部に入っていたのか。

毎日演劇部の活動にのめり込んでいた自分の中学生活を思い起こす。同じようにノアにも楽しい日々があったのだろうか。

巾着袋の口を広げ、中を覗いてみる。小さな丸い物が入っている。逆さまにすると、ボタンが一つ、ころんと落ちた。黒くて厚みのあるボタン。学生服のボタン？　わざわざ巾着袋に入れていたことから、ノアにとって大切な物だと想像できる。

私にはそんな経験はないが、中学二年のときに、友達が憧れの先輩からボタンをもらって喜んでいた光景が蘇る。卒業式に好きな男の子から制服の第二ボタンをもらうのは、今も昔も同じなのだろう。

きっとノアも中学生の頃に誰かにボタンをもらったのに違いない。あの友達と同じように頰を赤らめて勇気を出して、男子生徒の前に立ったのだろうか。そして大切にしまっておいたのか。

ノアという名を持つ普通の少女が確かに存在していた。合唱部で仲間と共に練習に励み、コンクールで三位になったことに瞳を輝かす中学生。恋心を胸に抱き、その思い出を大事に抱えて生きていた。

ブルースノウとノア。同一人物のはずなのに、結びつかない。彼女に何が起こり、なぜ命を絶ったのだろう。「ははおやはブルースノウ」と書いた人物は何を知っているのか。六ヶ月の空白の期間があったことは分かったが、ノアが出産した手掛かりはまだ摑めない。

その夜、秀くんと電話で話した。今度の休みに、蓮見先生の家に一緒に行こうと大介に誘われたという。「寿々音も連れてこい」と大介に言われたと、秀くんは楽しげに話す。

私は、今日一人でノアのアパートへ行ったことは言えずに、電話を終えた。

娘である可能性を調べているくせに、「人を死なせた人間が、母親だったらどうしよう」という漠然とした不安がつきまとう。

窓から見える空には、三日月が寂しげに浮かんでいた。


数日後に、神山さんから、ノアの母親の居場所が分かったという連絡が来た。

「母親の名前はキデラトモコ。広島出身で現在六十七歳です。両親はすでに死亡していて、兄弟はいません。覚醒剤で三度逮捕歴があり、今は生活保護を受けながら、茨城県鹿嶋市に一人で暮らしています。ノアの父親は暴力団員で、ノアが生まれてすぐに抗争で死んでいます」

鹿嶋市に向かう車の中で神山さんが話してくれた。

「母親は刑務所と薬物依存症患者の医療施設とシャバを行ったり来たりの生活をしてきました。母娘で暮らした期間も多少あったようですが、大半はノアを施設に預けていました。娘にも先立たれ、親戚からも絶縁状態で孤独な日々を過ごしているようです。まあ自業自得ですね」

車は工業地帯を抜けて住宅地に入った。子桜二丁目という表示がある信号を右折して車は止まった。神山さんは手帳を見ながら、地図を確認している。

母親はノアの事件以来、転々と住まいを変えていた。ここ子桜に落ち着くまでの間にも、覚醒剤使用で逮捕されていたという。娘を薬物で失っているのにまだやめられない。覚醒剤の恐ろしさを改めて感じる。

車がゆっくりと動き出した。幾つかの交差点を曲がり、団地の前にある空き地に入った。県営住宅子桜団地という錆びた看板が掛けられている。

「一階の奥から二つ目、部屋番号は１０７です。ちょっと様子を見てきます」

車から出ていく姿は刑事そのものだ。がっちりした体型でスポーツ刈り、白いワイシャツにグレーのダボダボなズボン。靴は履きつぶしたベージュのスニーカー、何よりも、周囲を見回す鋭い眼光が、威圧感を放っている。

「今、部屋にいます。中から声が聞こえました。行きましょうか」

神山さんが車に戻って、私に問い掛ける。

「私一人で行きます」

「駄目です。お嬢一人では行かせられません」

「神山さんはどこから見ても刑事。急に現れて質問しても何も話さないと思う。私なら警戒心も薄れるはず」

まだ納得したわけではなさそうだが、私の頼みを断れないのを知っている。

「相手は七十近いお婆さんよ。一人でも大丈夫」

きっぱりと畳みかける。

「分かりました。何かあったら叫んでください。すぐに飛び込める位置に待機しています。出来たら玄関を開けっ放しにしておいてください」

クーラーが効いていた車内から出ると、ムッとする暑さが全身を包んだ。海が近いのか、磯の香りがする。砂利を踏みながら団地に近づく。数メートル後ろを、神山さんが足音を立てずついてきている。

107号室のドアの前に立つ。振り向くと神山さんと目が合った。

深呼吸をしてから呼び鈴を押した。

「はーい」

ドアを開けたのは若い女性だった。

玄関にはお年寄り用の手押し車と杖が置かれている。

「あの、キデラトモコさんはいらっしゃいますか」

「少しお待ちください」

女性が中に呼びかけると部屋から声が聞こえてきた。

「お客さんだけどどうする？」「どんな人？」「若い女の人」「じゃあ、上がってもらって」

女性がこちらに向き直って、

「どうぞ」

と招き入れてくれた。ドアを少し開けたままにして靴を脱いだ。入ってすぐに小さなダイニングキッチンがあった。テーブルを挟んで椅子が二つある。私は勧められるまま座った。

隣の和室にベッドが置かれ、私からは足元の方、半分ほどが見える。女性がベッドの脇に跪(ひざまず)き、介助しているようだ。窓が開いているが、室内は蒸し暑かった。

女性に支えられ、キデラトモコが向かいの椅子に座った。実年齢よりも年老いて見える。薬物の影響なのか、痩せていて顔も手も皺が多く、肌も黒ずんでいる。

「どんな用？」

しゃがれ声でいきなり訊かれた。

「突然、すみません。娘さんの話を伺いにきました」

「やっぱり記者か」

キデラトモコはぼそっと言った。

「サエちゃん、今日はもういいよ。ありがとう」

「じゃあまた来週来ますね」

ヘルパーらしい女性は、私にも軽く会釈して出ていった。

「記者さんが来るなんて久しぶりだね。もうノアなんか忘れられてると思ってたよ」

私は記者を装うことにした。キデラトモコの口振りから、記者への嫌悪を感じなかったからだ。

「これ、つまらない物ですが」

何か手土産をと「とらや」の羊羹（ようかん）を買ってきた。東京のお土産といえばこれしか思いつかなかった。

「あら、とらやじゃない。和菓子大好き。ありがとう。それから、言いにくいんだけど」

「え？」

「分かるでしょ？」

「あ、すみません」

取材費を出せと言っているのだと見当がつき、慌てて財布を取り出した。入っていた五千円札を差し出す。

「景気悪いのね。まあいいわ」

不満を漏らしながらも、小刻みに震える手で札を受け取った。人が訪ねてきたことで気分が上がっているのか、もらい物が嬉しかったのか、頬は紅潮している。

「何が聞きたいのよ」

「娘さんが亡くなる前、会ったのはいつですか？」

「あんまりよく覚えてないのよね。記憶がほら、アレだから」

ニヤニヤ笑いを浮かべているが、自分の半生を悔やむ気はないのだろうか。私が訊きたいのは一つだけだ。

「娘さんが子供を産んでいたという話を聞いたのですが、何か知りませんか？」

単刀直入にぶつけてみる。

「ノアが子供を？　何それ」

「親しくしていた人とかも分からないですか？」

「施設や中学での友達は？」

無駄かもしれないが、重ねて質問する。

「スーパーで働いていたのはご存じですか？」

何を訊いても首を振っていたキデラトモコが反応した。

「そうそう、スーパーの話聞いたわ。いつだったかしら？」

スーパーで働き始めたのは中学卒業後だ。少なくとも亡くなるまでの三年以内に母親と会っていたことになる。

キデラトモコはテーブルの上に置いた紙袋に手を入れ、羊羹を取り出した。

「思い出した。病院に来てくれたのよ。確か、ノアがどら焼きを持ってきた。そんなこと初めてだった」

「いつですか？　どんな話をしたんですか？」

「あのときはね、何だか女っぽくなったなと思ったのを覚えてる。そうそう、幾つになったの？　と訊いたら、十八だと答えた。娘の年も分からないなんて駄目な母親よね」

ノアは十八歳で死んだ。

「どんな様子でした？」

「変なことを訊かれたのよ」

キデラトモコは遠くを見るような目をしている。

「『私がお腹に出来たと分かったとき、どう思った？』って言ったの」

「それで？」

「もちろん嬉しかったよ、と答えてやったわ。本当はそうでもなかったんだけど、さすがにそうは言えないじゃない」

自嘲気味に笑って、

「そうしたら、嬉しそうに笑ったのよ。考えてみれば、あれが最後に見たノアの笑顔だったのね」

目頭を押さえているが、涙は見えない。

「帰り際に、『年頃なんだから、あんたも男には気をつけなさいよ。男なんて結局は体目当てなんだから。遊ばれて捨てられるのがオチよ』って言ってやった。私みたいになったら可哀想だという親心だったのに」

「ノアさんは何て？」

「途端に怒ってね。『彼はそんな人じゃない』ってムキになって。その様子でボーイフレンドが出来たんだと分かった」

ボーイフレンドという言葉にドキリとした。

「どんな人か言ってませんでしたか？」

「何て言ってたかしら……」

額に手を当てて少し考えていたが、

「ああ、そうだ。コーちゃんとか言ってたね。同い年で近所に住んでるって」

急に声のトーンが変わった。

「そう、そう。昔四人組の歌って踊るグループにコーちゃんってのがいたのよ。若い頃、私大好きだったのよ。それで覚えていたんだ」

　交際相手がいたことに動揺してしまう。

「ノアのことは考えないようにしていたけど、ちゃんと覚えているものね。やっぱり自分が産んだ子だものね。ちょっと、聞いてるの？」

　テーブルをトンと叩く音にハッとする。

「あんた、記者じゃないね」

　キデラトモコが突如疑うような目つきになった。

「メモも取らないし、第一若すぎる。でもまあどうでもいいわ。お土産ももらったし、おしゃべり出来て楽しかった。ノアが私に会いにきてくれてたのを思い出せたし。さあもういいでしょ。帰って」

「亡くなる前の数ヶ月間、ノアさんがどこにいたか知りませんか？」

「知らないよ」

　冷たい答えが返ってきた。

　もうこの人から聞き出せることはない。立ち上がって、お辞儀をした。玄関を出るときに振り返ると、キデラトモコは椅子に座ってじっと前を見ていた。

　すぐに神山さんが駆け寄ってきた。

「大丈夫でしたか？」

「ええ」

物問いたげな神山さんに、交わした会話の内容を伝えた。

出産したという確証は得られなかった。でもノアには、コーちゃんという呼び名の同い年の恋人がいた。

ノアが母親にした質問が気になる。もしも妊娠していたら、不安で仕方なかったに違いない。あんな母親でも頼りたくなるかもしれない。でも結局、死ぬ前の半年間、ノアがどこにいたのか、キデラトモコは知らなかった。ノアはどこで何をしていたのだろうか。

大介との約束の日が来て、秀くんと一緒に蓮見先生の家に向かう。

ノアのアパートに一人で行ったことや、神山さんとキデラトモコを訪ねたことは、何となく言いそびれたままだ。秀くんも私が言い出さない限り、ブルースノウの話をしない。私がこれ以上思い悩まないようにと、気遣ってくれているのかもしれない。

「やあ、いらっしゃい」

蓮見先生が笑顔で出迎えてくれた。

「みんなが来てくれて由利は嬉しそうだ。今日はありがとう」

大介がすでに来ていて、一緒に夕食の準備をする楽しそうな会話が聞こえる。大介の由利さんに向ける眼差しは昔から変わらない。実の母か姉のように慕っている。

由利さんは仕事に復帰することもなく、ずっと亜矢ちゃんの無事を信じて、帰りを待ち続けているようだ。亜矢ちゃんの不在は、いつまでも蓮見家に重くのし掛かっているのだ。

「さあ、準備が出来たよ」

夕食は鉄板焼だった。食事が始まってすぐに携帯が鳴り、蓮見先生が席を立った。

「病院へ行かなければならない」

詳しい話はしなかったが、患者さんの容態が急変したのかもしれない。蓮見先生の表情が厳しい。

「悪いな、由利。行ってくるよ」

「私は大丈夫よ。幸治さん、気をつけてね」

蓮見先生を送り出す声が聞こえる。

「お医者さんは大変だな。その点、俺は店が閉まれば自由だ」

「医者の宿命だよ。どこにいても何時でも、患者に何かあれば駆けつけなければいけないのは」

「秀平もその覚悟を持たないとね」

鉄板からジュージューと音が上がる。けむりの向こうに大介と秀くんの笑顔が見える。由利さんも席に戻って会話に加わる。お肉が焼ける香ばしい匂いが部屋中に漂う。

でも、どうしても箸が進まない。

さっき聞いた由利さんの声が耳に残る。

「コウジさん」

蓮見先生をそう呼んだ。知っていたはずなのに、蓮見先生の名前が幸治だということを、改めて今、思い出した。

コウジ。コーちゃん。

まさか？　考えすぎだ。ノアと蓮見先生が繋がるはずがない。

「寿々音、肉が焼けたよ。いっぱい食べないと大きくなれないぞ」

大介のからかうような声にも反応できない。

確か、蓮見先生の実家は目白にある。ノアが住んでいたアパートと近い。引っ越しのとき、キャンピングカーの窓から見たのを覚えている。

ノアが死んだとき、蓮見先生は何歳だったのだろう？

「蓮見先生って、今幾つですか？」

思わず言葉が出ていた。

「どうしたの、急に。三十七歳よ」

由利さんが答える。

「何歳だったかなと思って」

しどろもどろに言うと、

「俺は十八だ」

大介が威張った声を出す。

「寿々音と同い年なんだから、言わなくても分かってるよ」

秀くんが笑う。

「いや、寿々音が寝ぼけた顔してるから、教えてあげたんだ」

二人の会話を聞きながらも、ある考えが頭の中を占めている。

十八歳の蓮見幸治とノア。目白に住む二人が出逢っても不思議ではない。キデラトモコに「彼はそんな人じゃない」とムキになっていたノア。ノアは恋をしていた。その人を大切に想っていた……。

ノアが大事にしまっておいた物を、私は見たはず。わざわざ小さな巾着袋に入れてあった、あのボタン。

もしもあのボタンが蓮見先生の物だとしたら……。

まさかそんなことあり得るだろうか。あるわけがない。

でも、気になって仕方ない。

どうにかして確かめられないだろうか。

「蓮見先生の出身校ってどこですか？　制服は学ランですか？」

「何だよ、いきなり」

大介が、殻付きのホタテ貝を鉄板に載せながら言った。

「今度高校生が主役のお芝居をやるから、制服を探しているの」

とっさに取り繕う。

「俺は学ランだった。後輩にあげたけど」

大介の返事を上の空で聞く。知りたいのは蓮見先生の制服だ。

「僕の学校はブレザーだったな。もしかしたらまだ実家にあるかもしれない。探してみようか？」

秀くんが優しい眼差しを私に向けている。そうか、実家に残している可能性があるのか。

「蓮見先生の学生服はどこかにありませんか？」

思い切って由利さんに訊いてみた。

「学ランなら、家にあるわよ」

「えっ、あるんですか？」

あっさりとした答えに、大きな声が出てしまった。

「幸治さんのタンスにずっと入ってる。何でも卒業後二十年の同窓会に、学ラン姿で写真を撮る伝統があるんですって」

「貸してもらえませんか？」

勢いに任せて頼み込む。一瞬戸惑いの表情を浮かべたが、

「いいわよ。ちょっと待っててね」

由利さんが笑って部屋を出ていった。

「ずいぶん熱心だな。寿々音は本当に演劇が好きなんだな」

大介もあきれた声で笑う。

「でも今夜は由利さん、楽しそうだ。二人が来てくれて良かったよ。よし、ホタテが食べ頃だぞ。アスパラも美味いぞ」

大介がいそいそと手を動かし始める。

しばらくすると、由利さんが戻ってきた。

「どうぞ」

手提げの紙袋から学ランが覗いている。

「ありがとうございます」

そのあとは、気持ちが落ち着かず、口数も少なくなってしまった。

「どうした？　寿々音。何だか今日は変だな」

秀くんが私の顔を覗き込む。

「お腹いっぱいで眠くなっちゃった」

あくびをして誤魔化した。

「それなら先に帰って寝ろ。俺が先生が戻るまでいるから、ここは大丈夫だ」

大介がそう言って私の背中を押した。

「送っていくよ」と秀くんが言ってくれたが、「近いから大丈夫」と断り、駆け足でアパートへ急いだ。

外階段を上がり部屋に入る。息が上がって座り込む。

冷蔵庫からペットボトルの水を出して一口飲んだ。

足元に置いた紙袋から学ランがはみ出している。そっと取り出してベッドの上に広げると、黒い学ランは思ったより大きかった。

襟元から確かめる。

ない。第二ボタンがない。

ノアの缶から巾着袋を取り出し、ボタンを手に握る。

ゆっくりと手の平を開いて、学ランの上に置いた。ボタンを見比べてみる。

旗とペンがクロスしたマークが同じだ。

そんな……。

年齢、名前、実家の住所、そしてこのボタン。すべてが蓮見先生を指している。そうとしか思えない。

ノアには空白の六ヶ月がある。私は生まれて間もなく、土筆町の柊家の前に捨てられていた。それは、ノアの相手が蓮見先生だったから？　蓮見先生がノアを土筆町に連れていった？

急に力が抜けて、座り込む。

蓮見先生が毎年、土筆町に来ていたのは、もしかして娘である私に会いに？

頭が混乱する。考えがまとまらない。

じっとしていられなくなり、立ち上がって、部屋の中を歩き回る。床に置いたままの缶に躓（つまず）いて転びそうになった。

缶の中身に目がいく。ふっと思い立ち、中身を探り小さな紙片を取り出した。

「大吉」と書かれたおみくじの隅っこに神社の名前があった。

「花寿賀(はなすが)神社」

私はすぐさま電話を掛けた。

「お母さん、土筆町に、花寿賀神社ってある？」

「あるわよ。駅の反対側にある小さな神社よ」

ノアと土筆町が繋がった。

私は、ブルースノウの娘なのか。

ボタンに残った糸。学ランに残る引きちぎられた糸。

この糸は繋がっていたのか。

桜の木の下、卒業証書の筒を持った男子高生の前で、はにかむショートカットの女の子が脳裏に浮かんだ。


鳥のさえずりで目を覚ますのは久しぶりだ。窓を開けると子供の頃から見慣れた景色が広がっている。私は土筆町に帰ってきた。

夏休みは終わってしまったが、何だかんだと理由を付けて、逃げるように東京を飛び出した。

まだ混乱している今の状態で、ノアとの関係を蓮見先生に尋ねるなんて出来なかった。懸命に支え合って生きている蓮見先生と由利さんを、傷つけることになり兼ねないと思ったから。

キデラトモコの話から分かったノアの交際相手は十八歳で、アパートの近くに住んでいる、呼び名はコーちゃん、学生服のボタンも一致した。蓮見先生とノアが交際していたように思えてしまう。

それに、おみくじから、ノアが土筆町を訪れていた可能性も見えてきた。

だけど、ノアが子供を産んだかどうかは分からない。

まだ私がノアと蓮見先生の子供だと決まったわけじゃない。

真実を知るのが怖い気持ちがあるが、亜矢ちゃんの行方が分かる手掛かりになるなら、突き止めたい。

たとえそれが、自分が知りたくないことであったとしても。

私は生まれて間もなく置き去りにされた。出産は、この近くで行われたと考えられる。思いつくのは、土筆総合病院の前身、白川産科医院しかない。

十八年前の記録が残っていないだろうか。頭に浮かんだのは直美先生だった。今日は日曜日、母に番号を聞いて、直美先生の自宅に電話した。

個人的に相談があると言うと、明日の昼、病院の食堂で会ってくれることになった。

東京に戻らない私を、両親は心配そうに見ている。まだ笑顔を見せられそうにない。

土筆総合病院には何度か来ていたが、今見ても立派な病院だ。県内に限らず、遠くからも患者が来るらしい。

待ち合わせした食堂は、一階が一般の人、二階が職員と分けられている。直美先生は白衣ではなくベージュのスーツを着て、胸に「院長　杉山直美」の名札がある。二階に進むと、すれ違う皆が一礼していく。窓際のテーブルに向かい合って座った。ランチプレートを食べながら、子供の頃の話をした。気さくな印象は変わらない。

「相談って何？」

明るい口調で尋ねられた。思い切って言ってみる。

「突然変なことを言ってすみませんが、私が白川産科医院で生まれたかどうか知りたいんです。母親の名はキデラノア。当時の記録を調べてもらえませんか？」

「え？　寿々音ちゃん、今、幾つ？」

「十八です」

「十八年前。ちょうどここが完成した頃ね。白川産科医院は今はないけど、記録は引き継いで残っているはず……」

「どうかよろしくお願いします」

深く頭を下げて頼んだ。

「うーん、でもね、たとえその人が出産した記録があったとしても、生まれた赤ちゃんが寿々音ちゃんかどうかは分からないわ。だから答えられない」

直美先生は考え考えそう言った。

「出産の記録は無理でも、カルテがあるかどうかだけでも調べてもらえませんか？　白川産科医院に来ていたかどうか知りたいんです」

直美先生は、深いため息をついた。

「寿々音ちゃん。自分の出生について知りたい気持ちは分かる。でもそれはやっぱり難しいわ。あなたとそのキデラという人がどんな関係かもはっきりしないし、患者さんの情報を教えることは出来ない」

そうか。無理なことだったのか。

仕方ないことだけど、落胆は隠せない。

「ごめんね」

私を見て、直美先生が困った表情をしている。

「いいえ。変なお願いをしてすみませんでした」

微笑みを繕い、小さく頭を下げた。

食後のコーヒーを飲み干して、席を立った。

食堂を出て、二人で中庭を歩く。車椅子に乗った人が日向ぼっこをしている。綺麗な花壇もあって、憩いの空間になっているようだ。中庭の端に立派な銅像が立っている。

「的場栄一さんよ。秀平君のお祖父さん。的場家には代々お世話になっているの。寿々音ちゃんも東京の大学なのね？　秀平君に会ってる？」

急に秀くんの名前が出て、どきっとした。思わず、

「いいえ」

小さな声で否定してしまった。

「それにしても長い歴史があるんですね」

銅像の隣にある記念碑を指さして、話をそらした。

「そう、私で三代目になるのよ」

記念碑には病院の歴史が綴られ、貢献したであろう人物の名が連なっている。前身の白

川産科医院、院長白川正和の名前もある。

当時の院長なら、覚えているかもしれない。でも直美先生と同じように、教えてはくれないだろう。

昔のように柊家との境界線を乗り越え、的場邸の敷地に足を踏み入れた。無性に夕日に染まる湖が見たくなった。

出生のことを深く考えなかった子供の頃が恋しい。両親に守られて幸せだった。

親子の鴨が湖面を滑るように進んでいる。東京に憧れていたけれど、私には自然に包まれた土筆町が合っているのかなと思う。競争と刺激に溢れた都会は息苦しく感じた。

しゃがみ込んで、夕日が映る静かな湖を眺める。

いつの間にか辺りはすでに薄暗くなっていた。立ち上がり、家へと向かおうとしたとき、的場邸の脇から人影が現れた。とっさに身構えた。目白に行ったときに、スーパーとアパートで見た不審な人物を思い出した。また尾けられている。私は誰かに狙われている？

逃げなくちゃ。体が反応して走り出す。

視線の先、門の方からも男が近づいてくるのが見えた。じりじりと間合いを詰められる。よく見ると、的場邸から現れたのは、パンツスーツの女性だった。私は、意を決して女性に体当たりした。女性はバランスを崩しよろけたが、すぐに体勢を整え私の手首を摑んだ。

「大人しくしてください」

耳元で男の声がした。いつの間にか背後に男がピッタリとついていた。

「あなたを待っている人がいます。危害は加えませんので安心してください」

女性に腕を組まれ、的場邸の玄関に誘導される。扉が開かれ、中に入った。

エントランスホールに飾られた銅像を見上げていた人物が振り返った。

「お待ちしていました」

広い肩幅、太い眉につり目、的場さんの秘書、蛇田さんだった。蛇田さんが顎で合図すると、二人は玄関から出ていった。

「見てください。威厳のある姿を」

二体の銅像を崇める（あが）ように手を広げる。

「私も来年ようやく党公認の候補者として選挙に出ます。ここまで二十五年掛かりました。寿々音さん、どうか面倒を起こさないでください」

「面倒とはどういう意味ですか？」

「もう終わった件をほじくり返していることです」

「亜矢ちゃんはまだ見つかっていない。終わってなんかいない」

蛇田さんはわざとらしくため息をついた。その冷たい顔を睨み返す。

由利さんの哀しく、懸命に耐えている表情を思い出す。亜矢ちゃんの行方に繋がるなら、自分が出来る精一杯のことをしよう。

「あなたたちが、亜矢ちゃんの事件を事故にしたいのは分かっています。でもこれは事故じゃない。事件かもしれないんです」

「あなたが何を知っているというんです？」

首をわずかに傾げたが、表情は全く動かない。

私は、自分の頭に浮かんで消えない物語を思い切ってぶつける。

「十九年前、スーパーで働く少女と近くに住む高校生が恋に落ちた。少年は歌舞伎役者の父と、政治家の娘を母に持つプリンス。かたや少女の父親は抗争で死んだヤクザ、母親は覚醒剤常習者。少女は妊娠したが、認めてもらえなかった」

黙って聞いている蛇田さんに畳みかける。

「少年の伯父は妹から相談され、考えた結果、子供がいない知人に養子を持ちかける。そして犯罪歴のある母を持つ少女と、未来永劫、関係を断ち切るために痕跡をなくして出産させた。地元に権力を持つ政治家である伯父にしか出来ない。それは的場さんです。そのとき生まれた赤ん坊が私」

「ほう、よく調べましたね」

「えっ」声にならない叫びが漏れてしまった。

私の想像が現実となって、目の前に現れた。やっぱり本当だったんだと心が沈み込む。

蛇田さんの薄い唇に笑みが浮かんでいる。自信に満ちたような顔だ。

「ひょっとして、全部蛇田さんが？」

「そうですよ。私の仕事は的場の手足になることですから。でもよく考えてください。少女はどうしても子供を産みたいと言った。的場は困った甥っ子の相談に乗った。子供のいない知人と生まれてくる子供の幸せを願い、私に指示した。白川院長は望まない妊娠、経済的理由での中絶に、長年心を痛めていた。赤ん坊には生きる権利があると、自身の中絶手術という医療行為にも葛藤を抱いていた。だから的場の頼みを受け入れたんです。全員が善意で考え、合意した方法だった。実際に、あなたは柊さんに大切に育てられ、幸せだったでしょう？」

それは確かにそうだ。だけど。

「でも少女は死んだ。どうして？」

「それは私にとって誤算でした。赤ん坊と離れることが耐えられなくなったのかもしれない。出産後は不安定な精神状態になるようですから。私としては、彼女には充分な金銭も渡していたから、人生をやり直してくれると思っていたのですが」

ノアが半年分の家賃を払えたのは、そのお金だったのか。全て辻褄が合う。

「あなたは知らない方が良かった。自分の母親がブルースノウだということを。何年もの間、周囲の人が隠していたのは、あなたのためです。それなのにあなたは、国会図書館、目白、最後にはノアの母親にまで会いにいった」

私の行動を全て知っている。後を尾けていたのは、蛇田さんの指示を受けた人物だったのか。

出生に関する事実を明らかにされて、どう受け止められるのか、今は考えられない。でもしっかりしなければ。

問題は亜矢ちゃんの事件に関連している可能性だ。

「聞いてください。亜矢ちゃんが行方不明になった日に二つの出来事がありました。同級生の一人がわいせつ被害に遭い、その犯人が私を探していた。もう一つは不審な手紙。手紙の件は知らないと思いますが」

「知っていますよ。『すずねはあくまのこ　ははおやはブルースノウ　うらみはきえない』ですよね」

あの手紙は神山さんが県警の刑事に渡した。蛇田さんは警察の情報を全て把握しているのだろうか。

「あなたたちは事故にしたいがために、同級生の証言を虚偽だとして握りつぶした。事件の犯人は、ブルースノウの件で蓮見先生を恨んでいる人だという可能性があるんです。亜矢ちゃんだけでなく私も狙っていた。ブルースノウ事件の関係者を調べて欲しいんです」

蛇田さんは再び大きなため息をついた。

「事件、事件と言うけど、それは間違いですよ。仕方ないですね。全て教えてあげましょう。あなたにこれ以上余計な行動をされると困るんです。選挙も近いので」

ポケットから出したハンカチを銅像の台座に敷いて腰掛けた。

「同級生の証言はもちろん虚偽ではありません。犯人は秀平さんが別荘に連れてきたお友達二人です。本人たちも認めています」

「そんな。じゃあ私を名指ししたのもその人なんですか？」

「そうです。二人のお友達の一人が、寿々音さんに一目惚れしていた。最初からあなたを狙っていたんです」

あの夏に来ていた秀くんの友達が嫌な感じだったのを覚えている。

「彼は当時の警察幹部の息子。何かあっても親が揉み消してくれると思っていたみたいです。世間体を第一に考える父親と馬鹿な息子。世の中にいくらでもいます。ああ、心配しないでくださいね。被害に遭った同級生とは、とっくに示談が済んでいますから。マスコミに嗅ぎつけられたら、あることないこと報じられて傷つくのは被害者です。それで証言の撤回をお勧めしました。親御さんも納得しています。それを揉み消しと言いたいなら勝手ですけど、今更掘り起こすのは、お友達も望んでいるとは思えませんね」

裏側でそんな話が取り交わされていたなんて。

「寿々音さんの母親がブルースノウであると、蓮見先生はもちろん、柊のご両親も知っています。六年前、捜査が継続する中、蓮見先生はその件をご自身の口から警察に伝えています。あなたと同じように関連性を疑ったんです。警察は、被害者である女優の周辺を徹底的に調べました。的場もあらゆる組織に指示を飛ばし、自身の力を可能な限り行使しました。でも疑わしい人物はいなかった。例えば夫の鷹野宏。あなたもご存じのレストランのオーナーシェフです」

秀くんとレストランを訪れたことも知られている。

「夫と被害者との夫婦関係は、当時すでに破綻(はたん)していて離婚の話し合いが進んでいました。あの日は娘の誕生日で、娘にねだられてレストランへ行ったみたいです。鷹野は二年後に再婚。母親が死んだとき八歳だった娘は、亜矢さんの事故当時二十歳、もう二世タレントとして人気者になっていて、あの夏は撮影でハワイに長期滞在していました。他にも親や親しかった友人など、幅広く調べましたが、全員のアリバイが確認できました。捜査員から話を聞きましたが、そもそも復讐を目論むほど、誰もブルースノウを恨んではいない。なぜなら直接殺されたわけではないからです。関係者は皆、不運を嘆くだけで、恨みを口にする者はいなかった」

「他の誰かが亜矢ちゃんを連れ去った可能性は？」

私は小さく訴えた。

「それもあり得ません。的場邸の正門に設置された防犯カメラに映っていた車は全て調べました。皆所有者が判明し、身元も確認しました」

「秀平くんの友達は？」

「二人は亜矢さんがいなくなった時間を含めて、色々な場所で複数の人に目撃されています。確かあなたも見たと証言していますね？　二人が亜矢さんを連れ去る時間はなかった」

「それじゃあ」

「連れ去った人物はいない。つまり事件ではない。何らかの事故で死亡してしまった。動物に襲われた可能性も高い。そしてご遺体は川に流されてしまった。翌日は大雨だったことは覚えているでしょう？」

ブルースノウに関することを、警察はとっくの昔に把握していた。隠された事実などない。亜矢ちゃんの行方を捜すすべは、もうないということだ。

「ご理解いただけましたか？　的場にしたって、甥の娘である亜矢さんを捜し出したいという強い思いを持っていたんです。無理やり事故にしようとしていたなどと、言いがかりも甚だしい」

野太い怒りの声に打たれ、返す言葉がない。

私は素直に頭を下げた。それしか出来なかった。玄関に向かおうとすると呼び止められた。

「待ってください。私はこんな話をするために来たのではありません」

立ち止まる私を冷たい目で見ている。

「秀平さんと別れていただくよう、お願いに来たのです」

心臓を摑まれたみたいな衝撃を感じた。

「理由はお分かりですよね？　秀平さんとあなたは生きる世界が違う。彼は、的場照秀の長男なんですよ。秀平さんはいつも記者にマークされています。先日も目白で不審な男を見かけたでしょう？」

「あれは蛇田さんの指示で尾行していた人じゃないんですか？」

「私の部下は、あなたに見つかるようなヘマは決してしない。あの男は記者ですよ。的場家のゴシップを求めて、秀平さんに張り付いていたんです。変わった交際相手ならネタになりますから」

蛇田さんは意味ありげに私を見る。

「危ないところでしたよ。私がストップさせたからいいものの、記事になっていたらと思うとゾッとします。想像してください。『的場照秀の長男の恋人はブルースノウが産んだ娘だった』、こんな見出しがあちこちにばらまかれる。的場家にとってどれほどマイナスか」

言葉が針のように次々と襲ってくる。

「的場家だけではありません。出生の秘密が暴かれ、養子の経緯を調べるため、マスコミは柊家や白川院長の元にも行くでしょう。子供の幸せのために為された行為が、違法として追及されてしまう。全て、善意からの行動ですよ。あなたを守るために隠していたことを自分で掘り起こすなんて、愚かとしか思えません。その結果、蓮見先生のところへも記者が押しかける。由利さんはどんなに傷つくか。ただでさえ亜矢さんのことで心労が溜まっているのに。あなたの大切な人たちが、どういう目に遭うか、よく考えてください」

息をするのも苦しくなる。

「秀平さんは世間知らずでまだ子供です。今は愛さえあればどんな障害も乗り越えられる、とでも思っているでしょう。寿々音さんが捨て子であろうが、ブルースノウの娘であろうが関係ないと。でもあなたなら理解してくれますね。小児科医、そして政治家へと真っ直ぐな夢を持っている秀平さんの足を引っ張りたくはないでしょう？　秀平さんは特別な人です。未来が約束された人なんです」

夢を語っていたときの秀くんを思い出す。その邪魔をするなんて望むわけがない。

もしも自分がノアの子供だったら、秀くんの傍にはいられない。心のどこかでそう思っていた。目を背けていたことを今、突き付けられている。

「あなたからきっぱりと別れを告げてください。未練が残らないように、愛情はもうないと伝えてください。今は秀平さんを傷つけることになるが、それが彼のためなのですから」

もう何も聞きたくない。これ以上耐えられない。

「残念ながら、あなたは秀平さんに相応しくない。どうか別の道を歩いて、あなたなりの幸せを見つけてください。出生の秘密を知ったことは胸にしまっておきなさい。今まで守ってきてくれたご両親の気持ちに応えるためにも」

小さく頷いて、逃げるようにその場を去った。消えてしまいたい。誰にも会いたくない。

涙で濡れた頬を秋風が打つ。手のひらを当てると頬の冷たさに打ちひしがれる。息を吸う度に、冷たく重たいものが胸に溜まっていく。

その日から三日間、ベッドから起きられなかった。「風邪だから寝ていれば治る。うつすといけないから」と、母を近づけず、一人横たわっていた。

重要なミッションを果たさなければならない。私は電話で秀くんに別れを申し出た。「もう別な人と付き合っている。あなたより魅力的な人だ」と告げた。謝罪の言葉を言い、一方的に電話を切った。

その後、秀くんからの連絡はなかった。私に振られたと納得してくれたようだ。

これでいいんだ。自分に言い聞かせる。

翌日、私は東京へ戻った。秀くんがいる東京で暮らしていくのは辛いが、大学を辞めたり出来ない。

蓮見先生への思いは複雑だ。私に対してどんな感情でいるのか、知りたいとも思うし、聞きたくないと思うこともある。

ただはっきりしているのは、今は会いたくないという感情だ。

私は、東京での生活を、改めてスタートさせた。

第三章

寿々音　二十七歳

静けさに包まれた会場が、生徒たちの歓喜に包まれた。隣の子が私に抱きつき泣いている。

思わずもらい泣きしてしまう。土筆高校の後輩であるこの子たちとは、まだ二年半の付き合いだけれど想いは分かち合えている。

「良かったね」

[高校演劇関東ブロック大会、最優秀賞]

全国高校演劇コンクールへの切符を手に入れるのが、演劇部の長年の悲願だった。私が在学していたときは、地区予選も突破できなかった。後輩たちが創部以来初めての偉業を成し遂げてくれた。私の書いた脚本で。

八年前、こんな日々が訪れるとは想像も出来なかった。あの日、蛇田さんに言われた言葉の数々に、二度と立ち直れないと思うほど傷ついた。でも私を救ってくれたのは、大好きな演劇と故郷だった。

大学では演劇にどっぷりのめり込み、自分は裏方の方が好きだと気づいて演出や脚本作りに没頭した。秀くんを忘れるためだったかもしれないが、寝る間も惜しんで打ち込むほど、充実した日々を過ごせた。

大介は公演を見にきてくれたりと交友は変わらないが、秀くんとは会っていない。蓮見家からも自然と足が遠のいてしまった。

真実を知ったと、蓮見先生に告げるつもりはなかった。蛇田さんが言った通り、過去を掘り起こせば傷つけてしまう人がいる。

育ててくれた父母や、由利さんも。

私は蓮見先生を恨む気にはなれない。

蓮見先生は土筆町を毎年訪れていた。私の成長を見にきていたのだろうか。少なくとも、私は忘れ去りたい存在ではなかったはず。そんな想いを抱いた。

ノアが悲劇的な最期を迎えた物語は、それぞれの善意が絡み合い、予想も出来ない結果となった。誰も責められない。

親身になって協力してくれた神山さんには伝えるべきだと思った。神山さんは電話口で絶句していた。ただ『お嬢はみんなに愛されている。それだけは忘れないで』と慰めてくれた。

大介に伝えるのは少し怖かった。私を可哀想に思って、どんな行動を取るか分からないから。秀くんは何も悪くない。二人の別れはお互いのためだ。付き合いを続けても二人とも幸せになれないと自分で判断した。むしろ傷つけるようなセリフをぶつけた私の方が酷い。

大介は秀くんから「寿々音に振られた」と聞いていた。落ち込んでいたという。

「秀くんを動揺させたり、苦しめたりしたくない。だから別れを選んだ理由を絶対に秀くんには言わないで。私は別の道を歩くと決めたの」

「秀平に隠し事をするのは辛いけど、そうするよ。寿々音の気持ちはよく分かるから」

大介はすべてを知った上で、私の頼みを聞いてくれた。

大学四年のときに、柊の父が亡くなった。「いつまでも空から見守るから」という最期の言葉は、今でも私を支えてくれている。

大学卒業後、土筆町に帰ると決断するのは簡単ではなかった。

サークルの仲間たちから、本格的な劇団の立ち上げに誘われていた。夢を語る彼らの熱意に、私の心は揺らいだ。

でも私は母の元に帰ることを決めた。そのときすでに七十五歳だった母の傍にいてあげたいと思った。演劇は「緑のギャラリー」でも出来る。劇団を作る夢を諦めたわけではない。


「先生、出来ました」

正座した雅人（まさと）君が手を挙げた。子供たちの間をすり抜けて近づく。半紙から、はみ出すくらい元気に書かれた「紅葉」という文字を眺める。

「いいじゃない。勢いがあって雅人君らしいわ」

少年はニコニコしながら、もう次の半紙を用意している。習字を楽しんでいる様子だ。

「七褒めて、三指導する、それがうちの書道教室のやり方よ」と、五年前に母から言われた。母が十年前に始めた書道教室は、地元の小学生を中心に生徒は三十名に増えていた。母から提案され、私も手伝うようになった。父に小さい頃から厳しく教えられたおかげだ。

「緑のギャラリー」「柊書道教室」と家事、母とちい婆と助け合いながら忙しい日々を送っている。

もう一つ、四年前から手伝っている土筆高等学校の演劇部の活動にも力を注いでいる。当時、新しく演劇部の顧問になった数学教師が、父の同級生の息子だった。根っからの理数系の教師が演劇に詳しくなくて困り果て、演劇部のOBである私に頼んできたのがきっかけだ。

「時間があるときだけでいいから」と言われ、ときどき顔を出し、練習や脚本選びなどに参加するうちに、次第に夢中になった。部員たちと一つの芝居を作り上げていく素晴らしさを再び味わい、学生時代に戻ったような気分だ。

演劇部には全国大会への出場という大きな目標がある。まずは予選を勝ち上がらなくてはならない。

手伝うようになって二年目から、参加作品の脚本を書くことになった。

一生懸命作ってはみたが、なかなか成果は上がらない。あれこれ悩んだ末、今年は思い切って、ヒーローノートの話を参考に書いてみた。

ファイルの中の一つ、あるヒーローのお話が、私たちに歓喜の瞬間をもたらしてくれた。

「小さなヒーローのお話」

作・演出　柊　寿々音

登場人物

幸一・小学六年生。子役の仕事のため、なかなか学校に行けないお祭り好きの男の子。

政やん・二十七歳。盆踊りの太鼓打ち。一年に一週間だけ町に来る。

美里・二十二歳。交際相手の暴力から町に逃げてきた女性。

雅美・小学六年生。幸一の幼なじみ。子役の幸一にアイドルに会わせてと頼むミーハーな女の子。

祐子・三十二歳。幸一のマネージャー。熱い女。

所さん・五十歳。ドラマの裏方、美術や大道具。

雷太・二十九歳。美里を追いかける暴力男。

第一場

ある金曜日。小学校の校庭。朝礼台に幸一と雅美が座っている。賑やかな子供の声。転がってきたボールを投げ返す幸一。アイドル雑誌に夢中な雅美。

雅美　あ、幸ちゃんが出てる。隣にいるのはアキラね。アキラ、格好いいよね。話したことある？

幸一　ないよ。まだ一回しか会ってないから。

雅美　今度撮影所に連れていってよ。アキラと共演するんでしょう？　会わせてよ。

幸一　うん、聞いてみる。

幸一は校庭で遊んでいる同級生たちが気になって、雅美の話を受け流している。

雅美　いつもそう言うけど、一度も連れていってくれない。

幸一　うん、聞いてみる。

ボールが近くに飛んでくる。急いで取りにいく幸一。ボールを投げ返す。

雅美　ねえ、私の話聞いてる？

幸一　うん、聞いてみる。

雅美がイライラした様子で朝礼台の周りを歩き出す。

雅美　そんなにみんなと遊びたいなら、入れてもらえばいいじゃん。

幸一　いいよ、別に。

雅美　みんな幸ちゃんを嫌ってないよ。テレビに出たりしてるから、ちょっと話しかけにくいだけだよ。

幸一　いいよ。どうせまた学校休まなきゃいけないから。

雅美　え、また長い休み？

幸一　うん、たぶん。

雅美　明日からお祭りだよ。政やんが来てるよ。

幸一　分かってる。お祭りの三日間だけは撮影を入れないでって言ってある。もし約束を破ったら、もう子役やめるよって。

雅美　ほんとにお祭り好きだね。

幸一　放課後、盆踊り会場に行こう。ちょっと相談したいことがあるんだ。

雅美　相談？

幸一　あとで話すよ。

幸一にスポットライト。幸一の独白。

幸一　政やんと親しくなったのは二年前。お祭りの準備をしていた政やんが「太鼓打ってみるか」と、やぐらの上から声を掛けてくれた。その日から政やんは僕の太鼓の師匠だ……。

脚本を書くに当たって、ファイルの中から私が選んだこの話は、蓮見先生が体験したことだ。そう、主人公、幸一は、小学六年生だった蓮見幸治なのだ。

【幸治は盆踊り会場で太鼓打ちの通称、政やんと知り合う。政やんはお祭りの期間だけ、遠くから来ていた。

子役の仕事のため学校を休みがちな幸治には、町のお祭りを楽しむ友達がいない。政やんに声を掛けられ、やぐらに上がり太鼓打ちを教わった。本番でも何曲か叩かせてもらった。

政やんが近所に住む美里という女性に恋をしていると知り、幼なじみの雅美と共に応援するが、政やんは何も言わず町を去っていった。

一年後、また祭りの時期に政やんが町にやってきた。幸治は政やんに話を聞く。政やんは美里のことを忘れられず、どうしているかとアパートの近くに見にいったという。そして美里の様子がおかしいと心配していた。怪我をしているみたいだと。政やんは、心配でたまらないが、見ず知らずの自分が話しかけてもいいのかと迷っていた。

幸治はすぐにマネージャーの祐子に連絡した。祐子が困っている人を放っておけない性格なのを知っていたからだ。二人で美里の元へ駆けつけると、確かに顔は腫れ上がり、怯えていた。

美里は一年前、暴力を振るう交際相手から逃げてこの町へ来た。平穏な日々を送っていたが、つい三日前、居所を見つけた男がやってきて、殴られたという。男は長距離トラックの運転手、明後日にまた戻ってくる。警察に言っても助けてもらえず、逃げてもまた見つかると、諦めていた。

幸治はどうしたら美里を救えるか考えた。そして、男が美里を追いかけなくなる作戦を編み出した。大道具の所さんにも協力を頼み、必要な物を用意してもらった。作戦会議が行われたのは盆踊り会場。メンバーは、幸治、雅美、政やん、祐子、所さんだ。幸治が演技指導し、準備万端で当日を迎えた。

雅美は、幸治が用意したトランシーバーを持って駅で待機する。男の特徴は右腕の入れ墨だと美里から聞いていた。

「男が改札口から出てきた」雅美の報告を受け、所定の位置につく。男がアパートの前に来た瞬間、幸治が美里の部屋から飛び出て叫ぶ。

「人が死んでる」

男が中を覗くと美里が首を吊っている。近くにいた祐子も覗き込み、悲鳴を上げる。

「おまわりさん、人が首を吊っています」

幸治が大声で叫ぶと、警官が駆けつけた。ドア付近にいる男と祐子を警官が押し退(の)け、部屋に入っていく。

「えー、こちら豊島区目白二丁目、女性の遺体を発見しました。首を吊っています。至急応援をお願いします」

そこに雅美が来て警官に言う。

「おまわりさん、あの人が女の人を殴っているのを見ました」

雅美は男を指さす。男は後ずさった。横から所さんが叫ぶ。

「わしも見た。あいつだ」

「ちょっとお話聞かせてください」

警官が男に声を掛けると、男は慌てて逃げ出した。警官は追いかけながら叫ぶ。

「待て、逃げるな」

「待てー」

幸治と所さんも追いかける。男が駅に姿を消すのを確認して、美里のアパートに戻った。

床に下ろされた美里は、まだ不安そうにしている。首吊り細工は大道具の所さんが製作し、祐子は青白い顔のメイクを担当、政やんが着ている警官の制服も、所さんが準備してくれた。

「これであの男は君が死んだと思って、もう二度と現れないよ」

政やんの言葉に、美里は、

「ありがとうございました」

と小さな声で答えた。

美里は少しして引っ越していった。二人の仲がその後どうなったかは定かでない】

私の脚本では、政やんと美里はハッピーエンドにした。

この話を聞いたのは、高校三年生のときだった。由利さん、大介もいた。亜矢ちゃんの情報を求めるビラ配りをした日の夜だったと思う。ビラ配りの後はどうしても心が沈んでしまうから、確か大介がこの話題を持ち出したと記憶している。蓮見先生が鐘を鳴らした出来事とは、一体どんなことだったのかと尋ねた。

蓮見先生は照れくさそうに一通り教えてくれたあと、話を続けた。

「あの鐘を鳴らせたことが私を変えてくれた。勇気をもらった。それから少しして子役を辞めた。学校に行きたかったんだ。歌舞伎役者以外の道を目指してもいいんだと思えるようになった」

遠くを見るような目をしていたのを覚えている。今にして思えば、宿命の重さを感じていたのかもしれない。

親の跡は継がず、医師になる道に進めた。でも親に逆らいきれないこともあった。私を産んだノアを守れなかった。それは蓮見先生の一生の傷痕になっているのだろう。そうに違いないと私は信じている。

東京を離れてもうすぐ五年になる。その間、蓮見先生と由利さんには一度も会っていない。この頃ときどき考える。

由利さんは、私が蓮見先生の子供だと知っていたのだろうかと。知っていて夏休みに来てくれていたのだろうか。

確かめるなんて、出来るはずもなかった。

父だと知ってから、蓮見先生にどんな顔で会ったらいいか戸惑い、家に行くのをやめてしまった。二人の様子は大介からときどき聞いていた。由利さんは塞ぎ込むことが増えたという。

「女同士のおしゃべりって、気分を変えるのにすごくいいって聞いた。寿々音、一度会ってくれないか？」

大学二年になった頃、そう大介に言われ、由利さんを外で会おうと誘い出した。

明るいテラスで、二人でパフェを食べた。大学の演劇仲間が引き起こした面白い話をすると、由利さんは小さく笑い声を上げた。たとえ一瞬でもいい、苦しみから解放される時間を少しでも持てるようにと願った。卒業するまで、年に何度か二人でランチや話題のスイーツを食べに行った。一度、私の子供時代の話が出たのを覚えている。

土筆町や亜矢ちゃんを連想するような話題は、避けていたのだけれど、由利さんが唐突にこう言った。

「寿々音ちゃんに会うのを、幸治さんは楽しみにしていたのよ」

何て答えればいいか分からず、返事が出来なかった。

「土筆町から帰ると、『今年も寿々音は幸せそうだったな』って言っていたわ」

ただそれだけだった。そのあとは昔の話を口にすることはなかった。

去っていく後ろ姿はいつも淋しそうで、見送るのは切なかった。

由利さんはどうしているだろう。なぜかそんなことが心に浮かんだ夜、大介から着信があった。

「由利さんが死んだ」

大介の声がいつもと違う。耳に届く内容を理解するまで、しばらく時間が掛かった。思い出される由利さんは、哀（かな）しげに微笑んでいた。

蓮見幸治

由利が眠りについた。これで救われる。私も由利も。

横たわる由利の胸に亜矢の写真が置かれている。その笑顔は、ときに私たちを癒やし、ときに悲しみのどん底に突き落とす。目を背けたくなる日もあった。いっそ忘れてしまえればいいのに、とまで考えた。

事件の可能性は極めて低い、と言われたのは失踪から一年ほど経った頃だ。警察はほぼ事故だと判断し、捜索は縮小された。生きていると信じている由利には伝えられなかった。結婚して二十二年。亜矢との三人暮らしはたったの五年。辛く悲しい年月の方がずっと長い。

初めて由利と話したのは、大学四年の冬だった。

構内の外れにある日の当たらないベンチで、

「いつもここに座っているけど、寒くないの？」

そう声を掛けられたときの、澄んだ瞳を今も覚えている。

大学一年の冬、乃蒼（のあ）の死を知った。

私に妊娠を告げたときの、不安そうな顔は今も忘れられない。

「ごめん、考えさせて」目をそらし、そう答えるのが精一杯だった。どうすればいいか分からず、母親に相談した。自分を守ってくれる場所に逃げ込んでしまったのだ。

やがて、中絶を迫る大人たちに、乃蒼がどうしても首を縦に振らないと、困ったように母が言ってきた。「お前からも説得しなさい」ときつく命じられ、電話で話をした。

「コーちゃんには決して迷惑を掛けない。二度と会わないと約束するから、産ませて欲しい。赤ちゃんを殺さないで」

そう泣きながら懇願した。私に出来るのは、乃蒼の想いを汲（く）み、両親に頭を下げて頼み込むことだけだった。「赤ん坊だけは産ませてあげて」と。

乃蒼の決心は強かった。一ヶ月ほどして「子供のいない夫婦の養子にすると決まった。全て的場の兄に任せたから、お前はもう忘れなさい」と母から言われた。

少なくとも子供を産みたいという願いが叶ったと安堵した。

だが、乃蒼は自ら身を投げて死んだ。私は伯父のところへ行った。どうして死んだのかを知りたくて。

秘書の蛇田さんが出てきて、冷たく告げた。

「子供を手放すという約束で出産を許されたのに自殺するなんて、自分勝手な人です。こちらも予想外の出来事です。彼女が子供を産んだことは、誰にも知られてはいけません。生まれてきた子供のためにも」

頷くしかなかった。乃蒼の死によって、巻き添えになり命を落とした人が出た。名前こそ世の中に知られていないが、犯罪者のように思われている。生まれてきた子供が守られ、幸せになれるようにと願うことしか出来ない。

自分は生きる価値があるのか。乃蒼から逃げてしまった事実は消えない。何も手に付かず、部屋に籠もった。

そんなときに柊さんから電話をもらった。

「赤ちゃんは、私たちの養子になると決まった。こんな年で親になるとは自分でも驚いている。これは運命だと思う。大切に育てると約束する。だから、幸治君も約束してくれ。自分の人生を懸命に生きると。胸を張って子供の前に立てるような生き方をするんだ」

それからは、ひたすら勉強に没頭した。それまでの交友関係を断ち切り、変わり者と指を差されながら、講義以外は誰もいない日陰の冷たいベンチで医学書を広げた。

由利に話しかけられたとき、久しぶりに人の声を聞いた気がした。

「六年も大学にいるのに、ここ知らなかった。隣座っていい？」

二つ先輩の由利は、医師国家試験を目前に控えていた。分厚い参考書を手にした由利と、ときどき話をするようになった。雪がちらつく日も由利は来た。構内にはカフェが幾つかあるのに。

「どうしてカフェに行かないの？」

と問うと、

「人目が苦手なの。子供は好きなんだけど人嫌い。医師には向いてないかもね」

微笑みながら、秘密を打ち明けるみたいに小声で答えた。

その後も二人の友人関係は続いた。研修医として忙しく働く由利は輝いていた。そして包み込むような大きな優しさを持っていた。それは初めて言葉を交わした日から変わらない印象だった。二年遅れで医師国家試験に合格した日に、過去の罪を全て打ち明け、好きだと告白した。

乃蒼の死、巻き添えで人が死んだこと、妊娠を知って逃げた卑怯な自分、子供が知り合いの家の養子となっていることも。

数日後に会った由利は、いつもと変わらない笑顔で言った。

「全部話してくれてありがとう。私もあなたが好きです」

きっとあれこれ悩んだはずだ。私に失望しても不思議じゃない。

それでも私を受け止めてくれた。由利に相応しい人間になれるよう、この先の人生を歩もうと心に決めた。

二人の結婚生活は、研修医として多忙の中で始まった。小児科医の由利は、入院患者が気掛かりで休日にも必ず病院に顔を出す。一緒に暮らし始めてから気がついたことがある。由利は患者に対して過度に感情移入してしまう。患者にとっては良い医者なのは間違いない。だが医者は一人の患者だけを診ているわけにはいかない。

一人一人の病状や置かれている状況に、うろたえてしまう姿が危うく見えた。

結婚後に亡くなった義父に言われたことがあった。

「由利は情がとても深い。人の苦しみを自分のことのように感じてしまう。幸治君、どうか由利を守ってやってくれ」

義父は繊細な由利の心を分かっていた。

夏休みに土筆町に行くことも、由利の勧めからだった。

「寿々音ちゃんには、出生については知らせずに済めばそれが一番いいのかもしれない。でも、もしもいつか真実を告げる日が来るとしたら、ずっと見守っていたあなたの気持ちが、寿々音ちゃんに伝わる。決して見捨てられたのじゃない、と思えるんじゃないかしら。一年に一度だけでも会いにいきましょう」

年に一度、寿々音に会えることは私にとって救いとなった。寿々音が幸せでいれば、乃蒼への償いになる。

東京の大学に通うようになった寿々音は、由利を気遣ってときどき外に連れ出してくれた。

亜矢の失踪後、由利は休職したままだ。いつ亜矢が帰ってくるか分からないからと、家から出るのを拒む。私が仕事に行っている間、一人で家にいる由利が心配だった。寿々音と話す時間を持てば、気が紛れるのではないかと勝手に期待した。だが何も変わらなかった。由利の心はすでに壊れかけていた。

「亜矢はどこかで生きている」

由利を生きさせるために希望を与えた。それが、本当に良かったのか。いつまで希望を捨てずにいられるのかさえも、分からなかった。十年が過ぎた頃から「亜矢が帰ってきたら、」という言葉を口にしなくなった。私が掛けた魔法は切れてしまった。

「死にたい」

弱々しい声で言う。もう目を離せない。そして、自分の中にも同じ思いがあることに気づいた。

「ねえ、警察は何て言っているの？　もう亜矢を捜していないの？」

ある日唐突に、訊かれた。今まで由利の口から警察という言葉は出なかった。正式な見解を知るのを自ら避けていた。希望を絶たれたくなかったのだろう。私は、警察から聞いていた捜査情報を初めて明かした。

「あなたも、亜矢はもう生きていないと思っているの？」

じっと見つめながら尋ねられ、何も答えられなかった。

「せめて、一緒のお墓に入りたいわ」

由利の細い肩を抱いた。

「三人で一緒に入ろうな」

そんなことが可能だろうか。だが、それが私たち二人の最後の悲しい願いだった。

「亜矢の二十歳の誕生日まで頑張ろう。それまでに見つからなかったら、二人で亜矢の元へ行こう」

いつしか、二人の間で期限が定められた。こんな目標でもなかったら、辛い日々を由利はもう耐えられない。

私は職を辞し、二十四時間ずっと由利と過ごした。アルバムの写真を見て、泣いたり笑ったり。亜矢の好物だけを食卓に並べて食べたり、三人で出掛けた場所に行ったりした。

二人だけど、三人の時間だった。そしてとうとうその日が来た。

リビングのテーブルにバースデーケーキが置かれている。二十本のロウソクの火は、二人で吹き消した。由利の目にもう涙はない。

穏やかな美しい顔を久しぶりに見た。

世間は、子供を失い絶望の末の夫婦心中だと言うだろう。でも私たちは亜矢のところへ行くだけだ。亜矢に会える希望を胸に抱いて旅立つのだ。

私たちは不運だが、不幸ではない。

短いけれど三人で幸せな日々を過ごした。

由利は亜矢の写真を抱きベッドに横たわる。由利の細い腕に点滴の針を刺した。

「ありがとう」

同じ言葉を同時に発したことに、二人で笑い合う。

由利の最期を見届け、そっと口づけをした。

二人で書いた遺書をサイドテーブルに置き、由利の隣に横たわる。「一人にはしないよ」

私は点滴を自分の腕に繋ぎ、目を閉じた。

寿々音

俗名　蓮見由利　平成三十年　十月二日　行年四十八歳

朝から降り始めた雪が、お墓の上にうっすらと積もっている。大介が丁寧に拭いているが、次々と舞い落ちてくる。

「きりがないな」

大介がため息をつく。

「うん、でも綺麗な雪だよ」

私はお線香を供え、手を合わせた。由利さんの死から四ヶ月が過ぎようとしている。

あの夜大介から電話をもらい、私は翌日の始発で東京へ向かった。

「由利さんが死んだ。先生も危険な状態だ」

不安に満ちた声が耳に蘇る。

病院の待合室には大介と秀くんがいた。秀くんとは八年振りの再会になる。ぎこちない会釈を交わして、二人の向かいに座った。

「どんな状態なの？」

「今、ＩＣＵにいる。まだ意識は戻っていない」

秀くんが答えた。大介は青白い顔で宙を見ている。

「一体、何があったの？」

無言の大介に代わって、秀くんが話し出す。

「昨日の夕方、由利さんの電話での様子がおかしかったから、大介が仕事帰りに家に寄ったそうだ。呼び鈴を鳴らしても返事がない。いつも点いている玄関の灯りも消えたままだ。大介は窓ガラスを割って入り、寝室にいる二人を見つけた。救急車を呼んだが、由利さんはもう亡くなっていた。たぶん薬物投与による死亡だと思う」

「一ヶ月くらい前から、由利さんは穏やかで少し明るくなったと感じていたんだ。俺はいい兆候だと思っていた。もうすぐ亜矢の誕生日だと何だか楽しそうに話していた。まさかこんな決断をしていたなんて」

大介が絞り出すような声で言った。

「電話で『遅くなるけど、今日そっちに行きます』と言ったら『今日は来ないで』って由利さんが言った。どうしてだろうと思った。俺が仕事なんかほっぽらかして、すぐに行けば良かったんだ。そうすれば、由利さんを助けられたかもしれないのに」

握られた拳が大介の膝の上でぶるぶると震えている。

「蓮見先生は、由利さんの死を確認してから自分に投与したんじゃないかな。だから先生はかろうじて一命を取り留めた」

秀くんは落ち着いて見えるが、目の下には隈が出来ていた。

私には何も出来ず、翌日土筆町に帰った。

そのあと、蓮見先生は意識を取り戻し、徐々に回復していった。二ヶ月後にようやく退院したが、すぐに脳梗塞を発症したため再び入院した。

蓮見先生の容態は、大介が逐一知らせてくれた。大介を通して、医師としての秀くんの意見も聞いていた。

体は回復の兆しがあるものの、精神状態が落ち着かない。自分だけが助かり、由利さんを一人で逝かせてしまったことが大きな苦悩となっている。まだ入院が必要だ。

入院が長引いているのは、秀くんの判断だ。

親族は、蓮見先生が自殺幇助の罪になるのかと気に病んでいる状況で、一番身近で面倒を見ているのは大介と秀くんだと聞いた。


東京に来たのは、「先生に会いにきてくれないか。二人に話したいことがある」と大介から連絡があったから。

大介の声はいつもと違い神妙だった。蓮見先生は退院して自宅療養中だという。家へ向かう前に由利さんのお墓に寄り、そこで大介に会った。お墓は蓮見家からほど近い場所だ。

五年ぶりに歩く町は変わっていなかった。煎餅屋の大きな木の看板が目に入る。

不意に、由利さんとたくさんの種類を前にして、お煎餅を選んだ光景が思い出された。

並んで歩く大介は、口数が少なく、やつれているように見える。

「大丈夫？」

幼い頃に火事で両親と妹を失い、家族のように接していた蓮見家にも不幸が続く。大介は悲しい思いばかり味わっている。痛々しい横顔を見ながら思わず尋ねた。

「ああ」

大介は私の方を見ずに答えた。

久しぶりに見る蓮見家は、以前にも増してひっそりとしていた。

居間の隣にある和室に介護ベッドが置かれ、蓮見先生が横たわっている。しんとした部屋の空気は寒々しい。

蓮見先生が目を開けてこちらを見た。病院に駆けつけたときよりも顔色はずっといい。ただ、白髪が増え、瞳には力がない。

「寿々音か」

掠れた声が耳に届く。

生きていてくれて良かった。目の前にいる蓮見先生を見て、素直にそう思った。

「お見舞いに来られなくてごめんなさい」

それしか言えなかった。

大介が私の肩をさすって、椅子に座らせた。それからベッドの背もたれを上げて、蓮見先生の姿勢を整えた。

「話したいことがあります」

そう言ったきり、大介は俯いたまま口を噤んでいる。普段と違う様子から、何か大切な話だと感じる。

やがて、青白い顔を上げて、話し始めた。

「ずっと、重大なことを隠していました」

初めて聞く重苦しい声に、漠然とした不安がにじり寄ってくる。

「亜矢ちゃんがいなくなった日のことです。あの夏、俺は毎日、記念塔の屋上にいた。秀平が友達を連れてきて、いつもみたいにみんなで遊べなかったから。夕方、的場さんの車ジープラングラーのエンジン音が聞こえた。山から帰ってきたんだ。独特な音だからすぐ分かる。珍しい車を近くで見たくて、螺旋階段を駆け下りた」

大介の車好きは知っていた。走ってくる車の名前を次々に当ててみせ、学校中で一番詳しいんだと自慢していた。

あの日、私は屋上にいた大介と話をした。悲しい日の記憶だから、思い出さないようにしていた。

「走って東門の木陰に隠れた。少しするとラングラーが東門から入ってきて止まった。運転席から蛇田さんが降りてきた」

「隠れて見てたの？　どうして？」

「俺は的場さんが苦手だった。蛇田さんのことも。ラングラーは見たかったけど、的場さんには会いたくなかったんだ」

的場さんの運転で、一度山に連れていってもらったことがある。秀くんも一緒だった。そのとき、的場さんが大介を無視するのを感じて、嫌な気分だった。

「そのあと的場さんも降りてきて、二人は納屋へ入っていった。すぐに蛇田さんが出てきた。そのとき腕に抱えていたんだ」

「抱えていたって、何を?」

「亜矢ちゃん」

「何だって?」

蓮見先生がベッドから落ちそうな勢いで大介に迫る。

「落ち着いてください。話を聞きましょう」

自分にも言い聞かせるように、蓮見先生をなだめた。

「寝ている亜矢ちゃんを運んだのかと思ったけど、蛇田は後部座席じゃなくラゲッジスペースに乗せたんだ。そしてまた納屋に戻った。俺は亜矢ちゃんの様子を見ようと近づいた。頬に触ったら、息をしていなかった」

「そんな……」

蓮見先生が顔を手で覆う。

「納屋の扉を閉める音がして、行き場を失った俺は、とっさに車の中に乗り込んだ。ラゲッジスペースから荷物が置かれた後部座席の背もたれを乗り越えて、座席の足元に身を潜めた。ドアが閉まる音と振動を感じ、車が動き始めた。一時間くらいは経ったと思う。車が止まって二人が降りた気配がした。しばらくして窓から覗くと、暗い中、蛇田がスコップで穴を掘っているのが見えた。的場は傍でしゃがみ込んでいた」

「待ってくれ。二人が亜矢を埋めたというのか？」

蓮見先生が声を上げた。

苦しげな呻き声と共に、大介は頷いた。

「どうしてすぐに言わなかったんだ」

鬼のような形相で迫る。大介は下を向いたまま体を小さく丸めている。

「亜矢ちゃんが死んだことも、犯人も見ていたのに、どうして黙っていたの。どうして？」

私は腕を摑んで揺すぶった。

「どうしてなの？　ちゃんと話して」

大介は目を瞑り、絞り出すような声で話し始めた。

そのあとに起きたこと、沈黙を選んだ理由を。

『山から戻って車が止まり、シャッターが閉められる音がした。真っ暗な中、車の座席の隙間に蹲り、恐ろしくてじっとしていると、やがて足音も聞こえなくなった。早く先生に知らせなきゃ。亜矢ちゃんが死んでしまったと言わなくちゃ。車から出て、ゆっくりシャッターを押し上げて這い出た。外に誰もいないのを確かめて走り出した。でも、ゲストハウスが見えて、急に足が止まった。由利さんの泣きくずれる姿が頭に浮かんだ。どうしよう。何て言えばいいのだろう。心臓がドキドキした。ゲストハウスの中に入ると、由利さんの叫ぶような声が耳に飛び込んできた。

「亜矢が死んだら私も死ぬ」

体が凍り付いたみたいに動けなくなった。「私も死ぬ」という言葉が頭の中で何度も繰り返される。

「大ちゃん、亜矢は？」

由利さんの問いに答えられなかった。

警察官に訊かれて「知らない」という言葉が口から出ていた。ただただ恐ろしかった。亜矢ちゃんが死んだ。的場と蛇田が亜矢ちゃんを山に埋めたのを見た。それを自分は黙っている。

全てが恐ろしかった。

必死で言い聞かせた。「見たことを言ったら、由利さんが死んでしまう。何も言うな」と。

死んでいた亜矢ちゃんの顔が、火事で死んだ妹、美由紀に重なる。父も母も死んでしまった。由利さんを死なせないためには、こうするしかない。

いつの間にか、秘密を守ることは由利さんのためなんだ、と思い込んだ。

でも時が経つに連れ、気がついた。口を噤んでいるのは、由利さんのためではなくて、自分が大切な人を失うのが耐えられないからではないかと。真実を隠していることに迷いが生じ、何度も告白しようと考えた。でも『亜矢は生きている』と口にする由利さんを前にすると、どうしても言えなかった。

「確かにあのとき『亜矢が死んだら私も死ぬ』と由利は言った」

蓮見先生はそう言ったきり、黙りこんだ。

告白を終えた大介は、由利さんの遺影をじっと見ている。

次第に、大介の切ない想いが私の中に沁み入ってきた。正しいか間違っているかではない、痛々しいまでの心情が見えてきた。

「由利さんは何も知らずに死んでしまった。これで良かったのか、俺には分からない。先生、ごめんなさい」

頭を下げ、体が小刻みに震えている。

蓮見先生は唇を嚙みしめ、じっと前を見ている。

重たい静寂の時間が流れた。

「私も同じだ」

やがて振り絞るように、蓮見先生が言葉を発した。

「遺体が見つからないのは亜矢が生きている証拠だと、由利に希望を持たせた。それが生きさせる唯一の方法だと思ったからだ。私も同じなんだ。余計に苦しめたのかとずっと思い悩んだが、他に道はなかった。由利に生きていて欲しいと、そればかり考えていた。大介を責められない」

二人とも目が真っ赤だ。でも懸命に涙を堪えている。

「遺書に書かれていた言葉、由利さんの願いを俺は叶えたい」

大介が熱を込めた声で言った。

蓮見先生と由利さんの遺書には、三人で埋葬されることだけが今の望みです、と書かれていた。

「埋められた場所が分かるの？　警察に話す？」

「いや、場所は特定できない。警察に言ってもこんなに年月が過ぎて、しかも当時子供だった俺の証言を信じてもらえるとは思えない」

「もう一度訊くが、本当に的場の伯父と蛇田だったんだな？」

「はい。それは間違いないです」

「一体なぜ？　全く分からない。あの二人がどうして亜矢を？」

蓮見先生が頭を抱える。私にも想像が出来ない。蛇田さんの印象は、冷淡で怖くはあるが悪人というわけではない。それに的場さんが何の目的で亜矢ちゃんを殺す必要があるの？

「先週、的場邸へ行った。先生に話す決心をして、もう一度あの日に起きた出来事を確認しようと。東門の前に立つと、記憶が徐々に蘇った。後部座席の下に蹲り車に揺られ、舗装された道から砂利道に変わったのを覚えている。すると疑問が湧いてきた」

「疑問って？」

「寿々音も知っていると思うけど、山に入る門には常に鍵が掛かっていた。あの門は車で山へ入る唯一の道だ。いつもは、一旦車から降りて鍵を開け、門を通ったらまた降りて鍵を閉める。門を通るときは必ず二回車から降りる。記念塔からその様子を見る度に、面倒くさそうだなと思ったのを覚えている。でもあの日は違った」

「どう違ったんだ？」

「俺が中に潜んだあと動き出した車は、一回しか止まらなかった。門を通り過ぎてから、蛇田が降りて鍵を閉めた」

「どういうこと？」

「つまり車が山に向かうとき、門は開いていた。それは蛇田たちが山から戻ってきたときに、門を開けっ放しにしていたからだ」

「またすぐに引き返すつもりだったということか」

「そうです。的場たちは納屋で亜矢ちゃんが死んでいると誰かに知らされて、急いで戻ってきたんだ。亜矢ちゃんを車に運び込んですぐに山へ戻ると決めていたから、門を閉めなかった」

「二人は遺体を運んだだけで、亜矢を殺した犯人は別にいるというのか？」

「そう。俺はずっとあの二人が犯人だと思っていたけど、違ったんだ。あのとき蛇田は納屋に入ってすぐに出てきた。何かするような時間はなかった。殺した犯人が、山にいる的場たちに教えたんだと思う」

「犯人は、どちらかに電話で伝えた。つまり、携帯の番号を知っている者で……」

　蓮見先生が言い淀む。

「その上に、二人が庇う必要がある人」

大介の言葉に背筋が寒くなった。秀くんの顔が浮かんだが、すぐに打ち消した。絶対に違う。秀くんであるわけがない。

番号を知っている人を思い浮かべてみる。

的場家の人、おばさんと秀くんと希海、柊の父と母、私だって父の手帳を見れば番号が分かる。宿泊していた杉山夫妻、秀くんの友達は知っていただろうか。あの日、的場邸にいた全員が容疑者と言える。

蓮見先生の顔色が悪い。

キッチンへ向かいお茶を淹れて、二人の前に置いた。

私も喉がカラカラだ。三人とも無言のまま喉を潤（うるお）した。

「的場の伯父と話す」

その気持ちは分かるが、素直に認めるとは思えない。

「俺も考えた。でも、何か根拠がなければ、白状させるのは難しい」

静かな部屋に、深く大きいため息が重なる。

両手の拳を握りしめて、大介が立ち上がる。

「だけど俺は諦めない。必ず亜矢ちゃんを取り戻す。だから待っていてください。由利さんと亜矢ちゃんをいつまでも離れ離れにはしない。先生、死のうなんて思わないで。俺を見ていてください」

大介は、蓮見先生が由利さんのあとを追ってしまうのを恐れているのだ。

目を閉じて考え込んでいた蓮見先生の、

「分かった」

という小さな声が聞こえ、大介は何度も頷く。自分を奮い立たせるように拳を強く振りながら。

「私にも手伝わせて」

帰り道で囁く声は掠れていた。まともに声を出せないほど疲れ切ってしまった。

「寿々音、大丈夫か？　顔色が悪いぞ」

安心させるため、「大丈夫」と精一杯答えて、大介と別れた。

土筆町の家に着くなり、ベッドに倒れ込んだ。ショックは大きかった。亜矢ちゃんの死が突きつけられた。しかも予想もしない事実を知らされ、気持ちの持っていきようがない。

でも大介の思いには応えたい。亜矢ちゃんを取り戻すために出来ることは何だろう。

電車の窓から見える風景を、あまり好きになれない。田園から急に都会が現れる変化に、不安をかき立てられるからだ。今日は東京都三鷹市にある井の頭公園駅で大介と待ち合わせをしている。

　大介の告白が余りにも衝撃だったからか、このところ体調が優れない。今朝も何度か吐いてしまった。母に留守を頼んで駅へと急いだが、予定していた電車に乗り遅れてしまった。

　あれから二週間、大介とは毎日のように電話で話した。由利さんの願いを叶えるために、大介と私、二人で行動すると決めた。

　立ちはだかる壁は分厚く強固だ。今の的場さんに直接会うことは困難だし、たとえ会えたとしても突破口が見えない。目的を果たすために何をすれば良いのか、正直途方に暮れる。

　とにかく一歩でも前進するため、神山さんにだけ相談しようと決意し、大介が会いにいき、話を聞いてもらった。ヒーローノートを通じて二人は以前から知った仲だ。

　予想通りの反応だったと、大介は電話口でも分かるくらい、悔しそうに告げた。

「神山さんは俺の話を信じてくれた。でも警察を動かすのは到底無理だと。的場に加え、今や蛇田も政党の重要な存在になっている。十五年も過ぎて出てきた、当時中学一年の証言が取り上げられるとは思えない。今回だけは力になれない。亜矢ちゃんを見つけたい気持ちは分かるが、とても難しいと」

珍しくきつく言われたらしい。それでも頼み込んで、秀くんの友達、小松原と立山については調べてもらえた。

最も怪しいと、意見が一致した人物だ。もしも犯人を突き止められたら、的場さんへの道が繋がるかもしれない。

小松原隆、三十歳、無職。現在、三鷹市の実家で一人暮らし。父親の小松原正隆は警察庁を定年後、妻の実家がある高知県に夫婦で移住している。

立山順治、墨田区の大町区民事務所に勤務、三年前に結婚して昨年娘が生まれている。

神山さんは更に付け加えた。

二人は、中学一年生の女子へのわいせつ事件を起こしていたので、当時重要人物として調べられた。小松原の父親が警察庁長官官房参事官であることで多大な配慮があったとは思うが、捜査は適正に行われたようだ。二人が容疑者から外されたのは、時間的に犯行が不可能と判断されたからだった。

かくれんぼを始めたのは午後三時三十分頃。四時頃、由利さんがゲストハウスのトイレに入った亜矢ちゃんと会話している。それ以後の目撃情報がないので、四時以降に亜矢ちゃんの身に何かが起きた。

小松原と立山は四時二十分、女子中学生に対するわいせつ事件を起こしている。五時のチャイムが鳴る頃、二人が歩いているのを私は木の上から見た。的場邸に二人が戻ったのは五時二十分、ちい婆が出迎えている。その後はリビングでテレビを見ている姿を、ちい婆や秀くんが確認している。

亜矢ちゃんを、見つからないほど遠くに遺棄する時間はない。だから容疑者から除外された。でも大介の告白から、車で運んだ人物がいたと知った。殺害だけなら彼らの犯行は可能だ。

殺人を犯した息子が慌てて父親に連絡する。父親は旧知の仲である的場さんに隠蔽を頼む。警察幹部の子供が殺人、しかも現場は自分の敷地内だ。発覚したら大騒ぎになる。犯罪の隠蔽に加担することは充分あり得る。

そして遺体の始末を蛇田さんに命じる。蛇田さんならどんな指示でも従うだろう。

無茶な真似はしないと大介は神山さんに答えたというが、何もしないわけにはいかない。私たちは小松原の周辺を調べることにした。

電車は静かな駅舎に吸い込まれるように停車した。通勤時間を過ぎているためか、人影はまばらだ。改札を出ると、大介が所在なさげに立っていた。

「遅れてごめん」

「家はどの辺か分かった。ここから歩いていける」

「もう調べたの？」

「早く着いたから、近くをウロウロしてお店で聞いてみたら、すぐに教えてくれた。この辺では有名人らしい。やっぱり警察のお偉いさんは町の名士なんだろう」

珍しく皮肉めいた口調で言った。歩き出す大介のあとを追う。都心とは違って樹木が多く、古い家と新築の家が混在する住宅地だ。

小松原の家は、駅から歩いて十五分ほど、木組みの塀に囲まれた二階建ての一軒家だった。エリートには不似合いな古びた質素な雰囲気だ。ただ、「小松原」と書かれた立派な表札だけが、威厳を漂わせている。

通り過ぎながら、塀の隙間から中を窺う。人の気配は感じられずひっそりとしている。二階の物干しにも洗濯物は干されていない。家屋の裏側に小さな庭があるが、雑草が生い茂り、隅には不要になった家財道具が積み重なり放置されていた。荒れた生活ぶりが垣間見える。

大介が斜め前を指さした。ブロック塀に「コーポ大和（やまと）　入居者募集　大和不動産」という看板が貼り付けられていた。二階建ての木造アパートだ。

「行こう」

駅前に戻ると「大和不動産」はすぐに見つかった。大介は迷わず引き戸を開けた。

「いらっしゃいませ。そちらにどうぞ」

五十代くらいの女性が入り口のすぐ横にあるソファーを勧めてくれた。二人で並んで座る。室内には他に人はいない。

「お部屋をお探しですか？」

「はい」

大介が即答する。

「社長を呼びますので、少々お待ちくださいね」

女性は愛想良く、お茶を出してくれた。

刑事でもない私たちがどうやって小松原を調べるか、電話で何度も話し合った。大介の考えた作戦はこうだ。

まず大介が小松原が住む家の近くに部屋を借りる。生活パターンを監視しながら少しずつ接点を持ち、交流を深める。もしも亜矢ちゃんを手に掛けた犯人なら、小児性愛者である可能性が高い。大介も同類だと思わせるような言動を取り、親しくなって何らかの情報を得たい。犯行に繋がる話、もしかしたら物証を手に入れられるかもしれない。

小松原とは、あの夏にちょっと顔を合わせた程度で会話もしていない。十五年も経った今、自分のことを認識できるはずもない。だから亜矢ちゃんの件で調べているなどと思いもしないだろう。そう意気込んで話した。

大介は十年以上働いていた料理店を辞めた。辞めるなんて駄目だと必死に止めたが「今まで働いた貯金もある。寿々音は何も心配するな」と強い口調で言われ、何も言えなくなった。一度決めたら止まらない性格は、昔からちっとも変わっていない。

「お待たせしました」

細身で人の善さそうな年配の男性が向かいに座った。

「どのようなお部屋をご希望ですかな？」

「あの、コーポ大和を借りたいんです」

「あそこは単身者向けなのですが」

私たちを交互に見ながら、申し訳なさそうに言う。

「いや、僕独りで住むんです。これは妹で、今日は付き添いです」

大介が私を指して答えた。

「そうですか。ご兄妹仲良くて結構ですね。一人暮らしならピッタリです。先月空いたばかりですよ」

分厚いファイルをテーブルに広げ、説明を始める。他の物件を紹介したり、町の名所スポットやお勧めの飲食店、ついには孫の自慢話まで出たりして、なかなか終わらない。辛抱強く聞いていた大介が、止まらない流暢なおしゃべりの隙をついて質問した。

「コーポ大和は、元警察庁参事官のお宅と近いそうですね」

「誰かに聞きました？」

こちらを窺うような目付きが向けられる。

「さっき、近くのお店でちょっと」

大介が口を濁しながら相手の出方を牽制する。

「住むからには、近所の情報はしっかり知っておきたいので」

「いやー、ずいぶん昔の話ですよ。今は何も問題はありませんよ」

「昔何かあったんですか？」

社長は、心なしか体を近づける姿勢になって話し始めた。

「コーポ大和の斜め前は、確かに元警察庁参事官のお宅です。今は息子さんが一人で暮らしています。ここだけの話ですが十五年ほど前、まだ息子さんが中学生くらいのときに、色々問題を起こしましてね。まあ注目される立場のお方でしたから、噂に尾ひれが付いて広まったわけです」

「どんな問題が？」

「要するに非行ですよ。小松原さんは仕事が忙しく、あまり家にいなかったようで、奥様が一人で苦労されたようです。家庭内暴力や万引き、女の子につきまとうとか。警察幹部の息子だから、何をやっても許されるなんて噂もありました。ご夫婦はいい人でしたよ。地元では定年後は政界進出かと囁かれたりしましたが、あっさり隠居して、奥様の実家がある高知へ引っ越していきました」

「今息子さんはどうしているのでしょう」

「外に働きに出ている様子はありませんが、もうずっとトラブルはありません。問題があったのは、十五年も前のことです。安心してください。静かで平和な町です」

畳みかけるように言葉を重ねる。

「コーポ大和は、独り者のサラリーマンが多いので静かなもんです。お勧めですよ。この辺は近頃人気ですから、早く決めないとすぐ埋まっちゃいますよ」

最後は商売人らしくセールストークで迫ってきた。

出来るだけ早く越してきたいと伝えると、話はすいすい進んだ。さっそく部屋を案内してもらうことになり、コーポ大和に向かう。空いている部屋は二階の端だった。玄関の脇に小さなキッチン、お風呂はない。四畳半だが何もないので広く感じる。中に入り窓に近づくと、小松原の家の門がよく見えた。

「いつから住めますか？」

大介が窓の外を窺いながら訊く。

「正式契約には三日ほど掛かりますが、明日から使ってもらっていいですよ。お兄さんいい人そうだから。実はここの大家は私なんです。コーポ大和の向かいに住んでいます」

大和不動産に戻り、契約書の記入などを済ませる。

明日荷物を持ってくるから、今日のうちに掃除をしておきたいという頼みも了承してくれた。

「じゃあ、今日から鍵を渡しておくよ。ただし電気は明日にならないと点かないからね」

気の良い大家に礼を言い、スーパーで簡単な買い物だけしてまたコーポ大和に戻った。日の当たらない部屋は快適といきそうもないが、ひとまず計画の一歩を踏み出せた。買ってきたサンドイッチを二人で食べた。その間も大介の視線は窓に注がれている。

「話し好きの不動産屋さんで良かったね。急に妹なんて言うからびっくりしちゃった」

「同じ趣味だと信じさせるために、俺に女がいると思われたくない。あの人はおしゃべりだから、妹だと言っておいた方がいい。どこで小松原の耳に入るか分からないからな。用心するに越したことはない」

いつもと違う声のトーンに、何としても小松原に近づきたいという決意を感じる。

「あまり無茶しないでね」

一直線に突っ走る大介が心配になる。

「分かってる。慎重に進めるよ」

振り向いて私を見る眼差しは、一瞬だけ穏やかになる。

「もう行きな。先生のところに寄ってから帰るんだろう。遅くなるぞ」

「分かった」

駅への道を歩きながら、何もない部屋に一人残った大介を思う。由利さんを亡くした悲しみを、ずっと引きずって生きるなんてやりきれない。大介の力になりたい。今はそれだけを考えようと、心に言い聞かせた。

監視が始まって二週間が過ぎた。大介からの報告によると、小松原はほとんど家から出ない。ゴミ捨てを見計らって挨拶をしたが、反応はなかった。近所の人から聞いた話では、引きこもりは十年以上らしい。ただ大家が言う通り、問題行動は起こしていないようだ。

出掛けるのは週に一回。行き先は歩いて三十分ほど掛かる国道沿いの大きなゲームショップだ。ゲームソフトが並ぶ棚の前で一時間ほど物色する。帰りに駅前のスーパーで食料を買い込む。地味な服装に不似合いな黄色いリュックをいつも背負っている。尾行するにはいい目印になると大介は言った。

今日は蓮見先生の通院に付き添うため、大介はアパートを離れている。蓮見先生は自宅療養中だが、定期的に診察を受ける必要がある。こんなときくらいは役に立ちたいと、監視を引き受けた。

窓から見下ろす門に人の出入りはない。大介は次に小松原がゲームショップに行ったら、思い切って話しかけようと考えている。

午前中に道を行き交う人は高齢者が多く、狭い通りなので車は滅多に通らない。午後になると幼稚園の帰りなのか、自転車の後ろに子供を乗せた母親が何人か横切る。三時頃になるとランドセルを背負った子供の列が見えた。ずっと見張り続けるのは忍耐がいる。改めて毎日ここで過ごしている大介の執念を感じる。

少し疲れを覚えて、目は外に向けたまま窓枠に頭をもたせかけた。しばらくすると、こちらに歩いてくる男性が見えた。

思わず顔を上げる。秀くんだ。

どうしてここに？　大介がこの部屋のことを話したのだろうか？　戸惑いながら見ていると、小松原の家の前で立ち止まり、呼び鈴を鳴らしている。

やがて玄関の扉が開き、小松原が顔を出した。秀くんは後につき家の中へ入っていった。一瞬だが小松原が笑っているように見えた。

目にした光景が信じられない。二人は久々の再会には見えなかった。ずっと交流があったのか。

恐れていた現実が目の前で起きた。ずっと心にありながら否定し、口に出さなかった。秀くんが亜矢ちゃんの事件に関わっているはずがないと信じていた。

でも、もしかしたら……。

急に動悸が激しくなり、汗が噴き出てきた。立っていられない。めまいに襲われ、倒れ込む。

「寿々音、どうした？」

声がした方を振り向くと、玄関で大介が心配そうに見ている。

「小松原の家に、秀くんが」

自分の声が震えているのが分かる。

「落ち着け」

大介に支えられ壁に寄りかかるように座る。さっき目にしたことを伝える。

「今も中にいるのか？」

私は力なく頷く。お互いに何を考えているかは分かった。

「後は俺が見ているから、少し休め。今すぐ出来ることはない。もし小松原と秀平が親しいなら、作戦を練り直さなければいけない。俺が小松原に近づけば、秀平に気づかれるかもしれない。少し落ち着いて考えよう」

全身に力が入らない。息が苦しい。

「寿々音、一人で帰れるか？　あとで送っていこうか？」

「大丈夫」

大介が何を考えているのか、聞きたくない。秀くんのことを今は話したくない。疑惑を言葉にしてしまったら、拭えなくなりそうで怖い。一人になりたい。

「私、もう帰ってもいいかな？」

「いいよ。裏道から大通りに出ろよ」

万が一にも秀くんに見つかってはいけない。大介の考えは分かった。

「気をつけて帰れよ。具合が悪いならタクシーを使った方がいい」

よろめきながらも足早にアパートを離れた。タクシーに乗り込み上野駅へ向かう。極力何も考えないように努めた。

次第に呼吸が荒くなり、苦しさが増す。このまま土筆町まで帰れそうもない。行き先を根津に変更すると運転手に告げた。

今日は蓮見先生の家に泊めてもらおう。

玄関が開いて蓮見先生が出てきた。立っているのも辛い。倒れ込むように体を預けると、目の前の光景が歪んだ。

意識が朦朧とする中、蓮見先生の声が聞こえた。

「東京医療研究センターへ行ってください」

サイレンの音が鳴り始めた。

「大丈夫だ。私が付いている」

手に温もりを感じながら、私は救急車に揺られていた。

「あと三日遅ければ命も危うかったですよ」

ＩＣＵから一般病棟に移されたときに医師にそう言われた。

私は、末期慢性腎不全、五段階に区分される一番重い「Ｇ５」と診断された。肝臓と並び沈黙の臓器と言われているらしいが、思い返してみると何度も病気に気づくチャンスはあった。めまいや吐き気も、疲労のせいだと高をくっていた。母から健康診断に行きなさいと注意されていたのに聞く耳を持たなかったことを後悔した。

「寿々音」

母が涙を堪えながら私の手を握る。年老いた母を残して死ぬわけにいかない。

蓮見先生が主治医と深刻な様子で話しているが、内容は分からない。まだ夢の中にいるようで、私を囲む人の姿が次第にぼやけていった。

病院に運ばれてから二週間が過ぎた頃、ようやく目覚めた気がした。そのときを待っていたかのように、枕元で医師が話し始めた。

「緊急血液透析を始めましたが、機能の多くを失った腎臓は回復することはありません。出来るだけ早期の腎臓移植が必要です」

突きつけられた悪夢のような宣告に、心が追いつかない。一人きりの病室で心細さを感じていた。


「大事な話がある」

蓮見先生が思い詰めた様子で、ベッドに横たわる私に話し掛ける。

「お母さんにも相談した上で、君に伝えると決めた。寿々音にショックを与える内容だが、命が懸かっているので、話を聞いて欲しい」

真剣な口調から、出生についての話だと分かった。母も横で神妙にしている。なぜ今、告白するのだろう。生きているうちに、父親と名乗りたいというのか。私の命は、それほど危ういのだと実感させられ、心が重くなる。

「君は、私の娘なんだ。事情があって、柊さんに託した。今まで黙っていてすまない」

深く頭を下げる様子を、複雑な思いで見ていた。いつか聞かされる日が来るかもしれないと、心のどこかで思っていた。

「知っています」

自然と言葉が出ていた。蓮見先生と母が息を呑むのが分かった。

「知っていた？　どうして？」

母がすぐさま尋ねた。

「亜矢ちゃんの件に、私の出生が関わっているのではないかと、色々調べていたんです」

実の両親を知るまでのことを手短に説明すると、二人は、しばらくの間、絶句していた。

「知っていたなんて思ってもいなかった」

蓮見先生がぼそりと言った。

「苦しい思いをさせて、すまなかった」

改めて頭を下げられ、返す言葉が見つからない。

「今更と思うかもしれないが、娘として認知させてくれないか」

思いも掛けない言葉だった。

「親子関係を結べば、ドナーになれる」

移植について、看護師さんから説明してもらって得た知識を思い出す。

移植の可能性は二つ。生体腎移植と献腎移植。

生体腎移植は、生きている人から腎臓の一つをもらうこと。ドナーは親族に限られている。親族とは、六親等以内の血族と配偶者、三等親以内の姻族だ。母は高齢である上に高血圧の持病があるため初めから除外された。

献腎移植は脳死または心停止した人から腎臓をもらう。ただ移植を希望する人数に対して、ドナー登録数が遥かに少なく、何年も待つことになる。間に合わずに亡くなる人もいる。

「寿々音。蓮見さんにお願いしましょう」

母が私の手を握って言った。

「全て私に任せてくれ」

縋るような視線が私に注がれる。二人の愛情が伝わってくる。

「お願いします」

二人の顔を交互に見ながら、私は頭を下げた。

数日後、今度は母が伏し目がちに話し出した。

「寿々音に渡したい物があるの」

差し出されたのは紐でくくられた小さな箱だった。

「へその緒よ。あなたを産んだお母さんが残した物」

突然のことに戸惑う。

「きっと、自分との絆を残したかったのじゃないかしら。今まで渡せなかったのは、寿々音がへその緒を見る度に、自分が捨てられたことを思い出すんじゃないかと考えたからなのよ」

私が傷つかないようにと、母はこんなに心を砕いてくれていたんだ。母の深い思いやりが嬉しい。

「これは寿々音と産んでくれたお母さんの大切な物だから、ずっとしまっておいたの。本当のことを知った今、寿々音に渡すべきだと思う。寿々音を守ってくれるような気がするわ。大事に持っていなさい」

ノア、私を産んだ母が守ってくれる……。

でも、私にとって、母はやっぱり目の前にいる、この人だ。母を悲しませるわけにはいかない。そう思いながら、へその緒の箱を受け取った。

蓮見先生は、その後も度々病室に来てくれた。入院して一ヶ月が過ぎたある日、

「明日からは毎日会いに来てもいいかい？」

遠慮がちに尋ねられた。

「毎日なんて、疲れませんか？」

有り難いけれど、体調も心配だ。無理はして欲しくない。

「実はしばらくここに入院することになった。検査も兼ねて念のためだ。心配は要らない」

もしかして生体腎移植のためなのかも。頭によぎったが口には出さなかった。

翌日から、毎日話をした。私を気遣ってか、蓮見先生はとても元気に見えた。順調に回復してくれているなら嬉しい。

「ずっと気になっていたことがあるの。太鼓打ちの政やんと美里さんは、あのあとどうなったの？」

ある日、訊いてみた。

「懐かしいな。よく覚えているね」

私の脚本では二人はハッピーエンドになった。

「実は十年くらい前、政やんに偶然会った。医者と患者として。私の名札をじっと見ていたと思ったら『ひょっとして、あのときの小学生？　俺、太鼓打ちの政です』っていきなり言われた」

頬をほころばせて楽しげに話す。

「当時の話で盛り上がった。看護師に変な顔で見られたよ。残念ながら、美里さんとは上手くいかなかったそうだ」

現実は筋書き通りにはならない。でも、美里さんを救ったのは間違いない。

「あのアパートはまだあるのかな？」

そう呟き、遠くを見るような目をしている。

「母親のこと、知りたいかい？」

こちらに向き直って、蓮見先生が訊いた。少し怖いけれど聞きたい。蓮見先生の目に映ったノアがどんな人だったのか。

私はゆっくり頷いた。

それから少しずつ、昔の出来事を話してくれた。若かった二人のことを。

「出会ったのは図書館だ。真剣に本を選んでいるのを何度か見かけた。なぜか一目で印象に残った。ある日、図書館の中に蜂が入ってきて、ノアが逃げ惑っていた。慌てて追い払ってあげようとしたが、今度は私が蜂に狙われて、結局二人で図書館を飛び出した。蜂がどこかに行ってしまってから、可笑しくなって二人で笑い合った。それから、図書館で会う度に、隣にある公園で話をするようになったんだ」

別の日には、こんな話を聞かせてくれた。

「あるとき、政やんの話をしたんだ。ノアは目を輝かせて話を聞いていた。『いいことをしたね。すごいよ』って興奮していた。美里さんがいたアパートは『平和荘』といってこの近くにあると話したら、びっくりしていた。なんとノアは『平和荘』に住んでいたんだ。懐かしくて行ってみたら、アパートは変わっていなかった。それからときどきノアの部屋に遊びにいくようになった」

こんなふうに二人が繋がっていたことに、少し感動した。

「高校の卒業式が近づいたある日、ノアがもじもじしながら『お願いがある』と言ってきた。何かと思ったら、制服の第二ボタンが欲しいということだった。『他の子にあげないで』と顔を赤くして言うんだ。とても可愛かった」

ノアの気持ちがいじらしくて切なくなった。もらったボタンを巾着袋にそっとしまう少女の姿が目に浮かぶ。

「土筆町の話もした。綺麗な風景をいつか見せてあげたい、なんて話していたんだ。あんな形でノアが土筆町に行くなんて思ってもいなかったが」

蓮見先生は下を向いて哀しそうに目を閉じた。後悔や反省の言葉が出そうになると、私はすぐに話をそらした。聞いても辛くなるだけだから。二人が恋をした。それを知るだけで、充分幸せだ。

ベッドの上で体調の悪さに耐え、先の不安を感じる中で、蓮見先生との時間は貴重なものとなった。


入退院を繰り返し、四ヶ月が過ぎた。

希望の光が見えないまま、ただただドナーを待つ日々が流れる中、蓮見先生が、登録などの手続きが終わったと明るい声で報告に来てくれた。

「ありがとうございます」

お礼を告げる私に、

「大丈夫、寿々音はきっと元気になれるよ」

蓮見先生は、どこか晴れ晴れとしていた。笑顔で差し出された手を握り返した。

由利さんだけが死んでしまい、亜矢ちゃんの死も突きつけられた。悲しみや苦しみは消えはしないだろう。握り合う手の力強さを感じ、蓮見先生の中で生きようという思いが芽生えたなら、私にとっても喜ばしい。

「移植手術の準備に入ります」

そのときは唐突に訪れた。手術を受ける意思確認を母と共に問われ、移植を受ける意思を伝えた。慌ただしく準備が進み、医師からの説明、ストレッチャーに寄り添う看護師の励ましの言葉が、頭の上を通り過ぎた。手術室の白い光を眺めながら、背中に打たれる注射の冷たさを感じた。

不安や恐怖を抱く暇もなく、次第に意識が遠ざかっていった。

体が震える。寒くて仕方ない。目を開けると、母の顔があった。

「手術は無事終わったわよ。寿々音、良かった」

優しく手をさすられた。私は救われたのか。命が与えられたのか。

母の泣き笑いの顔が答えを示していた。

手術から二日後、一般病棟に戻った私に、母が話してくれた。

「蓮見さんからの献腎だったの」

「え？」

「亡くなった蓮見先生から腎臓を移植されたのよ」

「蓮見先生が死んだの？　どうして？」

「自宅で具合が悪くなって、病院に運ばれたときはもう手遅れだったと聞いたわ。蓮見さんは親族優先提供登録をしていたのよ。そのおかげで移植を受けられた」

まだ理解できず、黙り込んでしまった。

「寿々音、大丈夫？」

蓮見先生が死んでしまった……。

「そんなの嫌だ」

首を振る私を、母がなだめる。

「蓮見さんの気持ちをしっかり受け止めなさい。寿々音を助けるために、あらゆる可能性を考えてくれていたのよ」

私に生体腎移植をするために、入院して検査をしているのかと想像していたが、自分の死後のことまで考えていたなんて。

蓮見先生の、父としての想いに、胸が締めつけられる。

手術からもうすぐ三週間、蓮見先生の死を受け止められないままだが、体は順調に回復し、二日後に退院と告げられた。

その朝、私は週刊誌の小さな記事を見つけ、目を疑った。

《薬物投与による殺人、石田大介二十八歳を逮捕》

記事の中で被害者は蓮見幸治さん、と記されていた。

大介が蓮見先生を？

すぐさま神山さんに電話を掛けた。神山さんは私の容態を確認してから、仕方ないというふうにため息をついてから話してくれた。

「大介が自首したのは七月三日、お嬢の手術が終わった次の日です。蓮見幸治を殺したと。警察は司法解剖を要請し、供述通り、体内から薬物が検出されました。連日の取り調べの末、警察は逮捕に踏み切ったようです。逮捕後は黙秘しているらしい。従って動機については判明していません」

それ以上のことは語られなかった。神山さんの話は歯切れが悪かった。自身でもどう受け止めていいのか決めかねているのだろうか。

「信じられない。何か理由があるはず」

「お嬢は何も考えず、自分の体を大事にしてください」

気持ちは有り難いが、心は乱れるままだ。

「分かりました」

お礼を言って電話を切った。「何か理由があるはず」と言った自分の言葉が胸に重くのし掛かる。

大介が蓮見先生を殺すなど信じられない。でも実際に大介は自首している。本当だとしたら理由は何だろう。

蓮見先生が死んで移植手術が行われた。これは事実だ。

病気が判明してから読んだ本に書かれていた内容を振り返る。
・自殺者からの「親族を優先とした臓器提供」は実施しない
・捜査機関により検視、実況見分等が行われ、司法解剖が必要であると判断された場合、臓器移植は困難になる
恐ろしい考えが頭をよぎる。私の命を救うために、大介は蓮見先生の命を奪った。病死と思われるようにして。

大介の無軌道なまでの正義感を知っている。誰かのためだと信じたら、真っ直ぐに突き進んでしまう性格を。でも、いくら何でも有り得ない。

まさか……。

もう一つの想像が浮かぶ。

私は看護師に蓮見先生の亡くなる前の状態を聞いた。心中未遂のあと脳梗塞を起こした体には、私が知らなかった後遺症があった。左内頸動脈が完全閉塞、重度の動脈硬化、脳血流の低下など検査結果は深刻だった。再び脳梗塞を発症したら助からない。いつ起きても不思議はなく、三年生きるのは難しい病状だったらしい。医師だった蓮見先生は、自分の余命を分かっていたという。

私が移植を必要としていることを知り、生体腎移植を申し出て、そのために様々な手続きを始めた。私はそう思っていた。

でも、違っていた。

腎臓の機能には問題がなかったが、手術に耐えられる体ではなく、生体腎移植の道はそもそも閉ざされていた。私に腎臓を移植したいと考えたら、死後の親族優先提供しか方法がなかった。

自分が死んだら、腎臓を提供できる。だが自殺では駄目だ。そこで大介に協力を頼む。蓮見先生は病死とされて、無事に移植手術は終わった。

二人が私の命を助けるために計画し実行したとしたら、私はどうすればいいのか。移植手術を終えて、生きていられる喜びと、蓮見先生が死んでしまった現実、大介が逮捕された衝撃が心の中で入り乱れる。

秀くんに対する疑惑も解消していない。先が見えない暗闇に一人で取り残された気分だ。今まで感じたことのない孤独感が押し寄せる。

「久しぶり、寿々音」

病室に若い女性が入ってきた。ショートカットに真っ赤な口紅、人目を引く大きな花柄のパンツスーツ。誰?

「いやだ。私が分からないの?」

大きな瞳に見つめられる。

「希海?」

数年ぶりに会った希海は、別人のようだった。

希海がイギリスに留学して、しばらくは手紙のやり取りや電話もしていた。だが次第に疎遠になっていた。希海もイギリスでの生活が忙しかったのだろう。

顔を合わすのは、大介の店で会ったとき以来だ。

昔の面影は感じられない。一番の変化は、髪型と眼鏡を掛けていないこと。希海といえば、真っ直ぐな長い髪と、黒縁の眼鏡が特徴的だった。今、ベッドの横で足を組んでいる様子は、華やかで、活動的な女性という印象だ。

「具合はどうなの？」

左手で自分の耳たぶを触りながら、尋ねた。耳たぶを触る癖は変わっていないんだな。外見は変わったけれど、やはり懐かしさがこみ上げてくる。私にとって特別な存在だ。

子供の頃、周りの人は優しかったが、どこかで私に気を遣っている空気があった。捨て子だったのを皆が知っていたからだ。希海だけは気を遣わずにズバズバと話した。それが心地よかった。

希海は父や兄と別居していたし、小さい頃からずっと悩みを抱えていたと思える。でも自分の悩みは決して口にしなかった。いつも強い子だと感じていた。

「明後日に退院できる。どうして入院していると分かったの？」

「久しぶりに帰国して寿々音の家に電話したら、ちい婆が出て教えてくれた。お嬢様なんて言われたの何年ぶりかしら」

ちい婆はうちに来る前は、長年的場家で家政婦として働いていた。希海のことも生まれたときから知っている。

「大介の記事を見たけど、何があったの？　大介が蓮見さんを殺したなんて、びっくりした」

相変わらず、はっきりと物を言うところが希海らしいと思った。嫌な感じはしない。むしろ率直さに安心した。

「私も分からないの」

「寿々音も何も知らないってこと?」

大きな瞳が私に向けられる。急に涙が溢れてきた。心細さが募り、何もかも打ち明けたくなった。

「何かあるなら聞かせて」

希海の手が私の手を優しく包む。

「蓮見先生が私のお父さんだったの」

堪えきれず話し始めた。自分がブルースノウと蓮見先生の間に出来た子供だったこと、捨て子ではなく柊家に託されていたこと、蓮見先生と由利さんが心中を図り、由利さんだけが死んだこと。次から次へと話した。希海は黙って聞いていた。

ただ、死んだ蓮見先生から腎臓が移植されたと聞いたときには、顔色が変わった。話が終わるとすぐに言った。

「大介は寿々音を助けるために、蓮見さんを殺したって考えられるね」

やはり同じように感じたのか。大介の性格から、それしか理由が思いつかない。

「大介ならやりかねない。寿々音のためなら何でもやりそうだもの」

核心を突かれて、何も答えられなかった。

「寿々音は別に責任を感じる必要はないと思うわ。大介が勝手にしたんだもの。蓮見さんも本望なんじゃない？　娘を救えて」

その言葉は何となく投げやりに聞こえた。

「何が起きたのか気になっていたけど、モヤモヤが晴れたわ。寿々音は二人の好意を有り難く頂いて、元気に生きなさいよ」

すっくと立ち上がり、ドアに向かう。

「待って、まだ大事な話があるの」

希海にしか頼めないことがある。またいつ会えるか分からない。今しかない。大介がいない今、私がやらなければ。

覚悟を決めた。

「あの日、亜矢ちゃんの遺体を山のどこかに埋めた人物を、大介が見ていたの」

希海が息を呑むのが分かった。驚くのは当然だ。

「亜矢ちゃんがいなくなった日のことを言っているの？」

「そう」

大介が目撃したこと、長い間言えずに隠していた理由を全部説明した。埋めた人物が的場さんと蛇田さんであったことも。

「父と蛇田が亜矢ちゃんを殺したというの？　有り得ないわ。大介が嘘を言っているに決まっている。殺人で逮捕された人の言葉を、寿々音は信じられるの？」

希海が声を荒らげた。

「二人が殺したとは思っていない」

私たちが辿（たど）った推察を丁寧に説明した。

車が門を通る際の動きから殺害犯は別にいる。

「誰かの犯行を隠蔽するために、二人が死体を始末したと考えているの？」

私が首を縦に振ると、希海はまたベッドの脇の椅子に腰を下ろした。

「お願いがあるの。希海に頼むしかない。亜矢ちゃんの遺体をどこに埋めたか聞き出して欲しいの」

「えっ」

目を見開いて、私を凝視する。

「亜矢ちゃんを取り戻して一緒のお墓に入りたい、それが由利さんの願い。犯人を捕まえるより、それが一番の望みなの。私は由利さんの願いを叶えてあげたい」

「ちょっと待って。亜矢ちゃんをどこに埋めたのって二人に訊けと言うの？　もしも本当に埋めたとして、はいここですって白状するとでも思っているの？　そもそも私は、二人がそんなことしたなんて信じてないけど」

希海がそう言うのも無理はない。でも私は、大介の告白を今でも信じている。

「的場さんか蛇田さんに伝えて欲しい。私からの取引を」

大介との話し合いで、的場側に直談判することは最後の手段として考えていた。話の持っていき方も含めて検討した。だが直接会うのは難しく、諦めていた。希海を通じてなら、こちらの言い分を伝えられるかもしれない。

「取引？」

「地図に印を付けてくれるだけでいい。亜矢ちゃんを掘り起こしたら、誰にも知られないように埋葬する。的場さんたちが遺体を埋めたことは明らかにしない」

「その言葉を信用しろって言うの？　場所を教えた途端に通報される可能性もあるわ。取引としてどうかしら？」

「その心配はない。警察に言ったとしても、その場所を知っていた私が一番の容疑者になる。的場さんから聞いたと主張しても証拠はない。二人は、いつか遺体が見つかったらと、心のどこかでずっと恐れているのじゃないかしら？　秘密裏に掘り起こせば、もう何も心配する必要はなくなる。二人が埋めた遺体はもう山にはないんだから」

一気に畳みかけた。

「遺体がなくなれば、殺害も死体遺棄もなかったことになる。庇おうとした人物は永遠に安泰になるということね」

「そう。私は罪を消し去る手伝いをする。その代償として亜矢ちゃんを返してもらう。悪い取引ではないと思う」

「あの二人に取引を仕掛けるなんて、寿々音も意外と大胆ね。でも発想は悪くないわね。今、蛇田は近づいている選挙で頭がいっぱい。騒ぎを起こされるのは回避したいはず。蛇田はすごく頭が切れる男よ。ずっと喉に骨が刺さったままでいるより、寿々音の取引に乗るかもしれない」

醒めた口振りで、更に言い足した。

「あくまでも大介の話が本当ならね。悪いけど私は大介より父を信じている。聖人君子と言うつもりはないし、嫌なところはたくさんあるけど、そんな悪事をするとは思えない。でも寿々音に協力するわ。真相を知りたいし。その結果、大介の嘘が証明されてしまうかもしれないわよ。それでもいい？」

私は頷いた。希海はまた連絡すると言って、病室を出ていった。あとには香水の香りが残っていた。

退院後は週に一度の診察があるので、当面の間、東京の蓮見先生の家に母と一緒に滞在することにした。

蓮見先生は生前、私がこの家を引き継ぐことを親族に話していたらしい。親族も承諾し、鍵も母に渡されていた。

和室に置かれた蓮見先生の遺骨に手を合わせる。ここに滞在すると決めたのは、通院のためだけではない。遺骨を守りたいという思いもあった。誰もいない家にぽつんと置かれたままなのは忍びない。

葬儀は行われず、蓮見家の関係者によってひっそりと荼毘(だび)に付されたと聞いた。歌舞伎の世界に入らず医師になったあとは、実家とはあまり交流を持っていなかったらしい。

その上、殺人だと分かり、大介の自首、逮捕など、蓮見先生の周辺は騒がしい。親族はマスコミに知られるのを避けるように対処したのだろう。蓮見先生が認知した私とも、あまり関わりたくないのかとも感じる。

心中をする前に、蓮見先生は自分たちのお墓を準備していた。由利さんが眠るお墓に、蓮見先生を納骨するのは娘である私の役目だ。出来ることなら亜矢ちゃんも一緒に。

「ご飯出来たわよ」

一階から母の声が聞こえた。

私は空いていた二階の和室、母が一階の客間を使うことにした。

「はーい、今行く」

蓮見先生と由利さんの寝室だった部屋の前を通って、階段を下りた。

ダイニングキッチンのテーブルには私の好物、クリームシチューが湯気を上げている。

この家にいると、蓮見先生と一緒に、大介の告白を聞いたあの日を思い出してしまう。

大介は今、どうしているのだろう。本当に罪を犯したのだろうか。

いくら考えても、私には知るすべがない。

今は、希海に託した取引が私の頭を占めている。的場側はどう応えるのか。大介と蓮見先生の間に何があったのかは分からないまま、私は一人で進み始めた。

希海から連絡をもらい、明日近くの公園で会う約束をした。答えを聞くときが刻一刻と近づいている。

久しぶりに浴びた日差しは心地よく、風は爽やかに頬を撫でる。

移植の成果は明らかだった。体調はすこぶるいい。足取りも軽くなるが、待ち合わせ場所が近づくと緊張に汗が滲んだ。

白のコットンシャツとジーンズというラフな服装の希海がベンチに座っていた。

「わざわざ来てもらってごめん」

「いいのよ、ホテルの部屋でゆっくりしているのにも飽きてきたところだから」

そう言えば、希海の近況を何も聞いていなかった。自分の話で頭がいっぱいだった。

大学を卒業したあとも、イギリスで暮らしているのは知っていた。

「しばらく日本にいるの？」

「バカンス中はいるつもり。また戻れば忙しくなるから」

「やっぱり政治家を目指しているの？」

以前、夢を語っていた明るい声を思い出す。

「どうかな」

表情が少し曇った気がする。

養子になったとき、「蛇田の籍に入れて良かった。的場家には私は必要ないから」とあっけらかんと言っていた。

蛇田さんは今や中堅議員だ。後継ぎとして期待されて育っていると思っていた。期待に応えるのが嫌になってしまったのか。

「私がイギリスにいる間に、蛇田に男の子が生まれたの。ずっと子供が出来なくて私を養子にしたのに、皮肉なものよね。後継ぎだと人生を決めつけられるのも辛いわよ。自由になって清々した」

あのときと同じようにサバサバした口調だけれど、傷ついたのではないか。大人の都合で振り回されて、可哀想で仕方がない。

「知らなかった。そんなことになっていたなんて」

「後継ぎの責任はなくなったし、蛇田は、私には相変わらず甘いし、ラッキーでしかないわ。今は事業を始めようかと考えているの。イギリスから輸入した物を日本で売るの。いいと思わない？」

朗らかな口調にほっとする。

「うん、希海に合ってると思う。素敵ね」

ようやく人生を自分の手に取り戻した希海を、心から応援したいと思った。

「大変なときに頼みごとをしてごめんなさい」

「寿々音の気持ちは分かっている。蛇田と話したわ」

希海が姿勢を正した。私は呼吸を整えて待つ。

「聞いたままを全部話すね。蛇田は大介が言った話は嘘だと完全否定した。余りにも酷い発言だと激怒したわ。そんな出鱈目を言うならと、大介の秘密を教えてくれた」

「大介の秘密？」

「蛇田が、寿々音の出生から養子になるまでの一切に関わったのは知っているよね。寿々音は柊家に引き取られた。でも寿々音が知らないもう一つの事実があった。生まれたのは一人ではなくて、双子だったんですって」

飛び込んできた予想外の言葉に戸惑う。

「寿々音の双子の兄妹はね……」

希海が私を真っ直ぐに見る。

「大介よ」

言っている意味が理解できない。

「何を言ってるの？　大介には家族がいる。火事で亡くなったけど」

「私も聞かされたときはびっくりしたわ」

「どういうことなの？」

「双子は、別々の家族に託された。その全てを仕切ったのは、当時的場の秘書だった蛇田。残念ながら大介を引き取った家族は死んでしまった。蓮見さんが大介を可愛がったのには、特別な理由があったのよ」

確かに蓮見先生は、大介を家族同然に扱っていた。単なる患者とは思えないほど。大介が蓮見先生の子供？　そして私の双子の兄妹？　色々な場面が早送りのように蘇る。

「寿々音に嫌がらせをしたら許さない」と教室に乗り込んできたこと。別れを決めた本当の理由を、秀くんに言わないという約束をずっと守ってくれたこと。いつもどんなときも無条件で助けてくれた。

「信じられない。でも、もしそれが本当だとして、どうして大介が遺体を埋めたのを見たと作り話をする必要があるの？」

「大介は養父母から聞かされて自分の出生を知っていたと、蛇田は確信している。そして自分の母親を捨てた蓮見と、その手伝いをした的場を恨んでいた。だからでまかせの目撃証言をして、的場を失脚させようと企んだ。蛇田はそう言っていたわ」

蛇田さんは冷徹だが、物事を冷静に判断する人だというのは、秀くんとの別れのときに知っている。

「蛇田はこうも言っていた。あの日、大介は遅くなってから一人で帰ってきた。記念塔の屋上で寝ていたと言ったが、証明できる人はいない。子供一人での犯行は無理という理由で疑われなかったが、実際のところは分からない」

「まさか、大介が亜矢ちゃんに何かしたと言うの？」

希海は視線を落とし、手にしていたペットボトルの冷たいお茶を一口飲んでから話し出した。

「寿々音には大介の気持ちは分からないでしょうね。寿々音はみんなに愛されて幸せに育った。片や大介はどう？　火事で家族を失って施設暮らし。蓮見さんにどんなに優しくされても、捨てられた事実は消えない。亜矢ちゃんは両親に大切にされ何不自由なく幸せそのもの。恨みたくなっても不思議じゃない。くすぶり続けた憎悪の火が、何かのきっかけであの夏の日に爆発した」

希海の瞳は赤く充血している。

耳を塞ぎたくなった。これは本当なのだろうか。

「蛇田は大介が亜矢ちゃんを殺したと断言はしなかった。ただ、大介が自首した一報を聞いて安心したと言っていた。大介の恨みが兄や私に向かうのを恐れていたらしいの。蛇田は最後にこう付け加えた。寿々音は知らなくても良かった。ただ、大介の嘘に乗せられて妙な行動をしたら、傷つくのは寿々音。だから全てを話すしかない。もう大介に関わらない方がいいと」

希海は立ち上がって私に背を向けた。追いかけることも、声を掛けることも出来なかった。

希海の話は私を混乱に陥らせた。

部屋で一人になって、もう一度、蛇田さんの大介への疑惑を思い出してみる。

実の母が自分を出産したあとに自殺していたと知り、的場さんが子供と引き離したからだと恨む。蓮見先生は優しくしてくれても、亜矢ちゃんだけを子供として育てている。だから亜矢ちゃんを手に掛け、突拍子もない目撃話を蓮見先生に聞かせた。

蛇田さんが辿った思考は、辻褄が合っているとは思える。

でも、大介がそんなことをしたなんて、信じられない。

大介が逮捕されている状況に心が揺れてしまう。


バスの中から、賑やかな築地の町並みを眺める。あの路地を曲がると、大介が働いていたふぐ料理店がある。でも今日訪れたいのは、火事で亡くなった大介の父親が勤めていた中華料理店だ。行ったことはないが、店の名前は以前、大介から聞いて知っている。

もし、双子の話が真実なら、私が柊家に引き取られたのと同じように、大介を育てた両親も蓮見先生や的場さんと何らかの接点があったのではないかと考えた。

調べてみると「中華食堂　喜昌（きしょう）」は今も営業していると分かった。

居ても立ってもいられず、出掛けてきた。

目的のバス停で降りると、夏のじっとりとした空気がまとわりついてくる。「中華食堂喜昌」はこのバス停からすぐ近くにあるはずだ。

あまり亡くなった家族の話はしなかったが、「お父さんが作るチャーハンはすごく美味しかった」と大介が言ったことはよく覚えている。

年月を感じさせる色褪せた赤い暖簾をくぐり、店に入った。昼時を避けたからか、客は誰もいない。

大介の家族が亡くなったのは二十年前だ。父親のことを知っている人がいるだろうか。

「いらっしゃい」威勢のいい女性の声が飛んできた。

店内はカウンター席とテーブル席が四つ、壁に手書きのメニューがぎっしり貼ってある。富士山のカレンダーの横には、黄ばんだサイン色紙が数枚並んでいる。

カウンターの一番奥まで進み、丸椅子に座った。

水を運んできた女性に「チャーハンお願いします」と注文した。厨房の四十歳くらいの男性が、中華鍋を動かし始めた。ジャッジャッという賑やかな音と香ばしい匂いが上がる。

あっという間に出来上がったチャーハンを黙々と食べた。

食べ終えて、ごちそうさまでした、と小さく言うと男性がちらりとこちらを見た。

思い切って声を掛ける。

「あの、二十年前にこのお店で働いていた石田さんをご存じですか？」

男性は、怪訝（けげん）そうな顔をしたあと、少し考えてから、

「この店は、三年前に祖父ちゃんが亡くなって、私が受け継いだんですよ。だから昔のことはよく分からないな」

と、済まなそうな口調で答えた。

「石田さんは火事で亡くなったんですが」

「ああ、その話は聞いたことがあるな。気の毒だ、火事は怖いぞ、って祖父ちゃんが言ってたな。でも亡くなった人のことは私は知らないんですよ」

「そうですか。ありがとうございました」

会計を済ませて、店を出る前にもう一つ質問した。

「このお店に政治家の方が来ていたと聞いたことはありますか？　たとえば的場照秀さんとか」

「いやいや、来ないよ。見て分かるでしょ？　そんな偉い人が来るような店じゃないよ」

「でも壁にサイン色紙が」

「あれは、近くにあるボクシングジムの選手たちですよ。祖父ちゃんがボクシングが好きで応援していたから。有名な選手じゃないですけどね」

店を出ると、何も手掛かりがなかったことにホッとしている自分に気づく。大介の親と的場さんとの繋がりを思わせる物が見つかったらどうしようと、どこかで思っていたのかもしれない。

この店に、幼い頃に大介は妹とともによく訪れていたのだろうか。

父親の作ったチャーハンを美味しそうに頬ばる兄妹の姿が浮かぶ。

大介は、築地の店で働き始めたとき、「親父に頑張っているところを見せられるようで嬉しい」と言っていた。

大介の全てが嘘だったなんて信じられない。

希海に聞かされた話をどう考えたらいいか、まだ分からない。

ちょうどやって来たバスに乗り、窓際の席に座る。冷房が心地よい。道の反対側に独特な雰囲気の建物が見えてきた。

歌舞伎座だと分かった瞬間に、思い出した。

蓮見先生の父親は歌舞伎役者だ。そして大介の父親はこの近くで働いていた。言いようのない不安が押し寄せてきた。

根津の駅を出て、家へと向かいながら、繰り返し考える。

私が双子だったかどうか、どうしたら確かめられるだろうか。

家に帰り着いても落ち着かない。

思い切って母に尋ねた。

「私は双子だったの？」

「急に何を言い出すの？」

母は驚きの声を上げ、すぐに気遣うような口調に変わる。

「双子だなんて聞いた覚えはないわ。寿々音、まだ出生のことで悩んでいるの？」

「ううん。変なこと訊いてごめんなさい。もう寝るね。おやすみなさい」

逃げるように二階の部屋へ急いだ。

母は隠しごとをしているように見えなかった。余計な心配をかけてしまった。質問すべきではなかったと悔やむ。

母が躊躇（ためら）いがちに追いかけてきた。

「私がへその緒を渡したせいで、また出生のことを考えるようになったの？」

「そんなことないわ。心配しないで、お母さん」

そう答えたが、まだ不安そうに、母は階下に戻っていった。

病室で、自分の病状がどうなるか、移植を受けることが出来るまで生きていられるのか、不安な中、母からへその緒を渡された。

「寿々音を守ってくれる」と言われて、あれから大事に持っている小さな箱を手に取る。

私は再び、出生に関わることで気持ちを乱されている。

私はノアから生まれた。この中にあるへその緒で繋がっていたのだ。この目で見てみたいという気持ちが湧いてきた。

堅く結ばれた紐を解(ほど)いて、ゆっくりと蓋を開ける。丁寧に取り出してみると、包みが、二つあった。一つずつ確認すると、どちらにもへその緒が入っている。

へその緒が二つ？　なぜ……。

二つのへその緒は私が双子だったことを示しているのだろうか。希海から聞かされた話は本当なのか。

大介が、まさか……。

嫌だ、信じたくない。大介が亜矢ちゃんを？

そんなことあるはずない。

亜矢ちゃんの幸せを羨み、妬(ねた)み、憎む人物がいた。それが大介だというのか。

目の前の小箱を見つめ、ただ茫然としていた。

数日考えた末、へその緒をDNA鑑定して、兄妹かどうか確認できるかもしれないと思いついた。私が双子だと立証されれば、蛇田さんの話が正しいことになる。

私は信じられるものが欲しい。

すぐに直美先生に電話を掛けた。

「相談したいことがあります」

「何かしら？」

「実は、私は双子だったみたいなんです。先日、へその緒の箱を初めて開けたら中に二つ入っていたんです。DNA鑑定で、私が双子だったかはっきりさせたくて。可能でしょうか？」

「へその緒でDNA鑑定は可能よ。一卵性の双子なら、DNAは一致する。でも二卵性の場合は一致しない。そのときは父親のDNAとそれぞれのへその緒との親子関係を調べる。どちらも親子関係が証明されれば、双子と思ってもいいわね」

父親の鑑定が必要なのは知らなかった。

「父親は最近亡くなったんです。遺骨でも可能ですか？」

「遺骨では出来ないの。毛髪とか使っていた歯ブラシがあればいいんだけど」

蓮見先生のものはまだ手つかずのまま残してある。片付けてしまうのには抵抗があった。

「それは用意できます」

もう一つ気になることがある。

「あの、男女の双子って二卵性ですよね？　二卵性でも双子なら似ているものでしょうか？」

大介と私は似ているとは思えない。

「二卵性なら、普通の兄弟と同じよ。よく似ている場合もあれば、全然似ていない兄弟もいるでしょう？　それと同じこと」

「そうなんですか」

ため息が出てしまった。

「出生について知りたい気持ちは分かるわ。以前、寿々音さんの頼みを聞いてあげられなかったこと、気になっていたの。ＤＮＡ鑑定なら協力できる」

優しい言葉が返ってきた。

でも……返事に詰まった。

直美先生は白川さんの娘だ。疑うのは嫌だけど、白川さんがノアの出産を隠してきた事実がある。考えすぎだとは思うけど、私の出生の秘密を示す重要なものを渡せない。

「少し考えてみます。ありがとうございました」

慌てて電話を切った。

親切に教えてくれた直美先生を疑う自分が嫌になる。

蛇田さんの話が事実である可能性が見えてきて、大介への疑念が大きくなっている。今は、誰を信じたらいいのか分からない。


へその緒と歯ブラシとヘアーブラシに残った毛髪を、DNAの鑑定機関に送った。電話で問い合わせると、二週間ほどで結果が届くということだった。希望すれば、結果を送る際に、鑑定機関名を記載せず、差出人をスタッフの個人名に出来ると聞いた。母に余計な心配はかけたくない。迷わず頼んだ。

蛇田さんの話が本当だと思いたくはない。今はただ、鑑定の結果を待つしかない。


落ち着かない日々が続いた。毎朝、郵便配達が来るのを、怖れるような思いで待った。

とうとう鑑定の結果が届いた。

急いで部屋に戻り封筒を開けた。緊張で鼓動が高まる。逸る気持ちを抑えて、折りたたまれた紙をゆっくり開いた。

細かい数字とアルファベットが並んでいる。下に説明文が書かれていた。

鑑定書の結果報告から分かったことは、二つのへその緒のＤＮＡは一致しなかった。ただ、それぞれと蓮見先生の間には親子関係が証明された、というものだった。つまり二つのへその緒は、二卵性双生児の物と考えられる。

私は双子だったんだ。蛇田さんの話は真実だった。

報告書を持つ指が震える。

でももう一つ、考えもしなかった事柄に目が釘付けになる。

性別が二つとも、女性、という記述だ。

二つとも女の子……それなら大介じゃない。

聞かされた話と合わない。

双子が女の子だという事実は、蛇田さんが嘘をついている証明となる。

つまり、あれは作り話だったんだ。

蛇田さんは、目撃証言は出鱈目だと思わせるために、大介を悪者に仕立てる筋書きを考えて、私に聞かせた。大介が警察に捕まっていることを利用して。

きっとそうだ。そうに違いない。

あんな話に惑わされて不安になり、大介を疑ってしまった自分が情けない。大介にも申し訳ない。

偽りが判明した今、蛇田さんは逆に自らの罪を認めたようなものだ。

大介の目撃は本当だった。二人は遺体を埋めた。

小松原の家に入る秀くんの姿が蘇る。

蛇田さんの嘘は、大介への疑いを晴らしたが、秀くんへの疑念に導く。心が次第に沈んでいく。

翌日は診察日だった。病院までついてきてくれた母に、「終わるまで一緒にいる必要はない。たまには好きなところへ行って」とお願いした。少し迷っていたが、母は私の提案を聞き入れてくれた。

「それじゃ、今日は書道展を見にいってくるわ」

手を振る母と、病院の前で別れた。

幾つかの検査を終えて、主治医の前に座る。

「経過は順調です。二週間後にまた来てください」

対応が素っ気なく感じる。受付や看護師の私を見る目まで気になってしまう。理由は分かっている。蓮見先生は殺害されていた。殺人の被害者は検視に回され、移植は困難になる。つまり本来なら出来ないはずの移植が行われてしまった。

私にどう対処するべきか病院側も複雑だろう。私も後ろめたい気持ちになり、逃げるように病院を出た。

ＤＮＡ鑑定の結果から、蛇田さんの嘘が分かった。大介に罪を着せ、私を騙（だま）そうとした卑劣さに怒りが増してくる。敵が誰かは、はっきりした。

大介が考えていた通りに、小松原の周辺を探るしかない。

もう一人、あの夏に別荘に来ていた人物、立山順治がいる。立山の情報は前に神山さんからもらっている。

立山は、中学生のとき、小松原にいいように使われていた気の弱い性格。小学校から大学まである私立校に通っていたが、高校進学時に別の学校を選んだ。理由は小松原から離れるためだったと思われる。それ以来十五年間、小松原との交流はない。公務員として働き、職場での評判も悪くない。三年前に結婚し、去年子供が生まれている。

こうした情報からイメージする人物像は、悪人とは思えない。私は立山に会ってみようと思った。小松原と付き合いがないという情報も私を後押しした。もちろん細心の注意はしなければいけない。今は真面目になっていたとしても、あの夏の日にわいせつ事件を起こした事実は消えない。

現在の勤務地は墨田区の大町区民事務所だ。役所の中、人目がある場所で話がしたい。気が弱い性格なら、何か聞き出せる可能性もある。今はどんな些細(ささい)なものでも構わない。真実の欠片を一つずつ集めるしかない。大介がいない今、行動できるのは私しかいないのだから。

区民事務所は、想像していたよりこぢんまりした建物だった。中に入ると人影はまばらだが、どこからか音楽が聞こえる。高齢の女性のグループが脇を通り抜けていく。掲示板にコーラスと社交ダンスのポスターが貼ってあった。一階には地域の人が集まる施設があるようだ。奥から手拍子が響く中、階段で区民事務所がある二階に向かう。

窓口が幾つかあり、奥には向かい合わせに並べられた事務机が三列、十人ほどがパソコンに向かっている。この中にいるはずだが、よく分からない。そもそも立山の顔をはっきり覚えていない。

手前ではベンチに三人が座り、順番を待っているようだ。日当たりが悪く、地味で静かな空間だ。気ぜわしい東京のイメージとは違い、のんびりした雰囲気を感じた。

私は、一番奥にある相談窓口に進んだ。

「立山さんはいらっしゃいますか?」

「はい。ええとお名前は？」

窓口にいた女性に尋ねられ、

「柊です」

とっさに答えてしまった。一瞬、本名を言わない方が良かったかもと思ったがもう遅い。まさか、いきなり逃げたりしないだろう。

窓口にいた女性が、白いワイシャツ姿の男に話し掛けているのが見える。男はこちらをチラリと見て、机を離れた。私に近づいてくる。

「柊さんというと？」

口振りが不安そうだ。

「柊寿々音です。土筆町の」

「な、何ですか今頃」

「私を覚えていますよね？」

「こっちに来てください」

立山は、あわてた様子で奥に向かう。会議室と書かれたドアを開け、私を促す。二人きりになるのは嫌だが、ここなら大きな声を出せば誰かがやってくるだろう。危険ではないと判断して、促されるまま部屋に入った。会議室というより応接室のようだ。私はソファーに座った。

「すみません。許してください」

ドアを閉めるなり土下座をした。

「小松原に命令されたんです。殴られるのが怖くて嫌々やったんです」

驚きの余り、思わず腰を浮かす。

「一人目の子が訴え出たとき、あなたもきっと納屋で起きたことを話すだろうと恐れていました。でもあなたは言わなかった。だからといって許してもらえたなんて思っていない。いつかあなたが来たらどうしようと、ずっと怯えていました」

私を恐れていた？　何を言っているのか、意味が分からない。

「僕は納屋であなたに袋を被せただけです。それ以上のことは何もしていません。あとは小松原の仕業です」

立山たちは納屋でもう一つのわいせつ事件を起こしていたのか。

あの日、被害にあった同級生は、寿々音はどこにいるかと訊かれ、とっさに納屋だと答えた。それは私が決して納屋に行かないと知っていたから、ついた嘘だ。小松原たちはその言葉を信じて、納屋にいた誰かを、私だと思って襲った。

言いようのない怒りがこみ上げてきた。

「あの日あったことを全部話して。話さなければ私にしたことを受付でぶちまけるわよ」

全てを聞き出すためには、被害者は私だと思わせたままの方が得策かもしれない。

立山は床に座ったまま、せわしげに目をキョロキョロさせて、

「分かりました。分かりました。全部話しますから大きな声は出さないでください」

なだめるように、早口で言った。

「あなた次第よ」

睨みつけると、立山はため息をついてから、話し出した。

「あいつは、昔映画で見た方法で、女の子を触ろうと言い出しました。後ろから袋を被せれば、相手には誰だかバレない。お前も手伝えと。小松原は一人の女子中学生を襲って、寿々音さんの居場所を聞き出した。初めて見たときから寿々音さんに好意を持っていたんです」

底知れぬ嫌悪感で身体中がゾワゾワする。

「小松原には中一の頃からいじめられていたんです。暴力も受けていた。万引きを強要されたり、女の子の部屋に侵入しろと命令されたり。本人は『オレの父親は警察幹部だ。何をしても揉み消してくれる』と強気でした。あの夏も本心では行きたくなかった。案の定、酷い事態になった」

酷い事態。亜矢ちゃんを指しているの？　私が一番知りたいことだ。

「亜矢ちゃんに何かしたのもあなたたちね？」

低く冷静な声で尋ねた。

「それは絶対に違う」

声を抑えながらも、立山は強く否定した。

「子供の失踪については、僕も小松原も関係ない。警察にも疑われた。わいせつ事件も起こしていたし。でも、僕たちにはあの子を連れ去る時間はなかった。それは警察も認めてくれた」

私は大介の目撃話を信じている。遺体を運んだ人が他にいるのだから、その言い訳は通用しない。

「亜矢ちゃんは納屋で殺されたのよ。あなたたちは納屋にいた」

思い切ってぶつけてみた。

「納屋で殺されたなんて知らない。僕は、女の子二人に袋を被せただけです。そのあと、触ったり写真を撮ったのは小松原だ」

「写真を撮った？」

確か友人は体操着を捲られて体を触られたと言っていた。目隠しをされていたので、写真を撮られていたとは気づかなかったのだろう。卑劣な行為に改めて怒りを覚える。

「当時、小松原はポラロイドカメラを持っていました。写真をコレクションしていたんです。でも小さい子には全く興味なんてない。警察にも疑われましたが、僕も小松原もそんな趣味はありません」

その反論を鵜呑みには出来ない。

「あなたが知らない間に、亜矢ちゃんに何かした可能性はある」

「それは無理です。あの日、小松原は僕とずっと一緒にいた。そうじゃなかったら、僕も小松原を疑ったと思う」

私が考えを巡らせ黙っていると、懇願するようにまた頭を下げた。

「去年子供が生まれたんです。変な噂が立ったら困ります。仕事も失いたくない。昔のことを言い触らしたりしないでください。お願いします。もしかしてお金ですか？　少しなら用意できます」

お金目当てだと思われたことに激しい憤りを感じる。見下ろしながら声を尖らせた。

「もしあなたが嘘をついていたと分かったら、何もかも職場の人に話すわよ」

「嘘なんか言ってません。悪いのは小松原だ。僕はあいつとはもう関係ない。中学を卒業して以来会っていないんだ」

自分の行いを全て人のせいにする態度も許せない。卑劣な男と対峙（たいじ）しているのが嫌になる。

最後に、一つだけ気になったことを尋ねた。

「撮った写真はどうしたの？」

「知りません。小松原がどうしたかは」

私は腰を上げた。立山のほっとしたような表情を見逃さなかった。

「今日はこれで帰ります。また来るかもしれないけど」

睨みつけながら、部屋を出た。

帰りの電車に乗ると、さすがに疲れが押し寄せてきた。運良く空いた座席に倒れ込むように座った。

立山から聞いた話は、小松原（もちろん立山も含めてだが）を軽蔑するに余りある事実だった。納屋でもう一人、わいせつ行為の被害を受けていたなんて。立山と小松原は、その被害者を私だと思っている。二人はあの日「寿々音は納屋にいる」という友人の言葉を真に受けた。

登校日だったから同級生たちは、同じ体操着とジャージ姿だった。薄暗い納屋で後ろから袋を被せたなら、私と間違えても不思議はない。偶然納屋にいた同級生の一人が被害に遭ってしまったのだろう。

　この出来事は、被害者が口を噤んだため、今まで誰にも知られなかった。言い出せなかった心理は分からなくもない。

　亜矢ちゃんの事件について、立山は真っ向から否定した。でも遺体は納屋から運び出された。二人が納屋に行っていた事実は疑いに拍車を掛ける。

　しばらく目を瞑って電車に揺られていた。到着のアナウンスに目を開けると、前に立つスーツ姿の男性が読んでいる夕刊の文字が飛び込んできた。
《薬物投与殺害事件、処分保留で釈放》
　記事の中身までは見えなかった。私は電車を降りると、急いで売店に行き夕刊を買った。すぐに駅のベンチに座って新聞を広げ、目を走らせる。目的の短い記事を見つけた。
《蓮見幸治さんが薬物により殺害された事件で逮捕、送検されていた無職男性が処分保留で釈放された。検察はこの男性について「確実なアリバイが判明したため」とだけ説明している》
　大介が釈放された。喜びと安堵が胸に広がった。すぐに電話を掛けるが応答がない。

「会って話がしたい」とメールを送る。蓮見宅に帰り着くまで、何度も携帯を確認するが、一向に返信はない。

「遅かったから心配していたのよ。大丈夫？　何だか疲れた顔ね」

出迎えた母が私を気遣ってくれるが、

「そんなことない。平気よ」

素っ気なく答えて二階の部屋に向かう。

「調子がいいからって油断したら駄目。無理しないでね」

母の声を背中で聞いた。本当はとても疲れていた。頭も体も。

一人、床についても、思うのは大介のことだ。どうして何も言ってくれないのだろう。

メールの返信はまだない。

でも、大介は釈放されたのだから、きっと会える。大介が警察に捕まっている状況が、私にとって大きな不安だったと改めて分かった。

目を瞑ると、疲労のせいか一瞬で眠りに落ちた。

窓の外が白み始める前に、目が覚めた。すぐに携帯を見たが、大介からの返信はない。

私を避けているのだろうか。

睡眠が取れたためか、頭がすっきりした。落ち着いて、今まで起きた出来事を整理しようと机の前に座る。

一　大介の告白。
　　的場と蛇田が亜矢ちゃんの遺体を埋めた。殺害犯は別にいる。
　　的場たちが庇うべき人物。
二　大介と私の計画。
　　「コーポ大和」で小松原の行動を探る。秀くんと小松原の繋がりを知る。
三　蓮見先生の死。
　　私への移植手術。大介の自首。死因が薬物投与と判明。
四　希海からの情報（蛇田の発言）。
　　大介の目撃証言は嘘。大介は私と双子。亜矢ちゃんと蓮見先生を殺害。動機は恨み。
五　ＤＮＡ鑑定の結果。
　　私が双子だったのは事実。双子は女の子。希海から聞いた蛇田の話は偽り。死体遺棄を否定するための作り話か。
六　立山との会話。

もう一つのわいせつ事件の被害者が存在。ポラロイド写真。

七　大介の釈放。

アリバイが判明。死因が薬物であると知っていた理由、自首した理由が謎として残る。

こうして文字にすると、二つの事件（亜矢ちゃん殺害と蓮見先生殺害）に関連性は感じない。

亜矢ちゃんの殺害犯については、わいせつ事件を起こしていた卑劣な小松原への疑いが捨てきれない。小松原の父親と的場さんの関係は深い。小松原と、今もなお親しく付き合っている秀くんへの疑いも消えない。

小松原との共犯？　立山はそれを知っていて二人から距離を置いた？　脅されていた可能性もある。

蓮見先生死亡の謎は、何と言っても大介が自首した理由だ。蓮見先生が殺害されたことは、大介が警察に自首しなければ露見しなかった。大介が無実なら、薬物を投与した人間が他にいる。死因を知っていたのはなぜ？　自首した目的も分からない。一刻も早く大介に会って訊きたい。

身支度を済ませ、台所に向かった。

「おはよう。よく眠れた？」

「うん。お腹空いた」

元気に答え、少し無理をして朝からご飯をお代わりした。母は安心したような表情だ。

「この辺りは買い物も便利ね。お寺も多くて落ち着くわ。古くから続いてそうな和菓子屋さんを見つけたのよ。今度お団子でも買ってみようかしら」

母がのんびりとお茶を飲みながら話している。

朝食を済ますと、急いで出掛ける準備を整え、洗い物をしている母の背中に、

「ちょっと出掛けてきます」

早口で告げ、逃げるように家を出た。

とにかく大介に会って話がしたい。戻っているかもしれないという期待を抱いて、コーポ大和に向かった。

秀くんがいつ小松原を訪ねてくるか分からない。鉢合わせをする危険は避けたいので、裏道でタクシーを降りた。足早に外階段を上がり、部屋のインターホンを押したが、応答はない。バッグから合い鍵を取り出し、ドアを開けて中に入った。

カーテンが閉まった部屋は薄暗い。

窓の側に大介がいた。

「寿々音か」

驚いているのか、予想していたのか分からない声が漏れた。頬がこけ、無精ひげを生やした顔は、何だか急に年を取ったみたいに見える。

「大丈夫？」

思わず声を掛けた。

「そっちこそ、こんなところまで来て大丈夫なのか？」

改めて私の様子を窺うような視線を向けてきた。

「体調はいいの。移植手術のおかげで」

「それは良かった」

ぎこちない笑顔を見せて、大介は目をそらした。

なぜだろう。近寄りがたいように感じてしまう。「何も訊くな」と大介の背中が言っている気がする。

蓮見先生の死や自首の理由について尋ねたい気持ちを抑えて、私に起こったことを話し始めた。希海から聞かされた、大介を悪者に仕立てた作り話や、立山から聞いた話を次々と話した。

大介は、唖然（あぜん）とした表情を浮かべたが、概（おおむ）ね淡々と聞いていた。

ただ、立山に会いに行った件になると、大きく顔をしかめた。

「寿々音、もうやめよう」

「やめるって何を？」

「寿々音が倒れてから先生に何度も言われたんだ。もう亜矢の事件は忘れてくれと。俺が仕事を辞めたのも、寿々音が病気に気づかなかったのも、自分の責任だと言っていた。これ以上、二人が過去に縛られて生きていくのを見たくないと」

「だからと言って大介はやめられるの？　由利さんの最期の願いはどうするの？　私は蓮見先生に命をもらった。せめて恩返しがしたい」

「俺はもう何もしない。先生の気持ちを考えれば、やめるべきだ。寿々音は自分の身体を大事にしなければ駄目だ。それが先生の願いだ」

大介が言っていることも分かる。母にも心配をかけ通しだ。蓮見先生の想いも痛いほど心に響く。

でも、このままでは後悔する。人生を前へと進めない。

犯人を警察に突き出すことは出来ないかもしれない。ただ、亜矢ちゃんだけはどんな手を使ってでも取り戻す。その決意は揺るがない。大介も同じだと思っていたのに。

「もう帰れ。寿々音は何もするな」

ドアの方へ追いやられる。

「ねえ、何があったの？　どうして自首なんてしたの？　蓮見先生はなぜ死んだの？　教えてよ」

にじり寄ると、苦しげに私を睨む。

「少し時間をくれ。頼む」

私を振り払って、大介はドアを開けて出ていった。

まだ話してくれていないことがある。どうして私に言ってくれないの？

モヤモヤが次第に苛立ちに変わっていった。私は拳を握り締めたまま部屋を飛び出した。

辺りを見回すが大介の姿はなかった。

そのとき、黄色いリュックが目に飛び込んできた。

「小松原のリュックは黄色で尾行がしやすい」「週に一度だけ二時間くらい外出する」と見張りをしていた大介が言っていたのを覚えている。リュックを背負った小松原は、角を曲がって見えなくなった。不意に訪れた状況が私の背中を押す。忍び込めないだろうか。

立山は、小松原が写真を撮ったと言っていた。亜矢ちゃんに何かしていたとしたら、亜矢ちゃんの写真がある可能性もある。それが見つかれば大きな証拠になる。遺体を取り戻す突破口になるはずだ。このチャンスを逃すわけにはいかない。

辺りを窺いながら門に手を掛ける。門は音を立てずに開いた。体をすべり込ませて塀の裏側に身を潜ませた。しゃがんだまま、玄関のドアを引いてみたが、鍵が掛かっていた。

忍び足で裏手に回る。裏庭に面したサッシも開かない。ガラスを割ったらさすがに音がしてまずいだろう。近所の人に通報されても困る。庭に放置された家財道具を乗り越えて隣家との境にある塀と壁の間、狭い隙間に体を入れる。手が届く高さに小さな窓があった。窓の下まで進み手を掛けるとすっと動いた。何とか体が入る大きさはあるが、足がかりがなくここからでは登れない。

塀に体を擦りながらまた庭に戻り、家財道具に足を掛けると楽に塀に登れた。元々高いところは得意だ。昔の木登りの経験が、こんなところで役立つとは思わなかった。

小さな窓を開け覗き込むと、そこはトイレだった。足から窓の中に体を滑り込ませた。便座に足が届いたところでほっと一息つく。ゆっくりと床に着地した。

小松原は出掛けたばかりだ。時間は充分にある。早まる鼓動を落ち着かせるため、自分にそう言い聞かせる。ドアを開けてトイレから出る。向かいはお風呂場だ。廊下の左側の襖を開けてみる。和室にはタンスが二つと三面鏡が並んでいるだけだ。引っ越した両親の部屋か。

右側のガラスの引き戸を開けて中を見る。キッチンとダイニングテーブル、奥にはテレビとソファーがあった。テーブルの上にはカップ麺や空のペットボトルなどが雑然と置いてある。いかにも独身男の一人暮らしの光景だ。

リビングに人に見せたくない写真があるとは思えない。やはり小松原の個室、きっと二階だ。

階段に向かおうとしたとき、目の端が黄色い物を捉えた。

テーブルの下を覗くと、黄色いリュックがあった。

瞬間、恐怖が全身を貫いた。さっき外で見た黄色いリュックを背負った人は、小松原ではなかったのか。小松原はこの家にいる?

血の気が引いて、動けなくなる。

逃げなきゃ。

頭上から音が聞こえた気がする。脱出するなら玄関が一番早い。とにかく外に出よう。

気持ちが焦るが、物音を立てないように静かにリビングから廊下に出た。

そのとき、階段からギシッという音がはっきりと聞こえた。

思わず肩をすくめ、玄関まで走るか、どこかの部屋に隠れるか、瞬時に頭を巡らせる。

玄関から出るしかない、動き出そうとした瞬間、階段からドドドッという足音が鳴り、目の前に金属バットを持った男が現れた。

「何をしている。お前は誰だ」

じりじりと間合いを詰められ、後ずさりながら、棚にあったトロフィーを持って身構えた。

「それ以上近づかないで。私が叫んだら外にいる人が乗り込んでくるわよ」

とっさに出鱈目を言った。充血した目が泳いでいる。

「警察を呼ぶぞ」

小松原の声が上ずっている。明らかに動揺しているようだ。

「いいわよ。呼びなさいよ」

恐怖心を抑えて睨み返す。

「勝手に人の家に上がり込んで、お前は誰なんだ」

名乗ろうかどうか迷ったが、小松原の怯えている様子に気持ちを決めた。追及するのは今しかない。

「十五年前、土筆町であなたがやったことを全部話して」

小松原は、頭を抱えながら呻きだした。

「もう勘弁してくれよう。外にいるのは秀平なんだな」

いきなり秀くんの名が飛び出て驚いた。

「どうしてそう思うの？」

「あいつに殺されかけた。見てくれ、この顔を」

よく見ると傷がある。

「鼻は複雑骨折、目も網膜剝離寸前だったんだ」

確かに鼻が曲がっている。

「知らなかったのか？　あんた、秀平の知り合いなんだろう？」

「そうよ」

事情を飲み込めないまま、答えてしまった。殺されかけたとはどういうことだろう。

「とにかくトロフィーを置いてくれ。俺は何もしない。暴力は嫌いなんだ。秀平にもよく言ってくれ。乱暴はやめてくれと」

小松原は金属バットから手を離した。でも油断は出来ない。トロフィーを握ったまま尋ねた。

「乱暴ってどういうことなの？　何をされたというのよ」

落ち着かない素振りで、私をじろじろ見ている。

「もしかして、寿々音、さんか？」

小松原の口から自分の名前が出て虫唾が走ったが、頷いた。

「彼がここに来ているのは知っているわ。ずっと親しかったの？」

「いや、今年に入ってから突然来た。それから毎週のように来るようになった。二人でゲームをしたり、初めはそれなりに楽しかった。でも何回か会ううちに気がついたんだ。あいつの目的に。土筆町での出来事を訊いてきた。小さな子、名前は何だったかな？」

「亜矢ちゃん」

「そうそう、亜矢って子に何かしたんだろう、教えてくれって。俺もお前と同類だ。同じ趣味同士、仲良くしようぜって」

秀くんは小松原を疑って、探っていたのか。大介が考えた計画と同じじゃないか。

「あなた、亜矢ちゃんに何かしたの？」

「何もしていない。俺は幼い子なんかに興味はないよ。でも秀平は俺を疑っている」

秀くんは、小松原に白状させようとしていたのか。

「何もしていないと否定する俺に、殴りかかってきたんだ。本当のことを言えと馬乗りになって何発も。俺は本当にやってないのに。殺されるって思った。あいつ正気じゃなかった」

そのときのことを思い出しているのか、顔が青ざめる。

「彼が暴力を振るうなんて信じられない」

「近所の人が家に飛び込んできて止めてくれたんだ。あの人が止めてくれなかったら、殺されていたかもしれない」

「それ、証明できるの？　あなたの嘘じゃない？」

「騒ぎを聞いた隣家の人が救急車を呼んだ。大騒ぎになったから、皆知っているよ。近所に聞けば分かる」

私が入院していた間に、そんなことがあったのか。

「亜矢って子の事件だって、警察も俺がやっていないと判断したんだ。俺はずっと立山と一緒にいた。立山を探して訊いてみてよ。今どこにいるか俺は知らないけど」

立山と言っていることは同じだ。

「でもあなたたちはあの日、酷い行為をしている」

「寿々音さんともう一人の子には、悪かったと思っている。悪ふざけがエスカレートしてしまった。俺は何でも許されると強がっていたんだ。その後は世間や人の目が怖くなって、外に出られなくなった」

「あのとき写真を撮ったでしょう？　あれ渡して。渡してくれないと大声を出すわよ」

小松原はふてくされたように背中を向けた。階段を上がる音がする。少しして封筒を手に戻ってきた。すぐに奪い取る。中にポラロイド写真が二枚重ねて入っていた。袋を被せられた姿が写っている。紺のジャージと肌の色が見えて、すぐに目を背け、また封筒に戻した。友人と、私に間違われた誰かの気持ちを察すると心が痛んだ。

封筒を持ち、玄関へ向かう。小松原が靴を履いたままの私の足元を見ているのに気づいたが、構わず進んだ。小松原は卑劣で愚かで小心者だ。でも亜矢ちゃんを殺していないと直感した。

玄関から外に出ると、一刻も早くこの場から離れたくて、足を速めた。振り返り、小松原が見ていないのを確かめてから、コーポ大和に向かった。大介が戻っているかとドアを開けたが、そこに姿はなかった。

小松原の家で暴力事件が起きたという確認は取れた。夜になってようやく会えた、コーポ大和の大家さんが、詳しく教えてくれたのだ。

「救急車を呼んだのは私なんですよ。確か四月の初めでした。呻き声が玄関から聞こえたんで覗いてみたら、小松原さんが一人で血を流して倒れていました」

おしゃべりな大家さんは、興奮しながら、むしろ楽しそうに話した。小松原が救急車で運ばれたのは自分の手柄だと自慢しているみたいな口振りだ。

「ひと月くらいあとに、小松原さんを訪ねて事情を聞いてみたら、犯人は見知らぬ男で、家の前で揉めて中まで入られて殴られたけど、自分の態度も悪かったからと被害届は出さなかったと言っていました。大ごとにしたくない様子でしたね」

暴力事件は、一つ間違えれば医師免許剝奪の可能性がある。そんな危険を冒してまでの行動は、秀くんの疑いを晴らすには充分だと思う。

蓮見先生との関係性は、付き合っていた頃にたくさん聞かされた。子供時代、ヒーローノートに載りたいと思って、私たちは大騒動を起こした。そのとき、蓮見先生に叩かれた経験が自分を変えたと熱く語っていた。医師になるという進路を決める際も、強い後押しがあったという。

私は大学を卒業して土筆町に帰ってから、蓮見先生と由利さんに会っていなかった。その間も秀くんと大介が、蓮見夫妻の悲しみを和らげるために心を砕いていたのは間違いない。

秀くんは遺書を見ている。由利さんが書き残した最期の願いを叶えようと、小松原に近づいたのだろう。重くのし掛かっていた疑念が払拭(ふっしょく)できた。自分が知っていた秀くんが本当だと分かって嬉しい。大介にも早く伝えたい。

小松原と立山も犯人である可能性は少ないと思う。十五年親交がなかったのは、神山さんの調査通りだった。二人の話に矛盾はなかった。突然現れた私の問いかけに、二人が口裏を合わせることは出来ない。

小松原から聞いた話は、秀くんへの疑いを消したが、亜矢ちゃんを取り戻す道を閉ざした。もう、二人の願いを叶えることは出来ないかもしれない。

街灯りの下、夜道を歩く。幼い女の子を真ん中にして手を繋ぐ親子連れとすれ違った。すぐに目をそらしたのに、幸せそうな表情がいつまでも頭を離れなかった。


蓮見宅の玄関前に立ち、ため息をついた。扉に手を掛けた途端、

「こんな時間まで何をしていたの」

勢いよく扉が開き、母に一喝された。

「ごめんなさい」

返す言葉もない。心配かけた私が悪い。

「その傷、どうしたの？」

一瞬、母の表情が変わる。

「えっ？」

「肘、擦りむいてるじゃないの」

左肘を見ると、確かに擦り傷があった。小松原の家に忍び込むときに、ついてしまったのか。夢中で気がつかなかった。

「大丈夫。大したことない」

小さな声で答える。

「一体何をしているの。いい加減にしなさい」

母が声を荒らげた。

怒鳴り声を残して、母が背を向けた。小さな背中が廊下の向こうに消えていく。

部屋に入り、膝を抱えてじっとしていた。母に謝りにいこうか。全てを話して分かってもらおうか。

やがて、遠慮がちな足音が近づいてきた。

「寿々音、入るわよ」

落ち着いた母の声が聞こえた。

「怒鳴ったりしてごめんね」

温かい紅茶が私の前に置かれた。

「ううん。心配かけてごめんなさい」

「傷、見せなさい」

母に左腕を差し出す。

「消毒しなくちゃ」

いったん部屋を出た母が、救急箱を手にして戻ってきた。

「懐かしいわね。小さい頃、寿々音は木登りが好きで、しょっちゅう擦り傷を作って帰ってきた」

傷の手当てをしながら、母が微笑む。

「寿々音が怪我をすると、あとで私がお父さんに叱られたのよ」

「お父さんが？」

父は、私が駆け回って遊んでいても何も言わなかった。

「ああ見えてすごく心配してたの。『傷痕が残ったらどうするんだ。気をつけろ』って。私に怒っても仕方ないのに」

知らなかった。父はいつも物事に動じない人だと思っていた。

「子供を育てるって、大変なことよ。あなたを初めて抱いたとき、胸が震えた。この命を私たち二人が守らなければいけない。何よりも重たい責任だと」

遠くを見るような目になる。

「もちろん、喜びもたくさん感じた。幸せな時間だった。あなたを授かったことを心から感謝している」

「お母さん」

胸がいっぱいになる。おんぶされたときの温かい背中。手を繋いだときの安心感。私はいつも、父と母の温かい眼差しに包まれていた。

母が私に向き直って、表情を硬くした。

「大介君が逮捕され、そのあと釈放された理由は、私には何も分からない。寿々音が今、何をしようとしているか知らないけど、これだけは聞いて欲しいの。お父さんと蓮見さんの最期の言葉」

「最期？」

「移植手術が行われる少し前に、蓮見さんに言われたの。『私はあの子に何もしてやれなかった。どうかこれからも、寿々音のことをお願いします』と深々と頭を下げられたわ」

蓮見先生は、私に命を差し出した。

「お父さんも亡くなる前にこう言ったの。『寿々音を守ってくれ。頼んだぞ』と。二人とも、間違いなくあなたの父親なのよ」

柊源治郎と蓮見幸治。私には二人の父がいる。

「寿々音に何かあったら、二人に合わす顔がないわ。私があの世に行ったとき、許してもらえない。コテンパンにされちゃう」

母が笑う。

「お願い、寿々音。よく考えて」

真剣な面持ちになり、しばらく私を見つめていた母が、静かに部屋を出ていった。

頬を涙が伝った。

自分の行動を省みる。無鉄砲にも小松原の家に忍び込んだ。小松原に襲われる可能性もあった。

大介にも「もう何もするな」と言われた。「先生の気持ちを考えて自分の身体を大事にしろ」と。

蓮見先生が死んでしまったことを、改めて実感する。ただただ悲しくて寂しくて、声を上げて泣きじゃくる。病室で語らい合えた大切な日々、私たちは父と娘だった。

母と、二人の父の想いが胸に深く沁みわたる。

手術からもうすぐ二ヶ月になる。慣れない東京での暮らしに、母が疲れているように感じる。

私には何も言わないが、留守にしている土筆町の家や、一人でいるちい婆のことも気がかりだろう。私は母と土筆町に帰ることにした。

夏も終わりに近づき、庭園に咲き始めた秋バラが私を迎えてくれた。やっぱりここが私の家だ。幼い頃大好きだったブランコを横目で見ながら、玄関へと進む。

「思ったより元気でびっくりしました。本当に良かった」

留守を任せたちい婆が、涙ぐんでいる。

「心配かけてごめんなさい。安心してね、もう大丈夫だから」

ちい婆の言う通り、体調はとてもいい。

とんぼがたくさん飛び交い、山や湖、風に揺れる木々の葉が心を癒やしてくれる。

穏やかな土筆町での日常が流れた。

大介とは、あれ以来連絡が取れないままだ。

母に言われた言葉を重く受け止め、無闇に行動してはいけないと自分に言い聞かせている。

ただ、カレンダーを見る度、気持ちが揺れる。もうすぐ由利さんの命日。由利さんは亜矢ちゃんの二十歳の誕生日に旅立った。亜矢ちゃんは、私にとって血を分けた妹でもある。

十月二日は、忘れてはいけない大切な日だ。その日が近づいている。

亜矢と一緒に埋葬して欲しいという由利さんの願いに、目を塞いでいいのか。

このままでいいわけがない。頭の中でもう一人の私が叫んでいる。

「昔は、いかにも秘書って感じで、的場さんの後ろに控えていた印象だったのに、最近はずいぶん堂々としてきたわね」

母がテレビを見ながら、ちい婆と話している。テレビ画面に目をやると、蛇田さんの姿が映し出されていた。何人かの政治家が並ぶ討論番組だ。

「蛇田さん、きちんと事実を話してください。国民を騙すような発言は許されませんよ」

一人が激しい言葉を向けた。

「人聞きの悪いことを言わないでください。失礼ですよ。私は嘘など言っていませんよ」

激高するわけではなく、相手を軽くあしらうような調子で答えている。

「よく聞いてくださいね」

どれだけ責められても、理路整然と追及をかわしていく。何とか風穴を開けようと食らいつく相手を、あっさりと論破してしまう。画面の中の、得意げにも見える表情を見つめる。

私はこの男がついた嘘を知っている。

大介と私が双子だというのは偽りと証明された。

その目的は大介が告げた死体遺棄の目撃証言を潰すため。そして私の双子が、恨みから亜矢ちゃんを殺したとほのめかした。

図らずも、嘘の中に真実を漏らしたのではないか。

私に出来ることがまだあるかもしれない。

悩んだ末に、卒業アルバムを引っ張り出した。

あの日に的場邸でかくれんぼをした友人たちが、笑顔で写っている。ここ数日、四人の友人を考えない日はない。

中学を卒業してから十三年になるが、記憶の中では中学生のままの姿だ。名前を確認しながら、顔をじっくり見ていく。

双子がどこかに存在する。ノアが残してくれたへその緒が、双子は女だと証明してくれた。

もう一つ、あの日門に置かれていた脅迫状とも取れる手紙が、改めて重要な意味を私に示す。

貼りつけられた文字は住民に配られた『土筆町の歴史』という本から切り抜かれた。手紙を作ったのは土筆町の住民の可能性が高い。

私がブルースノウと呼ばれたノアの子供だと知っていた人物は限られている。柊の父と母、的場と蛇田、白川院長、蓮見先生と由利さん。この中に脅迫じみた手紙を送る人がいるとは到底思えない。

あのときかくれんぼをしていた友達は全員、手紙を門に置ける。

もしもこの中に私の双子の姉妹がいて、私を恨んでいたら……。

やっぱり私は進まずにいられない。私に残された最後の糸を手繰りたい。

かくれんぼをしたのは、弓子、和美、光、めぐみ、中一のクラスメート四人と希海だ。

もしこの中に私の双子の姉妹がいるとしたら、養子になっているはずだ。私の場合は両親が高齢だったので隠さずにいたが、本来はわざわざ言う必要はない。

和美には一つ違いの兄がいる。一歳の子供がいるのに新たに養子を迎えるとは考えにくいのではないだろうか。希海にも二つ上の兄がいるし、なんと言っても事件当日のアリバイがある。あの日四時前に帰宅したとちい婆が証言している。クラスメート四人には、亜矢ちゃんがいなくなった時間のはっきりしたアリバイはない。

弓子は私と同じ演劇部だった。違う高校に進学して、確か東北地方にある国立大学に入ったと聞いた気がする。和美とめぐみは高校まで同じだったが、卒業後の進路は知らない。

光は示談になった小松原によるわいせつ事件の被害者だ。中学卒業後、家族で土筆町を去った。

光に兄弟がいたかどうか覚えていない。弓子とめぐみは一人っ子だと記憶している。もう一つ忘れてはいけないことがある。あの日、私に間違われてわいせつ事件の被害に遭った子がこの中にいる。話を聞く際には細心の注意が必要だ。辛い過去を思い出させて、傷をえぐるようなことは絶対に避けなければならない。

まずは一人っ子の弓子に電話してみよう。実家にいるかどうか分からないけど、連絡先を教えてくれるかもしれない。

そういえば、弓子のお祖父ちゃんが、昔、県会議員をしていたと聞いたことがある。的場さんと何か関係があった可能性はないだろうか。他にも的場さんには地元での付き合いがある人が何人もいるだろう。的場さんが隠蔽に加担する理由がどこかにあっても不思議ではない。

呼び出し音を聞く間、徐々に心臓がドキドキしてきた。上手く話せるだろうか。呼び出し音が止まり、声が聞こえた。

「はい、佐々木(ささき)です」

「柊寿々音と申しますが、弓子さんいらっしゃいますか?」

一瞬間が空いたが、元気のいい返事が戻ってきた。

「えー？　寿々音なの？　久しぶりね」

「久しぶり。遅くに突然ごめんね」

「まだ九時じゃない。全然大丈夫よ」

声も話し方も覚えていた。懐かしさに自然と緊張感が薄れていく。

「どうしたの？　クラス会の連絡？　どこでやるの？」

せっかちな性格も昔のままだ。早口も変わっていない。

「違うの。ただ弓子はどうしているかなって思って」

まさか、いきなり「弓子は養子？」なんて訊くわけにもいかない。

「私？　元気よ。仕事が毎日遅いし、土日はお祖母ちゃんの介護を手伝わなきゃいけないから、結構忙しくしている。寿々音は？」

「うん、元気よ」

何を話そうかと言い淀んでいると、弓子の方から会話が広がった。

「懐かしいな。演劇部のみんな、どうしてるかな。寿々音と話すのも十年ぶりくらいじゃない？　皆でいつか集まりたいよね」

「近いうち、会えないかな？」

思い切って言ってみた。

「家に来てくれるならいいよ。土日ならいるから。私も会いたい。そうだ、明後日はどう？」

話はトントン拍子に決まった。二日後の土曜日、弓子の家を訪れる約束を交わした。


土曜日は朝からよく晴れていた。バスに揺られ、弓子の家へ向かう。母は、同級生の弓子の家へ行くことには、反対もせず送り出してくれた。

もうすぐ九月も終わるが、今日は日差しも強く、暑いくらいだ。

弓子はバス停で待っていてくれた。ハンカチで額の汗を拭っている。

「わあ、寿々音、変わってないね。すぐ分かったよ」

そう言う弓子はすっかり変わっていた。茶髪でウェーブが掛かったヘアスタイルも昔のイメージとは違うが、なんと言っても体型が様変わりしている。とてもふくよかで丸々している。

「太ったからびっくりした？　私、製菓会社で働いているうちにどんどん体重が増えちゃって困ってるのよ」

言葉とは裏腹に、全然困っていない様子でケラケラと笑っている。家までの道すがら、新製品の開発に携わっていること、新しいお菓子が出来るまでの苦労、自分のアイデアが採用されたときの嬉しさなどを、生き生きと話す。電話で感じた通り、声や話し方は昔と変わっていないので不思議な感じだ。

「自分たちが作った試作品だけでなく、ライバル会社のお菓子も研究のために食べる必要もあるし、大変なのよ」

「でも美味しいお菓子がたくさん食べられるなんていいじゃない」

「みんなそう言うのよ。太らなければ万々歳なんだけど。同僚の中には全く体重が増えない人もいるから、腹立たしいの。同じ量食べてるはずなのにね」

「でも何だか幸せそう」

「まあね。気に入っている職場ではあるわね」

家に着くと、弓子のお母さんが出迎えてくれた。

「あら、寿々音ちゃん？　久しぶりね。綺麗になって。どうぞゆっくりしていってね」

弓子とお母さんが並んでいるのを見て、何も言えなくなった。二人がそっくりだったからだ。

「どうしたの？」

弓子が変な顔をしている。

「ううん、何でもない。お邪魔します」

慌てて言葉を返した。養子などとはとても考えられない。確かに親子というのは、似ていて当然なのだ。私は柊の父や母に似ていると自分でも思ったことはないし、人からも言われない。似ているはずがない。血の繋がりとは、こういうものなのだと初めて実感した。

弓子は中学時代の思い出話や、職場での面白いエピソード、お祖母ちゃんの介護の苦労までも、明るく話してくれた。屈託のない会話をしているうちに、不意に涙がこぼれた。弓子を疑って調べようとしていたことが申し訳なくなった。

「どうした？　寿々音」

「ごめん、何だか懐かしくて。弓子と話せて嬉しかった」

「私も楽しかったよ。またおいでね」

お土産にと、自分の会社のお菓子を山ほど持たせてくれた。

お礼を告げて家を出る。母親の隣で弓子は手を振っていた。

帰り道は、少し心が軽くなった。久しぶりに他人の温かさを感じたためだと思う。疑心暗鬼になって心がガチガチになっていた。

まだ私が進もうとしている道は険しい。でもやり遂げて、いつかまた、今日のように友と会える日が来る。

紙袋いっぱいのお菓子を抱えて歩く足取りは軽やかだった。

夕食を済ませて部屋に戻り、また卒業アルバムの写真を眺める。今日会った、そっくりだった弓子とお母さんを思い出す。これで弓子は除外された。

唐突に、ある考えが浮かんだ。

ノアを知っている人が光とめぐみの写真を見たら、何か気づく可能性があるかもしれない。あの人を訪ねてみよう。ノアの母親、キデラトモコを。

以前訪ねたときは、ノアが子供を産んだことも、それが私だということにも、まだ確信が持てていなかったが、今は事実を知っている。

キデラトモコは血縁上は私の祖母になる。あの日、私を見ても何の反応もなかったから望みは薄いかもしれない。でも、一筋の可能性を求めて行ってみよう。

動き出すからには、母にきちんと話をしなければならない。

「明日、茨城まで出掛けます。お母さん、私にはどうしてもやらなければいけないことがあるの。みんなに助けてもらった命を粗末になどしないと約束する。だから少しの間、黙って見ていてください」

頭を下げるが、返事はない。

「お願い、私を信じて」

「無茶を言わないで」

どうしても認めるつもりはないようだ。振り切って行くことになるが、仕方ない。そう宣言しようとしたとき、

「寿々音はお父さんそっくり」

母が突然ため息交じりに言った。

「家を空けて旅に出てばかりのお父さんに、一度だけ文句を言ったの。一体どこで何をしているんですかって。まだ若い頃のことよ」

「お父さんは何て答えたの？」

「『お前に話していなかったか？』って、驚いたような顔をしてた。『とっくに話したと思っていた』って笑ってたわ。私にとっては笑い事じゃないのに」

そう言いながら母の頬はほころんでいる。

「そのとき初めて『柊家之記』のことを聞いたの」

「お母さんはどう思った？」

「もちろん感動したわ。十五代目のお父さんを誇らしく思った」

仏壇の父の写真に視線をやりながら胸を張って言う。

「『正しいか間違っているかより、その行動をする自分に誇りが持てるかどうか、それが一番大切』ってお父さん、いつもそう言っていたね」

心に刻まれている父の教えだ。

「寿々音がしようとしていることは、誰かのためになるのね？」

真剣な目が私に注がれる。

「そうしないと、後悔するのね？」

強く頷いた。

「やっぱり寿々音はお父さんの子よ。分かったわ」

母の目から厳しさが消えた。

「気をつけて行きなさい」

翌朝、温かい母の声に見送られて家を出た。反対を押し切って出掛けるよりずっと気が楽だ。私を信じて送り出してくれた母に感謝する。

前に来たときから十年近く経つ。キデラトモコがいてくれることを祈りながら、県営住宅子桜団地に辿り着いた。以前交わした会話を思い出し、羊羹を手土産に持った。

表札のない１０７号室の呼び鈴を押す。少し待つと「誰？」としゃがれた声がした。

「キデラさんいらっしゃいますか？　以前お邪魔した柊です」

「開いてるよ」

声だけでは本人なのか分からない。ドアを開けて中を覗き込んだ。

薄暗い部屋に、老人が座っていた。スプーンを使ってプラスチック容器に入ったお弁当を食べている。こちらを向いた顔で、キデラトモコだと分かった。

「お食事中すみません。私を覚えていますか？」

「さあ、どうかね」

じろりと私を見る目には、感情は読み取れない。淡々と食べ続けている。私は食事が終わるまで玄関に立ったまま待った。

「ごちそうさま」

キデラトモコが両手を合わせた。

「あんたこれ、片付けてくれない？」

いきなり言われて戸惑ったが、靴を脱いで部屋に上がった。

「ドアの外に出しておいて。後でお弁当屋さんが回収に来るから」

どうやら宅配サービスのお弁当のようだ。私は指示通りにした。

「ノアさんのことを話したのを覚えていますか？」

近くに戻ってもう一度尋ね、

「あ、これどうぞ」

羊羹が入った袋を差し出した。

「あら、羊羹」

急に顔をほころばせた。

「ああ、あんた前にも来た娘だね。まだ何か訊きたいのかい？」

どうやら思い出してくれたようだ。

「はい。あの後、娘さんが子供を産んでいたことが確認できました。この写真を見てもらえますか？」

光とめぐみの写真を差し出す。

生まれたのが双子で、その一人が私であるとは言わずにいようと、ここへ来る道すがら決めていた。どうしても名乗り出る気持ちになれない。

「娘さんに似ていませんか？」

「似てないよ」

ちょっと見ただけで、切り捨てるように答えた。

「子供を産んだってホントなのかい？　あの子は十八で死んだんだよ。いつ産んだっていうのさ」

「亡くなる数日前です。子供は養子に出すと決まっていました。でも出産後に子供と離れるのが耐えられず、自ら死を選んでしまいました」

話してもどうなるものでもないが、ノアの最期の想いを伝える。

「そんなことがあったのかい。馬鹿な娘だね」

母親ならもう少し言いようがあるだろう。腹立たしい気持ちになる。

「じゃあ、あのときはお腹に子供がいたのか」

視線を泳がせながら、何かに気づいたように言った。

「ずっと、何であたしに会いにきたんだろうって考えていたのよ。そうか、子供が出来たから来たのか。それであんなことを訊いたのね」

ノアが母親に言った言葉は覚えている。「私がお腹に出来たと分かったとき、どう思った？」そう訊いたのだ。

しばらくキデラトモコはぼんやりしていた。

「一人で産んで、一人で死んだのか」

ぽつりと言うと、羊羹の包みをビリビリと破き始めた。

「あんた、麦茶飲むかい？　冷蔵庫にあるよ」

「いえ、結構です」

「そうかい。あたしは食後のデザートにこれ頂くよ。そこにナイフがあるから切っておくれよ」

私が羊羹を切っていると、

「ノアが産んだ子はどうしている？　元気なのか？　さっきの写真のどっちかがそうなの？　もう一度見せて」

後ろから声が掛かった。少しは情のようなものを持っているのだろうか。

私は切った羊羹を小皿に載せて出し、写真を並べてテーブルに置いた。向かいの椅子に座り、反応を注意深く窺う。

「やっぱり、どっちも似てないよ」

手に取って見ながら、首を振る。

何も手掛かりにはならなかった。これ以上訊くことはない。

「子供さんは、養子先で幸せに暮らしていると思います」

少なくとも私は養父母に大切に育ててもらった。そのことだけは報告したい。

「そうだといいけど」

投げ捨てるように写真を私に返した。

バッグにしまいながら、思いついた。ここに、ノアの写真がないだろうか？　顔が分かれば、似ている人を探せるかもしれない。

「ノアさんの写真ってありませんか？」

「ああ、そういえば、前にあんたが帰ったあとに、探してみたら見つかったんだよ」

「見せてもらえますか？」

思わず声が大きくなる。

「ベッドの横の引き出しに入ってるよ」

立ち上がってベッドに近寄る。「一番上、ハンカチに包んである」後ろから声が掛かる。

引き出しを静かに引く。取り出して、手の上でそっとハンカチを捲った。

「病院に来てくれたときに、看護師さんが撮ってくれたの。今残っている写真はそれだけ」

しゃがれた声は続いているが、耳に入ってこない。

写真には二人が写っていた。病室のベッドに座るキデラトモコと、隣でかすかに微笑んでいるショートカットの若い女性。

その顔は、最近会ったある人にとてもよく似ていた。それは、数年ぶりに会った希海だ。

信じられない思いで、じっと写真を見つめる。どう見てもそっくりだ。私は混乱のまま、玄関に向かう。

「失礼しました。お元気で」

そう言うのが精一杯だ。実の祖母だという実感も感傷も持つ余裕はなかった。とにかく無事に家まで帰り着くことだけを考えた。

平静を取り繕うために、玄関の前で大きく深呼吸をした。

「ただいま」

声が上ずる。

「お帰り」

台所から顔を覗かせた母が、また夕食の準備に戻った。不審に思われない程度に笑顔を作れていたようで、ほっと息をつく。ひとまず部屋に入ろうと足を進めたとき、

「そうそう、神山さんから電話があったわよ。寿々音の携帯に掛けたけど繋がらないって言ってた」

母の声が追いかけるように聞こえてきた。

携帯を確認すると、神山さんから何件かの着信履歴がある。キデラトモコに会う前に、

マナーモードにしたまま見ていなかった。

部屋に入って、すぐに電話を掛けた。呼び出し音が鳴る間もなく、声が聞こえた。

「お嬢、秀平君が逮捕された。容疑は蓮見さん殺害です」

耳を疑う言葉が飛び込んできた。いつもの落ち着きのある話し方ではないことに、緊迫感が高まる。

今までに分かっている情報が伝えられる。

【蓮見幸治が死亡したのは、東京、根津にある自宅。発見したのは往診に訪れた秀平。午前八時十分に秀平は死亡確認をした。臓器提供の意思表示をしていたため、すぐに「東京医療研究センター」に搬送され、同日に移植手術が行われた。

その翌日に大介が「蓮見幸治を殺した」と自首。検視が行われ、供述通り薬物が検出された。

捜査により幾つかの証拠と現場の状況が分かってきた。

点滴袋のゴム栓部分の保護フィルムに、針で刺した痕跡が発見された。薬物を混入したと思われる注射器と薬品容器は見つかっていない。犯人が持ち去ったと判断された。

蓮見宅には玄関と建物裏側の塀に、一台ずつ防犯カメラが設置されていた。二台のカメラには大介は映っていなかったが、検証により死角があることが分かった。防犯カメラに映らずに裏口から入ることが可能だと判明した。大介は、裏口の鍵を持っていることを認めた。

連日の取り調べを経て、警察は逮捕に踏み切る。しかし大介は逮捕後は一転、「黙秘する」と言ったきり黙り込んだ。そのため、動機や具体的な殺害方法の供述は得られなかった。

数日後、大介は突如、容疑を否認し始めた。「事件の前日から沖縄にいた。東京に戻ったのは蓮見さんが死んだ翌日だ」とアリバイを主張。沖縄のホテルに、大介が従業員と共に写っている写真が残っていた。周辺の飲食店でも、写真や証言が幾つも出てきた。アリバイが立証され、処分保留で釈放が決まった。

最後に大介は刑事に言った。

「的場秀平は蓮見さんを恨んでいた。殺したのは秀平だ」

蓮見宅の防犯カメラの記録には、死亡の前日午後十時頃、家に入る秀平の姿が残っていた。その日、家を訪れた人物は他にはいない。

事情を聞かれた秀平は、

「あの日は、病院での仕事を終えてから蓮見さんの往診をし、点滴などの処置をした。少し状態が悪かった。医師であり、親戚でもある自分は玄関の鍵を預けられていた。そのとき翌朝も来て欲しいと言われていたので様子を見に来たら、心肺停止の状態だった。蘇生を試みたが駄目だった。医師として当然の行動だ。薬物のことは知らない。殺してなどいない」

容疑を全面否認している。

点滴袋から秀平の指紋が検出されている。家に何者かが侵入した形跡はない。蓮見に薬物を投与できる機会があったのは、秀平一人しか考えられない。大介釈放のあと、警察は慎重に調べを進め、ついに秀平を逮捕した】

神山さんは、こう付け加えた。

「警察は極秘に進めたかったと思いますが、マスコミに知られるのは時間の問題です。的場の周辺はすでに騒がしくなっています。十五年前の事件と関連づける報道も出てくるかもしれない。大介も処分保留で釈放になったが、完全に捜査線上からはずれたわけじゃない。犯人しか知らない薬物混入を知っていた理由が、まだ解明されていない。お嬢は騒ぎに巻き込まれないように、しばらく大人しくしていてください。何か分かったら必ず連絡しますから」

最後に大介の行方について尋ねたが、分からないという答えだった。

電話を切ったあと、余りのことに呆然としていた。

秀くんの逮捕は、大介が導いたように見える。大介の行動はあまりにも不自然だ。自首しなければ病死のままで、事件は発覚しなかった。

蓮見先生と大介は、移植手術のために自殺を隠す計画をした。蓮見先生の死後、責任を感じた大介が自首した。それなら辻褄が合う。

移植だけが目的なら、これで終わっていたはずだ。だが実際には、秀くんの逮捕という結末になっている。

大介は、わいせつ事件を起こした小松原と秀くんが今も繋がっていると考えている。二人が共犯で、的場さんは息子を庇って亜矢ちゃんの死体を遺棄した。そう思い込んでいるに違いない。

何が起きたのか一本の線で繋がった。

私の移植手術から秀くんの逮捕までの道のりは、大介と蓮見先生によって綿密に練られた計画だったのではないか。

蓮見先生が秀くんを呼び出し、防犯カメラに記録を残す。秀くんが帰ったあとに自ら薬物を投与する。翌朝訪れるように頼まれた秀くんによって蓮見先生は病院に搬送され、移植手術が行われる。次の日、沖縄から戻った大介が自首し、検視により他殺と判明。やがてアリバイが見つかり大介の無実は証明され、唯一殺害の機会があった秀くんに容疑がかかる。息子が殺人犯となれば、政治生命だけでなく、代々受け継がれた的場家の名声も根こそぎ崩落するだろう。たとえ亜矢ちゃん殺害の罪を問えなくても、復讐は完成する。

蓮見先生は私の命を救うため死を選んだ。その死を利用して企てた復讐を大介が手伝った。凄まじい執念がもたらした計画におののく。

でも大介は間違っている。秀くんは亜矢ちゃんを殺した犯人じゃない。

由利さんの願いを叶えたいという思いは同じなのに、その二人が今、対峙している。何としても止めなければいけない。

夕食の間も、動揺は収まらない。母とちい婆の話に相づちを打ちながらも、頭の中は今日受けた二つの衝撃が渦巻いている。ノアの写真が意味すること、秀くんの逮捕が浮かび上がらせたこと。

それを結びつける重要な人物が、目の前にいる。

「どうしたの？　食欲ないの？」

ご飯が半分ほど残った私の茶碗を片付けながら、ちい婆が心配そうな顔を見せる。

「夕方ケーキ食べちゃったから。残してごめんなさい」

「それならいいけど」

食器を載せたお盆を手に、ちい婆は台所に向かう。私はその背中を見つめた。

ちい婆……。

知っているとしたら、ちい婆しかいない。


皆が寝静まった深夜、部屋を訪ねた。起こしてしまって申し訳ないが、早く確かめたいという気持ちと、母に気づかれずにじっくり話を聞きたい思いがあってのことだ。

「聞きたいことがあるの。とても大事なこと」

「こんな時間に何？　どうしたの？」

ちい婆は不安そうな表情を浮かべながらも、座布団を勧めてくれた。

「私と希海は双子なのね」

私の唐突な言葉に、ちい婆は肩をビクッとさせた。

「何のこと？」

すぐに目をそらされた。

「びっくりさせてごめんなさい。私に残されたへその緒が二つあったから分かったの。内密にDNA鑑定もした」

正確にはDNA鑑定で判明しているのは、私は双子で、もう一人が女の子だというだけだ。でも出産の経緯を聞き出すためには、多少のごまかしは仕方ない。

ちい婆は、口を真一文字に結んだまま私を見ない。

「私と希海は白川院長が取り上げた。子供を育てられない母親と、受け入れる用意がある夫婦を白川院長が結びつけた。私は養子として柊家へ、希海は的場家に引き取られた。子供のためを考えて的場家は実子として迎えたかった。柊の母は年齢的に実子にするには無理があった。的場夫人は若かったから、白川院長が協力して自宅で出産したことにしたのね」

「知らないわ」

頑(かたく)なに認めようとしないのは、希海と私を慮(おもんぱか)ってのことなのか。秘密を守ってきた人たちの善意を裏切りたくないからなのか。それでも、何としても聞き出さなくてはならない。

「秀くんが逮捕されたの、蓮見先生殺害の罪で」

「どういうこと？　大介さんが釈放されたのよね？」

ちい婆が目を見開く。

「明日にはニュースに出るかもしれない。時間がないの。早く助けなくちゃ。秀くんは無実なのよ。私は秀くんを助けたい。そのために、ちい婆に確かめたいの」

「秀平坊ちゃんが……」

「お願い、話して。このままだと秀くんが殺人犯にされてしまう」

「そんな……」

おろおろした、か細い声。

「ちい婆しかいないの」

胸の前で組んだ皺だらけの手が震えている。

「お願い、ちい婆」

「私が話すことが秀平坊ちゃんのお役に立つのね？」

「そう。ちい婆にしか出来ない」

ちい婆がいったん天井を仰ぎ、深く息を吐いた。

「分かった。私が知っていることを話すわ」

頷いて真っ直ぐに私を見た瞳は、潤んでいた。

「的場夫人が出産していないと知っていたけど、隠すように言われたのね？」

気持ちを落ち着けて、静かに尋ねる。

きっと生まれてくる子供のためと考えて協力したのだと思った。でも、ちい婆は首を振る。

「いいえ、最初は何も知らなかったの。奥様の妊娠が偽装だなんて。奥様は今も、私が気づいていたとは知らないと思うわ」

的場夫妻は、ちい婆のことも欺こうとしていたのか。それだけ厳重に秘密は作られた。

「私は奥様が秀平さんを妊娠したときも、近くでお世話をしたの。奥様は悪阻が酷くてね、吐いたものを片付ける私も大変だった。でもお二人目のときは、そんな様子はなかった。ただ、部屋に一人で籠もって、誰ともお会いにならないのよ。部屋に入るのが許されていたのは、定期的に往診に来てくださる白川院長だけ。私が部屋に入るときには、必ず声を掛けるようにときつく命じられて、奥様はいつもベッドに横になっていた。ある日私は見てしまったの。お風呂場のガラス越しに映る奥様のシルエットは、お腹が全く膨らんでいなかった。臨月に入っているのに」

ちい婆は私の反応を確かめながら、話し続ける。

「数ヶ月前から、ゲストハウスにお客さんが滞在していた。とても若い妊婦さん」

ノアのことだ。

「それで分かったの。生まれてくる赤ちゃんを奥様の子供にする計画だと。秀平さんを産んだあと、二人目は難しいと耳にしていた。きっと若い妊婦さんは子供を育てられない事情があるのだろう。秀平さんが病弱なのもあって、どうしても二人目が欲しい的場家と、院長が縁を結ぼうとしているのだと。私は何も気づかない振りをしたわ。だって皆さんが、生まれてくる子供にとって最善の道を選んだのだから」

ここにも、赤ん坊の幸せを願う人がいた。

的場家は、実子として子供を迎えるため用意周到に計画していた。秀くんという子供がいるのに、養子をもらう気になった理由が分からなかったが、二人目の妊娠が難しい状況だったと知り、納得した。

これで希海が的場家の実子でないとはっきりした。

「そのあと、ゲストハウスに行くとお産を終えた女性の部屋に、二人の赤ちゃんがいたの。驚いて『双子だったのね』と思わず言ってしまったわ。女性は『無事に生まれた喜びは二倍だけど、別れる辛さも二倍です』と言っていた。赤ちゃんは四日間お母さんの傍にいた。初乳を飲ませるのは赤ん坊にとって重要なのよ」

「四日間は親子一緒にいられたのね？」

「ええ、代わりばんこに、おっぱいを飲ませていた。幸せそうだった」

ノアは母親としてのわずかな時間を過ごしていた。でもそのことが、逆に別れたくない気持ちを強くしてしまったのかもしれない。

「あの箱にへその緒が二つ入っていたのね」

ちい婆がぽつりと呟いた。

「あの箱のこと、ちい婆知っていたの？」

「私が柊の奥さんに渡したの」

「どういうこと？」

「ゲストハウスから出ていく女性に頼まれたの。彼女は一度白川院長に、赤ちゃんにへその緒を持たせたいとお願いしたけど『養子先の一つはきっと受け取らない』と断られたと言うの。せめてもう一人の赤ちゃんだけでも渡したいと言いながら私に封筒を託した。中にはへその緒の箱が一つだけ入っていたわ。その朝に、柊さんが置き去りにされた赤ちゃんを見つけたと聞いていたから、それがもう一人の赤ん坊だと分かったわ。それで私が封筒を柊さんに届けたの。産みの母親の気持ちを分かってくれる人ですものね。へその緒が二つ入っているなんて知らなかったけど」

ちい婆はうんうんと頷きながら話を続けた。

「帰る前日の夜に、へその緒のケースを二つ並べて悲しそうに見ていた女性に、言い伝えを話したの。へその緒はお母さんと赤ちゃんを繋ぐ絆の象徴であるだけでなく、病気のときに煎じて飲ませると良いとか、夜泣きに効くとか。あと、兄弟のへその緒を持つと魔除けになるという話もした。だから二つのへその緒を忍ばせたのよ、きっと」

そんなふうに私の元にへその緒は届けられたのか。

そして希海は的場家、私は柊家の子供になった。

「へその緒を持つ御利益(ごりやく)は、もしかしたら本当かもしれない。寿々音さんは柊家で幸せに育てられた。でも、お嬢様は恵まれた子供時代ではなかった。実は、陰で奥様に虐められていたの。酷い言葉を掛けられたり……背中に付いたたくさんの傷を見たこともある。お嬢様が蛇田さんの養子になると聞いてほっとしたわ」

希海がそんな目に遭っていたなんて……。

ショックを受けたが、もう一つ、確かめなければいけない。

「十五年前、亜矢ちゃんがいなくなった日、ちい婆は希海が四時前に帰ってきたと証言している。そのあとずっと母親と一緒にいたと。それは間違いない？　実際に希海を見たの？」

一瞬記憶を辿るように眉間に皺を寄せて、ちい婆が答えた。

「正直に言うと、帰ってきたところは見ていないのよ。警察がうるさいからそう証言してくれって、奥様に頼まれたの。当時私も含めて全員が調べられて、疑われているようで腹立たしかったから、すぐに承諾してそう証言したのよ。だって私たちの中に亜矢ちゃんに酷いことする人がいるわけないもの」

私は深いため息を吐いた。希海のアリバイは崩れた。

遅い時間に押しかけたことを詫びて、部屋を出る。

「私がしたことは、間違っていたのかしら……」

呟くようなちい婆の声が聞こえた。静かに振り向いて言葉を紡ぎ出す。

「私はちい婆がいてくれて本当に感謝しているわ」

ちい婆が抱いた問いの答えは、誰にも分からない。


自室に戻っても心が定まらない。

希海と私は双子で生まれた。

小さい頃、私たちは右頰に同じようにえくぼがあった。ノアもえくぼがあったとスーパーの店長が言っていた。ノアからもらった、ちっぽけな繋がり。

希海が苛酷な日々を送っていたなんて知らなかった。

蛇田の嘘を話したときの、希海の言葉が蘇る。

「寿々音はみんなに愛されて育った……亜矢ちゃんは幸せそのもの……くすぶり続けた憎

悪の火があの夏に爆発した」

あれは希海自身の思いだったの？　私を憎んでいた？

悪夢のような現実を受け入れられない。

希海が出生の真相を知らなかったと思いたい。知らなければ、蓮見先生や私、まして亜矢ちゃんに恨みを持つはずがないのだから。

本当の希海を知るすべはないのか。

窓の外に目をやる。暗闇に、的場邸の門灯がぼんやりと浮かぶ。あの大きな家の中で、希海が過ごした日々を想う。

思い起こせば、希海は感情をあまり表さない子供だった。はしゃいだ姿を見たことがない。いつも冷静だった。

ただ、楽しそうな笑顔を私は知っている。希海が持ち込んだ玩具で、二人だけでこっそり遊んだ。

「この犬は私たちが内緒で飼っていることにしよう。名前は、ルル。ねえ、いいでしょう？」

ぬいぐるみの犬を抱きしめて、二人の秘密の場所で、希海は微笑んでいた。

なぜあそこに玩具をしまっていたのだろう。怖い母親がいる家にいたくなかったから？

希海には必要だったのだ。自分だけの、誰にも侵されない場所が。

私が足を踏み入れなくなったあの場所に、希海の真実が隠されているかもしれない。

懐中電灯を手に玄関を飛び出す。夜更けの暗闇をわずかな灯りを頼りに走る。息を整える間もなく扉に手を掛ける。

扉は不気味に軋(きし)みを上げながら開いた。

納屋の中は、懐中電灯に照らされた蜘蛛(くも)の巣がキラキラと光っていた。扉の横にあるスイッチを押したが電気は点かなかった。目に付いた釣り竿で蜘蛛の巣を払いながら奥に進む。

希海と私の秘密の遊び。「夢の箱」の思い出。

懐中電灯を棚に置き、怯(ひる)むことなく、目当ての段ボール箱を引き出す。蓋を開けると、おままごとセットと人形、小さなドールハウスが見えた。

一つずつ取り出すと、一番底に本のような物があった。懐中電灯を手に持って光を当てる。

『土筆町の歴史』

ページを捲る手が微かに震える。

航空写真の所々に、切り抜いた跡があった。
カッターを使って手紙を作っている希海が頭に浮かんだ。首を振って、思い浮かんだ姿を追い出そうとするが、ますますくっきりと希海の歪んだ顔が見えてくる。
[すずねはあくまのこ　ははおやはブルースノウ　うらみはきえない]
私は何もかも放り出して、逃げるように外に飛び出した。

自分の部屋に戻り、呼吸を整える。

希海は出生の秘密を知っていた。自分の境遇と比べ、恵まれているように見える私を見て、あんな手紙を作った。そして、何の憂いもなく幸せに暮らしている亜矢ちゃんまで、憎しみの対象にしたのだろうか。

亜矢ちゃんの遺体は納屋から運び出された。犯行は納屋で行われたのだ。

あの日、納屋ではもう一つのわいせつ事件が起きていた。

私は、しまい込んだ封筒を取り出した。燃やしてしまおうと思っていた小松原から奪ったポラロイド写真だ。目にするのが耐えられず、チラッと見ただけだった。改めて写真を手に取る。下着がずらされ、露(あら)わになった胸が写っている。目を凝らして確かめる。

脇腹の辺りに幾つもの痣や傷痕がある。傷があったというちい婆の言葉を思い出す。

これは希海だ。あの日、希海は納屋にいた。

受け止めるのが辛い。事実だと認めるのが怖い。

窓の外が次第に白んでいく様子を、ただじっと見つめ、朝が来るのを待つ。

私は東京へ行くことを決めた。何としても大介を探して、私が辿りついた真実を伝えなければならない。


ひんやりとした秋の風を受けながら朝一番の列車に飛び乗る。

東京に入った時刻は通勤ラッシュを過ぎていたが、電車も駅構内も混み合っていた。ショルダーバッグを斜め掛けにして人の波をやり過ごす。改めて人の多さに驚く。

大介に会えるとしたら、ここしかない。早足で井の頭公園駅の改札を抜けた。

コーポ大和の部屋に大介はいなかった。落胆は大きかった。

ここに来たのには理由がある。大介の標的がまだいるかもしれないと考えたからだ。小松原が秀くんと共犯だと思っているなら、復讐は止まらない。怒りに支配され暴走している大介は、小松原をこのまま許すことはしないだろう。

私は小松原の家に向かった。二度と会いたくない男だが、躊躇(ちゅうちょ)してはいられない。インターホンを立て続けに押す。しばらくすると玄関がゆっくり開き、隙間から顔が覗いた。

ドアチェーンが付いたままだ。

「また、あんたか。何の用？」

面倒くさそうな口振りだが、目には警戒心が滲み出ている。

「あなたを狙っている人がいる。どこかに身を隠した方がいい」

小松原を守りたいわけじゃない。大介を犯罪者にしたくないための忠告だ。

「何だよ、それ。秀平なら逮捕されただろう。やっぱりあいつは普通じゃないな。俺、殺されなくて良かったよ」

「ここにいたら危ない。本当よ」

「うるさいな。帰ってくれ」

不機嫌そうにドアを閉められた。

近くのスーパーで食料と新聞を買って、コーポ大和の部屋に戻った。新聞では的場さんの入院が報じられている。マスコミから逃げる常套手段だ。事件に関しては、的場秀平は否認していると記事には書かれていた。

小松原の家を見張り、大介が現れるのを待つ。大介は的場家への復讐を終えたと思っている。次の標的、小松原に対して何を仕掛けるのか。もしも命を取ろうと考えたりしたら……。

私はそれを恐れている。絶対に殺人などさせてはいけない。

大介を見つけるまでは帰らない。そう決めた。

窓際の定位置で過ごして、二度目の夜を迎えた。窓枠にもたれ、ほとんど徹夜で見張っていたが、限界が近づいている。

町は眠りにつき、人影も物音も消えた。静かな暗闇に包まれていると、あの夏の夜が頭に浮かんだ。

「河童大作戦」の冒険をして、大介と秀くんと私、三人で夜の闇と熊の恐怖に震えて寄り添っていた。森の中で、空腹にお腹が鳴って三人で笑い合い、どんな困難でも一緒にいれば乗り越えられると信じられた。私たちは大人になってしまったけれど、あの頃と変わっていないはず。ただ歯車が狂ってしまっただけ。必ず元に戻れる。

涙が溢れ、外灯の光が滲む。「どこにいるの？」目を閉じて、心の中で大介に呼びかける。

「ガタン」

私は慌てて顔を上げた。一瞬自分がどこにいるのか分からなかった。いけない、寝てしまったようだ。窓の外に新聞配達の自転車が見えた。時計は四時三十分を示している。外はまだ暗い。少しだとしても寝てしまったのを後悔したが、外は穏やかな静けさを保っている。

十月二日。大介に会えぬまま、この日を迎えてしまった。今日は由利さんの命日だ。大介がお墓に現れる予感がする。でも小松原からも目が離せない。私は考えていたことを実行しようと思う。

缶ジュースを持って部屋を出た。物音を立てないように小松原の家に近づく。周りに人がいないのを確かめて、窓ガラスに向けて缶を思いっきり投げた。

「ガシャーン」

ガラスが割れる大きな音が響く。急いで部屋に戻った。小松原は怯えているはずだ。私の忠告と結びつけて恐怖心が高まるだろう。

身を隠す気になるかもしれない。ここを離れてくれれば、大介が見つけるのは難しくなる。

音に驚いた近所の人たちが、道路に集まってきた。不安そうに窓から顔を出す小松原が見えた。近所の人は辺りを見回したあと、それぞれ戻っていった。あとは小松原が恐れを感じて出掛けるのを待つしかない。

朝日が昇り、町が動き出す。なかなか期待通りには、姿を現さない。時間はどんどん過ぎていく。駄目押しにもう一度何か仕掛けようかと思ったとき、小松原が辺りをキョロキョロしながら門から出てくるのが見えた。リュックを背負い、手にはボストンバッグを持っている。私は急いであとを追った。

「どこかに行くのね？」

周りを見渡し大介がいないことを確認してから、声を掛けた。

白いマスクにサングラスを掛けた小松原が、ビクッとして振り向く。

「あんたの忠告に従うよ。しばらく戻らない」

苦々しい表情で吐き捨てるように言って、駅の方向へ進んでいった。これで大介に小松原の居所は分からなくなる。あとは由利さんのお墓で大介が来るのを待とう。きっと現れるはずだ。私は数日過ごしたコーポ大和の部屋を後にした。

電車を乗り継ぎ、墓地を目指す。駅を出て上り坂が続くこの辺りには多くの寺が散在している。花屋を通り過ぎて路地に入る。お寺の境内に入り、ずらりと墓石が並んでいる間を進んでいく。お彼岸が明けたからか、お参りする人の姿は見当たらない。

中程にある由利さんのお墓を遠くから目で探す。しおれた花が多い中、ひと際綺麗な花が見える。足を速めて近づくと、それは由利さんのお墓だった。線香から煙が出ている。大介がすでに来ていたのか。線香は火を点けたばかりのようだ。まだ近くにいるかもしれない。きびすを返し境内を抜けて、幾つもの分かれ道がある路地を走る。この辺は二つの駅のちょうど真ん中だ。どちらの駅に向かったか、運を天に任せて道を選んだ。大通りに出たそのとき、タクシーに乗り込む大介が見えた。

「大介」

叫んだが、タクシーのドアは閉まり発進してしまった。逃すわけにいかない。後ろから来たタクシーを止め、追跡を始める。

前を走るタクシーは都心へと進んだ。二十分ほど走り、大きな白い建物のある敷地に入っていった。「大手町記念病院」という大きな文字、前の道路には報道陣がたくさん見える。そうか、的場さんが入院している病院だ。

大介がタクシーから降りる。私も急いで降りてあとを追う。入り口には警察官と警備員が、周りに視線を投げかけていた。

人や車椅子にぶつからないようにすり抜けて、エレベーターを待つ大介の腕を摑んだ。

大介は驚いて目を見開いている。

「どうしてここに？」

「大事な話があるの」

「今は時間がない」

私の手を剝がしながら、小さな声で言った。

「的場さんに何をしようとしているの？」

「話をするだけだ。会う約束をしている」

「私も行く。駄目だと言うなら大声を出す。一人では行かせない」

力いっぱい腕にしがみつく。警備員が私たちの様子を見ている。

大介は私と腕を組んだまま、エレベーターに乗り込んだ。満員のエレベーター内では話は出来なかった。やっと二人きりになって話し始めようとしたとき、最上階で扉が開いた。

扉の向こうには二人のSPが立っていた。大介が一人に耳打ちする。すぐに手招きされて奥へと進んだ。突き当たりの大きな扉の前にも、別のSPが二人立っていた。

「持ち物を預からせていただきます。ポケットの中の物も全部出してください」

SPがテーブルを指す。

大介はポケットから携帯電話と財布を出し、背負っていたリュックをテーブルに載せた。

私も斜めがけにしていたバッグを外し、隣に置いた。

「両手を上げて」

もう一人が金属探知機を体に沿わせる。入念なチェックが済むとようやく扉が開いた。

「寿々音は黙っていろ」

大介が耳元で囁く。

病室とは思えない広い部屋に、革張りのソファーが置かれていた。一面のガラス窓から、眩しいほどに光が差し込む。

「寿々音も一緒なの？」

ソファーに身を沈めていたのは希海だった。隣には見覚えのある大男、白髪頭の蛇田さんがいた。

「相変わらず仲がいいのね」

希海が馬鹿にしたような口調で言った。立ち上がってカーテンを閉め、

「まあ、座りなさいよ」

と向かいのソファーを示す。

希海に言いたいこと、訊きたいことはたくさんある。

でも今は大介に従い、成り行きを見守るしかない。

「的場さんは？」

大介が冷静に問い掛けた。希海は隣のドアに視線を送った。的場さんは隣の部屋にいるようだ。

「話は私と父が聞くわ。的場家を救う方法があるってどういうこと？」

蛇田さんは希海が放った言葉に、一瞬口元を歪ませた。だが胸を張る威圧的な姿勢は変わらない。大介は蛇田さん相手に何をしようとしているのだろう。

「蓮見先生の死の真相を映した動画を持っている。言っておくがここには持ってきていない。あんたたちに奪われたら元も子もないからな」

「真相とは？」

「先生は自ら命を絶った。その決定的な証拠になる動画だ。それを公開すれば、秀平は釈放され、的場家は救われる」

やはり二人の計画だったのか。

「秀平を陥れて私たちを脅すために、蓮見は自殺したの？　狂っているわ」

希海があきれたような声を上げる。

「そうか、寿々音の命を救うためでもあったのね。美しい親子愛ね」

賞賛するというより、皮肉めいた言い方だ。希海の精神はいつから歪んでしまったのだろう。

「蛇田さん、亜矢ちゃんを埋めた場所を教えてください。亜矢ちゃんを取り戻したら、俺はそれ以上何もしない」

蛇田さんの目が動いた。

「埋めたって、一体何の話だ？」

探るような目を大介に向けている。

やっぱり希海は、大介の目撃を蛇田さんに伝えていなかった。

あのとき聞かされた作り話は、全て希海が考えたものだった。

「あの日、俺はあんたたちが納屋から亜矢ちゃんを運ぶのを見た。とっさに車に乗り込んで、山の中に埋めたのも見ている。言い逃れは時間の無駄だ。場所を教えるか秀平が殺人犯になるか、どちらかを選べ」

蛇田さんの形相が変わった。目を見開き、大介に対峙している。

「今更警察に目撃談を話してもどうにもならないと分かっているようだな。犯人逮捕は諦めて、遺体だけ取り戻すための交渉か」

「そうだ」

二人は激しく睨み合う。

「場所を教えたとして、その動画を公開する保証はどこにある？　遺体を取り戻した後に動画を破棄する可能性がある。秀平君の無実は証明されない。そんな取引に乗れるわけがない」

秀くんが亜矢ちゃん殺害犯だと思い込んでいる大介なら、やりかねない。亜矢ちゃんを取り戻した上、的場家への復讐も遂げられる。

「そう思うなら勝手にすればいい。俺はそれでも構わない。何もせずとも今の状況では的場家は破滅へ一直線だ。動画は信頼できる人に預けてある。今から三十分以内に、俺からの連絡がなければ燃やすように指示している。跡形もなくなってから後悔しても遅い」

「動画を見せるのが先だ。秀平君が無罪放免になったら、場所を教える」

「駄目だ。よく考えろ。ただ場所を教えれば誰も罪に問われないなんて、あんたらにとって有り難い取引だと思わないか？　ねえ、的場さん」

大介は隣室にいる的場さんに聞こえるように大きな声を上げた。

本当に秀くんを自由の身にしてくれるのか。大介の言うことを信じていいのか。蛇田さんはじっとしたまま黙り込んでいる。敵であるはずの蛇田さんと自分が、恐らく同じことを考えている。

大介が由利さんの願いを叶えるために行動しているのは分かる。でも、秀くんが犯人ではないとはっきりさせなければ、大変なことになる。もう時間がない。三十分後には動画が燃やされてしまう。そうしたら秀くんを救い出せない。

「大介、私の話を聞いて」

全員の視線が私に注がれる。

「亜矢ちゃんを殺したのが秀くんだと考えているなら、それは違う」

希海が耳たぶに手をやる。落ち着かないときの希海の癖だ。

「希海、あなたなんでしょう？　亜矢ちゃんを殺したのは」

「嘘だろ？」

大介から声が上がる。

私は命を懸けた蓮見先生と大介の計画を邪魔しようとしている。だけど秀くんを見殺しには出来ない。

「私たちは双子の姉妹だったの。偽装出産で的場家の実子とされた希海は、父親が蓮見先生と知って恨んでいた。そして何の罪もない亜矢ちゃんを」

驚いているのは大介だけだ。蛇田さんは落ち着き払っている。知っていて当然だ。あの日希海から連絡を受けて、遺体を運び出したのだから。

希海が低い声で笑った。

「ふーん、よく分かったわね。そうよ、あの子を殺したのは私。どうする大介。それでも動画を燃やせる？　何もしていない秀平を殺人犯にするなんて、大介には出来ないでしょう？　あなたはそういう人よ。あなたたちの負けよ。早く動画を寄越しなさい」

「寿々音さんが味方をしてくれるとは、意外でしたね。では話はもう終わりです」

蛇田さんのほくそ笑む自信に満ちた顔に、悔しさと怒りが高まり、涙が出そうになる。

大介、ごめんなさい。私のせいで計画は台無しになってしまった。隣に座っている大介をそっと見る。

「見せたいものがある。俺の荷物をここに持ってくるように言ってくれ。危険物がないことはもう調べただろう」

大介が蛇田さんに向かって言った。

希海がドアを開け、大介のリュックを持って戻ってきた。大介は中からポータブルＤＶＤプレーヤーを取り出し、スイッチを押した。

画面に映し出された人物に目を見張る。

それは、秀くんだった。


『父さん、亜矢ちゃんを埋めた場所を大介に教えてください。父さんが何よりも大事にしている的場家を救う唯一の方法です。父さんには選択の余地はない。応じなければ、動画は処分される。蓮見先生と大介と僕が交わした約束です。蓮見先生の命を懸けた計画です。僕も覚悟は出来ている。もしそれでも口を噤むなら、僕は蓮見先生殺害を自供する。的場家の償いとして』

大介はディスクを取り出し両手で割った。

「この計画を言い出したのは秀平です。遺体を取り戻したら、秀平は釈放されて的場家の汚名は雪がれる。亜矢ちゃんの亡骸は、俺がひっそりと蓮見先生のお墓に埋葬する。心配は無用です。死体遺棄を世間に訴えても意味がないことは、嫌というほど分かっている。遺体を取り戻す、それだけが二人の最期の願いなんだ。我が子が冷たい土の中に、独りぼっちで埋められている。その親の哀しみが、あなたたちには分からないんですか」

激高して、次第に大介の声が大きくなる。乱暴にリュックから地図を出しテーブルに広げた。

「埋めた場所に印を付けろ」

ペンを蛇田さんに押しつけた。

希海が腕を組んで大介を睨みつける。カーテンの隙間から差し込む陽光が希海を照らす。

「教えてあげて。秀平と大介はどうしようもないくらい馬鹿だから、教えなければ動画は破棄する。そして秀平はやってもいない罪を自供するわ。昔から二人は、正義だヒーローだなんて下らないことばかり言っていた。世の中には正義なんて存在しないのに。正義なんて負け犬が自分を慰めるための言い訳にすぎない。馬鹿みたい」

「希海」

二人を貶（おとし）めるような言い方は許せない。思わず声が出る。希海は私を無視して言い放つ。

「遺体という証拠を持ち去ってくれるのよ。これで全てなかったことになる。悪い取引じゃない。私たちは負けたわけじゃないわ」

蛇田さんはペンを受け取ろうとしない。

そのとき、隣の部屋から深い皺にどす黒い肌の的場さんが出てきた。老人ではあったが、貫禄は健在だ。口を真一文字に引き結び、近づいてきた。大介から引ったくるようにペンを取り、地図に目をやり、印を付けた。

「ここに焚き火台がある」

不機嫌そうな声で言った。

「この疫病神が。全部お前のせいだ」

希海に一喝して隣の部屋に戻っていった。蛇田さんがあとを追う。

「どうして亜矢ちゃんを」

大介が迫る。

「なんで私ばっかり」

希海の瞳から憎しみが伝わってくる。

「どうせ私たちは望まれなかった命。寿々音も同じよ。お坊ちゃんとブルースノウが失敗した結果、出来ちゃった存在。要らないなら産まないで欲しかった。さっさと中絶すれば良かったのよ」

「違う。希海は私たちを産んだ人のことを何も知らない。私たちの母親はブルースノウなんかじゃない。キデラノア。ちゃんと名前がある。母親に苦労させられても、一生懸命生きて、恋をして命を授かった。お腹にいる二つの命を必死で守ったと、私は知っている」

「男に捨てられて、勝手に産んで勝手に死んだ愚かな女でしょう？　蓮見は母も私たちも捨てて逃げた。ブルースノウを誕生させた酷い男よ。そのために私は虐げられてきた。寿々音は私の苦しみなんか、何も知らずにいた」

「だから大介が双子だという作り話をして、自分の想いを私に伝えたの？」

「そうよ。大介が目撃していたなんて、蛇田に話せるわけない。私の罪を思い出させるだけだもの。だから大介が双子だと偽って、寿々音に教えてあげたのよ。蓮見や寿々音を恨む存在がいることを」

「蓮見先生は、子供が双子とは知らなかった。娘は私一人だと思っていた。そして最期に私の命を救ってくれた。どれだけ深い愛情を持っていたか分かるでしょう？　希海が娘だと知らなかっただけ。知っていればきっと、希海のために何でもしてくれたはず」

「皆に愛されてきた寿々音に、私の苦しみは分かりっこない。ずっと要らない子と呼ばれてきた私の気持ちは絶対に……」

「生まれてくる子供の幸せを考えてくれた人が、ちゃんといることを分かって欲しい。出生の秘密を知らない方が私たちのためだと守ってくれた人たち。何かが間違ってしまった。希海が子供の頃に苦しんでいたのに気づかなくてごめんね。辛かったでしょうね。でもね、でもやっぱり希海は間違っている。絶対にしてはいけないことをあなたはしてしまったのよ。罰せられなくても、一生罪を背負っていかなくてはいけない。なかったことになんてならないのよ」

もう希海に話すことはない。高校生の蓮見先生とノアの出会いから紡がれた運命が哀しい。

「行こう、寿々音」

大介の手が肩に添えられた。私を見る目は、いつもの大介に戻っていた。報道陣で溢れかえる病院の入り口をすり抜けた。

「蓮見先生と秀くんとの間に何があったのか、もう話してくれるよね」

大介は静かに頷いた。

大　介　六ヶ月前

先生の話では、寿々音はかなり深刻な病状らしい。しばらく入院するようだ。

俺が目撃した内容に驚いていた。でも、亜矢ちゃんが死んだと知っていたのに言えなかった俺の気持ちを理解してくれた。

土筆町で初めて会った日の寿々音をよく覚えている。寿々音が下げていたポシェットに目が引き寄せられた。可愛いクマが寝そべっているイラストは、妹の美由紀が大好きだったキャラクターだ。

小柄な寿々音は、美由紀を思い出させた。ハハハと大きな口を開ける笑い方も何となく似ている。

捨て子だったという過去も隠さず、明るく振る舞っていた。

可哀想だなどと言うつもりはない。とても幸せそうに見える。それでも、なぜか「守ってあげたい」という気持ちになった。少しでも淋しそうに見えると心配になる。美由紀にしてあげられなかったことを、寿々音にしてあげたい。

俺が寿々音を守る。勝手にそう決めた。

寿々音の顔色が悪いのは少し前から気になっていた。俺たちを取り巻く状況がそうさせたと思っていた。

小松原の家を監視したり、東京と土筆町の行き来も負担になったのではないかと悔やむ。

小松原の見張りは今も続けている。さっき秀平がまた小松原の家に入っていった。秀平は週末ごとに訪れる。二人が親しいのは間違いない。先週は夕方に来て、そのまま泊まった。

秀平は寿々音が入院していると知っているはずだ。そんなときに小松原と過ごしているのかと思うと、疑惑は深まる。俺が知っていた秀平は偽物だったのか。年月と共にすっかり変わってしまったのか。

もうすぐ日が暮れる。また泊まるのだろうかと、窓から小松原の家を眺めていた。

突然、怒鳴り声が響き、呻き声、そして助けを呼ぶ声に変わった。

小松原の家だ。急いで外に飛び出した。

「誰か助けて。殺される」

バタンと物が倒れるような音も聞こえる。

玄関には鍵が掛かっていなかった。迷わず中に踏み込んだ。廊下で顔から血を流している小松原に、秀平が馬乗りの状態で、激しく殴っている。鼻が歪み、ひと目で酷い状態だと分かる。

「何やってるんだ。やめろ」

無我夢中で羽交い締めにした。秀平は息を切らせながらも、

「お前が亜矢ちゃんを殺したんだろ」

と叫んでいる。

「やめろ」

呼びかけに、ようやく振り返り、俺だと気づいたのか、急に力が抜けたように座り込んだ。血だらけで蹲る小松原を放置したまま、腕を摑んで外に出た。引き摺るようにアパートの部屋に連れていく。見ると拳は血にまみれていた。

「とにかく手を洗え」

秀平は、言われた通り、洗面所で手と顔を洗った。手渡したタオルで拭いながら部屋の中を見回し、

「ここ、大介の部屋？　何をしているんだ？」

不思議そうに尋ねた。

「話を訊きたいのはこっちだ。小松原と何があったか説明してくれ」

秀平は、小松原に近づいた目的を話し始めた。

「気が合う振りをして、親しくなって何か話を聞き出そうと考えていた。だいぶ打ち解けてきて、今日あいつは写真を見せてきた。胸がはだけたジャージ姿の女の子が写っていて、土筆町であの日に撮ったと自慢していた。こんな卑劣な奴なら、亜矢ちゃんも襲ったに違いない。問いただしたが認めなかったから殴った。止まらなかった」

驚きと共にほっとした。秀平も由利さんの願いを叶えたいと考えていたのが分かったから。

「それにしてもやりすぎだ。殺すところだったぞ」

段々大きく聞こえたサイレンがピタッと止んだ。通りには人も集まっている。窓から覗くと救急隊員が二人、小松原の家に入っていく。まさか死んではいないだろうと、少し不安な思いで見ていた。秀平も隣でじっと見守る。担架に乗せられた小松原が「痛い、痛い」と騒いでいる。秀平と目が合って思わず小さく笑った。

「命は大丈夫そうだな。喧嘩慣れしていない奴は加減が分からなくて困る」

「寿々音が今、大変だろう？　自分が何も出来なくて、焦っていたのかもしれない」

「俺たち三人は、由利さんの願いを叶えたいという同じ思いを抱いている。寿々音もそれを知ったら喜ぶよ」

秀平を疑うのは、とても辛かった。寿々音は俺よりも苦しかっただろう。疑惑は消え、心の重しが一つなくなった。

こうなったら、打ち明けなくてはいけない。また新たな苦しみを、今度は秀平が抱えてしまうが……。

あの日に目撃したことを話した。的場の罪を。

秀平の反応は予想と違った。もっと取り乱してしまうのではないかと思っていたが、最後まで黙って聞いていた。

ただ唇を噛みしめ、耐えている様子が痛々しい。

考察を重ねた結果、的場たちが殺害をしたとは考えられないと伝えたが、

「蓮見先生と由利さんに申し訳ない」

絞り出すような声に胸が締めつけられる。

「どうして、そのときに言わなかったんだ？」

決して責める口調ではなく、むしろ遠慮がちに訊いてきた。そしてすぐにハッとしたように、

「まさか、親父に脅されていたのか？」

俺を真っ直ぐに見て問う。

「違う。蛇田たちは俺が見ていたとは気づいていない」

強く否定した。あれは自分一人で決めた。全て自分の責任だ。目撃した出来事を誰にも言わなかった理由を話した。

話を聞き終わると、

「大介の想いは、きっと由利さんに伝わっているよ」

と俺の肩に手を置いた。力強く温かい手だった。それから夜通し話をした。土筆町での特別な夏の冒険やヒーローノートの話を。子供の頃の忘れられない思い出だ。

だが、常に二人の上には暗く重たい影が覆い被さる。秀平には、父親が亜矢ちゃんの死に関わっていたという事実が。俺には、真実を言わず、結果的に隠蔽に力を貸してしまったという後悔が。

重すぎる現実に、俺たちはどう立ち向かえば良いのだろう。

数日後、秀平と二人で来て欲しいと先生に呼ばれた。

ひどく真剣な目で迎えられた。

「もう亜矢のために何かしようと考えるのはやめてくれ。秀平が暴力を振るったと聞いた。下手をすれば医師免許剝奪になる。大介もあんなに頑張っていた店を辞めてしまった。これ以上、君たちの人生を狂わせたくない。寿々音が自分の病気に気づかなかったことにも責任を感じている」

　何もかも諦めてしまったのだろうか。

「自分の考えでやったことです。先生が責任を感じる必要はない。俺は諦めたくないんだ」

「大介から聞きました。父がしてしまった罪を。申し訳ありません。僕は父を許さない」

　秀平が深く頭を下げた。

「もういいんだ。もう終わりにしたい」

　終わりという言葉に胸騒ぎを覚える。

「死ぬつもりなんですか？　そんなの駄目だ。俺たちが絶対に亜矢ちゃんを取り戻す。由利さんの元へ届けるまで、見守っていてください」

　先生は少しの間、目を閉じて黙っていたが、やがて静かに話し始めた。

「由利が死んでから、なぜ自分は生き残ってしまったのかと、ずっと考えていた。まだ苦しみを与えるのかと、神を恨んだ日もあった。でも寿々音の病気を知ったときに、私が生かされた意味がはっきり分かったんだ。私の腎臓を娘の寿々音にあげる。寿々音の命を救う唯一の方法だ」

　娘という言葉に戸惑う秀平に、先生は寿々音の出生とノアの悲劇を伝えた。

「寿々音を救えるなら、私は満足だ。何としてもやり抜きたい。病死でなければ移植は出来ない。君たちには告げずに逝こうと思っていたんだが。頼む、自殺の可能性があるなどと口にしないでくれ。これが最期の私の望みだ。君たち三人には、過去に縛られず前を向いて生きて欲しい。亜矢のことはもういい。由利もきっと分かってくれる」

寿々音のために命を差し出す強い決意が、真っ直ぐに伝わってくる。俺たちは何も言えなかった。この決意を止めることは出来ないと分かったから。

二日後に秀平に呼び出された。先生の自宅に現れた秀平は、意を決したような面持ちだった。

「計画を考えた」

それはとんでもない計画だった。

「的場秀平が蓮見幸治の自室に入り点滴をして出ていく。蓮見は一旦点滴を止めて針を抜き、点滴の溶液袋に薬物を混入する。使用した薬物の容器と注射器を封筒に入れる。封筒に記された宛先は私設私書箱。防犯カメラに映らないように裏口から出てポストに投函する。

自室に戻り自ら点滴を打つ。そこまでの動きをワンカットで撮る。記録された動画は、家族で撮ったたくさんのビデオがある場所に紛れ込ませる。

翌朝訪れた的場秀平が蓮見の死亡を確認し病院へ連絡する。

移植手術が終わったら、石田大介が、これは病死でなく殺人だと騒ぎ出す。検視の結果、薬物混入が発覚。混入できる唯一の人物である的場秀平が逮捕される。大介が的場に交渉を持ち掛ける。

交渉が成立して遺体を取り戻したら、動画を警察に提出する。私設私書箱からも証拠が見つかり、的場秀平の容疑は晴れる」

成功すれば寿々音への移植と亜矢ちゃんの遺体を取り戻すこと、二つともが可能になる。

でも一つ気になることがある。俺にも何か出来る。

「病死でなく殺人だと騒いだだけでは、ちゃんと調べてもらえない恐れがある。まず俺が先生を殺したと自首する。そうすれば間違いなく検視が行われる。そうしよう」

「それなら大介の確実なアリバイを作っておかなければいけないな」

二人の話し合いが熱く進められる横で、先生は苦悶（くもん）の表情を崩さない。

「逮捕されるなんて、やりすぎだ。もしも的場側が交渉に応じなかったら……」

先生が戸惑いながら言った。

う。

「そのときは的場家を自分の手で終わらせます」

凛とした眼差しから覚悟の強さが伝わってくる。秀平は誰が何を言っても引かないだろう。

「こんな計画を君たちにやらせていいんだろうか」

「このままで終わりには出来ません。大介だって同じ気持ちです」

先生の呟きに秀平が熱く応える。

「ただ、計画の目的は亜矢ちゃんを取り戻すことです。犯人に罪を負わせることまでは出来ない。それでもいいですか？」

「由利のところへ亜矢を連れていければ充分だ」

三人の決意が固まった。

寿々音の病状は悪化している。残された時間は少ない。

計画の細かい打ち合わせを進めるうち、次第に心が高揚してくるのを感じる。

「完璧な計画だ」

「ああ、きっと上手くいく」

だが、胸の痛みは拭えない。これは先生の死から始まる計画だ。死が現実に迫っているんだ。

秀平も、人生を懸けた重大な行動となる。俺は一つの願いを伝えた。

「全てが終わったら、記念塔のノートに先生と秀平の名を書かせてください」

二人はノートに名を記されるに相応しいと俺は思う。だが先生は首を振る。

「私にはそんな資格はない。寿々音に移植するために、医療従事者を欺く。それに、人命を守る医師であった自分が、自ら命を絶つなど許されないと分かっている。私はヒーローではない」

「病死と診断する僕も同じです。医師としては正しいと言えない」

秀平も同調する。だが俺は強く訴える。

「以前、先生から言われた言葉を今でも覚えています。『ノートにはルールは存在しない。正しいか間違っているかも意味はない。人から讃えられることもない。ただ本人だけがノートに名が記される意味を知っている。その行動に誇りを持てるか。それが全てだ』これから始める行動に、俺は誇りを持っている。二人も同じはずだ」

先生は死ぬ。いなくなってしまう。溢れそうになる涙を堪えながら思いを伝える。

「この先どんなに苦しくても、ノートに二人の名が並んでいるのを見れば、乗り越えられる気がする。俺も一緒に生きた証しになる」

「それなら、大介の名前も載せなきゃ意味がないだろう」

先生が泣き笑いの顔で答えた。

「そうしよう。元気になった十六代目の寿々音に、僕たち三人の名前を書いてもらおう」

秀平が力強く言った。それぞれが自分の役割を確認し、別れた。

いよいよ計画が始まる。

どんなに哀しくても辛くても、逃げたりしない。

先生と秀平の決意を無駄にはしない。

絶対にやり遂げると心に誓う。

寿々音

交渉を終えて、病院を出たあと、大介はすぐにレンタカーを借りた。夕闇の道を車は進む。

「土筆町まで送るよ」

大介が土筆町に向かう目的は、私を送るだけではないと分かっている。大介のリュックには、印が付けられた地図がある。一刻も早く亜矢ちゃんを見つける。それは秀くんの釈放に繋がる。

土筆町への道中に、大介と秀くんと蓮見先生の間で交わされた会話の内容を教えてもらった。三人で立てた計画と約束のことを。

蓮見先生、私の父が示してくれた愛が心から嬉しかった。三人の決意に心を打たれた。同時に、誰の愛も感じられず、残酷な行動に走った希海が哀しくてたまらない。

どうしてこんな結果になってしまったのだろう。悔やんでも悔やみきれない。「疫病神」と罵られていた希海は、これまで幾度酷い言葉を浴びせられてきたのか。

本当の希海を、私は何も知らなかった。

柊の家に着いたのは夜更けだった。翌朝、私が目覚めたときには、大介はもう山に向かったあとだった。最後まで一人でやり抜くつもりだ。私はただ祈っていた。亜矢ちゃんが見つかりますようにと。

夕方に電話が来た。

「見つかった。このまま東京へ向かう」

口が重い様子に今日一日の過酷さを想像する。そして目の当たりにした亜矢ちゃんの姿を。

「私も行く」

「俺に任せろ。大丈夫だから」

大介にはまだやることがある。大介を信じて耐え続けている秀くんの役目を、終わらせなければいけない。

全て終わったと三人揃って噛みしめる日が早く来て欲しい。

夕暮れの空を見上げると一番星が光った。私たちを見守ってくれる存在がいる。微かな光を見逃さないように、私は一人、空を見ていた。

第四章　──　希　海

「この疫病神が」

投げつけられた言葉が耳に残る。

病室を出る私に、的場と蛇田は目もくれなかった。

ホテルに帰り、すぐにシャワーを浴びる。今日注がれた、たくさんの視線を洗い流すために。

ネオンが瞬き始めた景色を見ながらベッドに横たわる。心はさまよい、安息は訪れない。

寿々音のあんな表情は見たことがなかった。

私の知っている寿々音はいつも大きな口を開けて笑っていた。

母親に傷つけられている自分と比べて、大切にされている様子を、しゃくに障ると感じていたのは本当だけど、私はやっぱり寿々音が好きだった。決して認めたくなかったが、羨ましくて仕方なかった。寿々音と一緒にいるときの自分も好きだったのだ。

秘密の場所を教えたのも寿々音にだけだ。

父の機嫌を取るためか、周りの大人はよく私にプレゼントを持ってきた。おままごとセットや着せ替え人形、ぬいぐるみ。いつしか私の部屋には、孤独を和らげてくれる宝物が増えた。

でも次々と、知らぬ間に玩具が消えていった。それも私が気に入っている物から順番に。母が捨ててしまったのだ。

それに気づいてから、宝物は納屋の一番奥に隠すようになった。私の大切な場所になり、ときどき行って暗い納屋の中で、一人でおままごとをした。寿々音を誘ってからは、二人で遊ぶ時間がとても楽しかった。

でも、そんな日々は長く続かなかった。寿々音は来なくなり、また私は一人になった。寿々音がいないことが、とても寂しかった。私にとって寿々音は特別だった。でもどうしても、素直に寂しいと言えなかった。

寿々音への想いが変わっていってしまったのは、それからだった。もうどうしても止めることは出来なかった。

なぜ捨て子の寿々音が幸せで、私はこんな目に遭わなければいけないの。理不尽さを感じ、小さな意地悪をしていた。悪口を書いた手紙を門に置いた。

私が的場の実子でないと聞かされたのは、母、的場千恵からだ。中学一年の夏、的場と秀平が東京から来る前日、千恵は電話で的場と口論していた。「馬鹿みたい」私は心の声をうっかり漏らしてしまった。東京に愛人がいることは誰もが知っている。そんな的場に縋り、秀平と暮らせない鬱憤を私への暴力で発散する千恵を、恐れると同時に心底軽蔑していた。

今なら千恵の気持ちは分かる。的場家で唯一、自分が支配できる存在の私に蔑まれて、許せなかったのだろう。逆上して容赦ない言葉が飛んできた。

「あんたは私たちの子供じゃない。あんたの母親はブルースノウという薬物中毒の殺人者。だからあんたみたいな底意地の悪い子供が生まれたのよ。父親は子供が出来た女をゴミみたいに捨てた。その最低な男は蓮見よ」

上半身を裸にした私の背中を、定規で何度も叩いた。歯を食いしばって痛みに耐えながら、私は人殺しの子供なんだと絶望に落ちていった。ウイスキーをラッパ飲みしている千恵の攻撃は止まらない。

「もう一つ教えてあげる。あんたには双子の姉妹がいる。寿々音よ。あの子は明るくて素直、あの子を選んでおけば良かった」

寿々音が双子の姉妹だと聞かされたときの衝撃は、今も忘れない。

幼い頃から受けたどんな仕打ちにも泣いたことはなかったのに、知らぬ間に次々と涙が頬を伝っていた。

明るくて誰からも好かれる寿々音を羨ましいと思っているなどと認めたくなかった。私が寿々音に抱く唯一の優越感は、実の親がいること。たとえ傷つけられても、両親は私を捨てたりしない。それが私を守る防波堤だった。

「捨て子のくせに」

心の中で寿々音に投げつけていた。それが自分も同じだったなんて。私は捨てられていた。誰にも必要とされていない。

防波堤はあっという間に崩れ、激しい怒りが沸き立ってきた。

気がつくと、千恵から奪い取った定規を振りかざしていた。千恵は驚愕（きょうがく）の表情を浮かべ、私の前から立ち去った。

もっと早くこうすれば良かったんだと胸がすっきりした。

一文字、一文字、カッターで切り取る。

［すずねはあくまのこ　ははおやはブルースノウ　うらみはきえない］

寿々音だけが何も知らず、幸せにしているのが無性に腹立たしかった。寿々音を傷つけたかった。そして……。

私はもう一人の姉妹を実際に傷つけた。

東京に越して、中一の二学期に転入した私を、温かく受け入れてくれる友達など一人もいなかった。いじめられたわけではない。自分から打ち解けようとしないのだから、孤独なのは誰のせいでもない。一週間後から学校に行かなくなった。

自宅でも孤独なのは変わらない。恐ろしい罪を犯した私に、千恵は近づかなかった。もちろん暴力を振るわれることもない。私は怖れられ、避けられる存在になった。

意外なことに、兄の秀平が私を何かと気遣ってくれた。私の部屋に来て、他愛もない話をしていく。勉強も見てくれた。次第に「お兄ちゃん」と自然に呼べるようになった。

ときどき、何も知らないから優しいお兄ちゃんでいてくれるんだと思った。血の繋がった兄妹でもない。しかも私は大きな罪を犯している。真実を知ったら、お兄ちゃんはどう変わってしまうだろう。

今まで知らなかった優しさを掛けられ、それを失うのが怖くなった。初めての感情に戸惑い、苦しくなる。

違う自分になりたい、すべて忘れてしまいたいと強く願った。

でもどこまでも罪は追いかけてくる。時折あの日の夢を見るようになった。

中学二年の秋、養子になる話を聞かされた。的場の父は厄介払いをするつもりなのだろう。蛇田も断れずに仕方なく承諾したのだと思った。でも迎えに来たとき、

「私の後継者になれ。皆を見返してやるんだ」

と力強く言われ、嬉しかった。蛇田は私の罪を知っている。その上で一緒に生きると言ってくれた。

蛇田の前では、苦しみを感じることはない。隠すことなどないから。

私は養子になって救われた。蛇田という理解者が傍にいることで、兄と会っていても普通に振る舞えるようになった。過去は消せないけど、私には蛇田と一緒に進むべき道があると思えるだけで、気持ちが楽になった。

蛇田の妻は私に無関心だった。政治や夫にも興味を示さず、オペラが大好きで、外出ばかりしていた。どこかの大企業のお嬢様と聞いていたが、世間知らずを絵に描いたような

人だった。嫌味を言われることもない。私にとってどうでもいい人だった。

学校へも通えるようになり、後継者と期待され、勉強にも励んだ。「イギリスに留学しろ」と言われ、不安や淋しさもあるが、期待の大きさに喜びを感じた。

そんなときに、兄に土筆町に一緒に行かないかと誘われた。二度と訪れることはないと思っていたが、イギリスに旅立つ前に、行ってみようという気持ちになった。

過去の自分と決別するために。

でも、土筆町が温かく私を迎えてくれるはずはなかった。

幼い自分が作った手紙が目の前に現れたのだ。あの手紙が寿々音に届かず、兄が隠していたとは知らなかった。

二人に気づかれないよう、しらばっくれた。捨て去ろうと手を伸ばしたのに、寿々音は持ち帰った。過去は私を放っておいてくれないのかと、気分が重たくなった。

大介が働く店で、二人が付き合い始めたと聞いたとき、真っ先に心に浮かんだのは、「上手くいくはずないのに」という気持ちだった。意地悪でも何でもない。出生を知っている的場の両親が認めるはずがない。もっとも、二人は何も知らないのだから仕方ないが。

「寿々音をよろしく」という兄に向けた言葉は、ちゃんと寿々音を守れるの？　何があっても大丈夫なの？　という気持ちから出たものだ。

その日に、ブルースノウを調べていることも聞いた。出生を知ったら、寿々音は傷つく。千恵の容赦ない言葉を浴びた、あの日の自分を思い出した。

どうしてだろう。寿々音を救いたくなった。私と同じ苦しみを与えたくない。傷つかないで欲しい。調べるのはやめろと思わず口にしていた。

自分でも、どうしてあんな気持ちを抱いたのか分からない。守りたかったのは、寿々音ではなく、あの日の自分だったのかもしれない。

私はイギリスに旅立った。

でもその先にも、新しい自分など現れることはなかった。

寿々音

建物の裏門前で、落ち着かない気分のまま、秀くんが出てくるのを待つ。何て声を掛けようかと昨夜から悩んでいる。「お疲れ様」の一言では言い表せない感情が胸に渦巻く。

警官が扉を開き、秀くんが外に出された。キョロキョロと周りを見回している秀くんに手を上げて合図を送った。疲労の色が濃く滲み出ている姿にショックを受けた。

「大介が車で来ている。行きましょう」

そっと腕を取って歩き出す。顔をまともに見るのが辛くて、前を向いている私に、

「見つかったんだよな？」

不安と期待が入り交じった声がぶつけられる。

「見つかった」

きちんと目を合わせて答えた。秀くんは目を閉じて空を仰ぎ、深く息を吐いた。路肩に止まった車の運転席で、大介がこちらをじっと見ている。手を振って秀くんを伴い近づいていく。

「お疲れ」

車に乗り込むと、大介が場違いなほど明るく言った。

「寿々音、ムショ帰りの男二人に囲まれるなんて、そうそう経験できないぞ。どんな気分だ？」

大介が軽口を叩く。

「正確に言えば、僕たちがいたのは刑務所じゃなくて拘置所だけどな」

すかさず秀くんが言い返したので、大介は苦笑いしている。

「大介、大変だっただろう。ありがとう。寿々音も元気になって良かった」

後部座席から労い(ねぎら)の言葉を掛けられ、助手席に乗った私は、ミラー越しに秀くんの顔を改めて見る。やつれているが、目には輝きが感じられた。

「お互い様だ」

大介が、真面目な口調になって応じた。

「やったな」

「ああ、やり遂げた」

静かな言葉のやり取りだが、二人の間に流れる熱い想いが胸に響く。

蓮見家に立ち寄り、三人でお墓に赴く。大介の胸には蓮見先生の遺骨が抱かれている。一人だけではない、取り戻した亜矢ちゃんも一緒だ。今から納骨が行われる。由利さんが眠るお墓に、ようやく親子三人が揃う。私たちだけが知っていることだ。

約束は守られた。秋の空に薄い雲が流れていく。肩を並べて歩く二人の背中を、柔らかな日の光が包んでいた。

希　海

秀平が釈放された。

「息子を信じていました」

テレビ画面の中で、的場が満面の笑みを浮かべている。隣で蛇田が白々しい神妙な顔つきを見せている。

「体調はいかがですか？」

記者の質問に的場は大袈裟に両手の拳を振り上げて、

「もう大丈夫」

と元気なところをアピールする。

「蛇田君も息子を信じて支えてくれた。ありがとう」

自分より遥かに背が高い蛇田と両手を握り合って、カメラを見る。

殺人を犯した私を的場は蛇田に押しつけた。

蛇田は私の犯罪を隠蔽し、的場の弱みを握ったことで、今の地位まで這い上がってきた。

でも時が経ち、今は証拠の死体すらない。

偽物の父二人の嘘くさい笑顔は、見ているだけで不快になる。リモコンのスイッチを乱暴に押してテレビを消した。

手元の報告書をパラパラと捲る。興信所に依頼した木寺乃蒼に関する調査結果だ。乃蒼の母親、木寺知子(ともこ)の住所、乃蒼が住んでいたアパートと働いていたスーパー、そしてブルースノウ誕生の地となった死亡場所が記されている。

死んだ日は、私の誕生日の数日後だ。

的場の病室で、寿々音は一生罪を背負えと私を責めた。なかったことになどならないと。それは私が一番分かっていることだ。どれだけ目を背けても、あの日の私からは逃げられない。

あれが私の真実の姿なのだから。

寿々音には、あんなことをしてしまった私の気持ちは分からないだろう。私は、生まれてから一度も愛された記憶がない。

あのとき寿々音は、私たちを産んだ母親のことを話していた。お腹にいる命を必死で守ったと。それは本当だろうか。私は愛されていたのだろうか。

私を捨てた母を知りたいなど、今まで考えもしなかった。でも、寿々音だけが知っていて私が知らないなんて我慢できない。

木寺知子、私の祖母の元へ向かうことにした。

調査報告書に綴られた木寺知子の人生は、身勝手な母親の典型だった。薬物所持で三度の逮捕歴があり、娘乃蒼と薬物を結びつけた元凶とされた。乃蒼は十八歳で人を巻き込んで飛び降り自殺し、ブルースノウの異名が付いた。その血を引いた私は人を殺した。笑えない冗談のようだ。玄関先のゴミ袋から嫌な臭いがする。107号室の黒ずんだインターホンを押した。

「はーい」

若い人の声がして戸惑う。出てきたのはエプロンをした女性だ。名札を付けている。きっとヘルパーだろう。

「木寺知子さんいらっしゃいますか？」

「ええ、いますよ。今、体を拭いている途中なの。ちょっと待ってくださいね」

女性は慌ただしく奥へ戻っていく。

擦り切れた畳に埃っぽい臭いがする。老人の一人暮らしでは、掃除も行き届かないのだろう。テーブルの上にも物がたくさん置かれている。

ふと一冊の雑誌に目が留まった。

『ブルースノウに母を奪われて』という文字に。

とっさに部屋に上がり、手に取ってしまった。

ページを捲ると、目当ての記事があった。それは、ブルースノウのせいで、目の前で母を失ったモデル、富根奈那のインタビュー記事だった。子供がいるようには見えない若々しい女性が、白いワンピース姿で写っている。

「お子さんが八歳になられたそうですね。事件のときの奈那さんと同じ年ですね」

「はい、あれから二十七年経ちました。あの夜のことはずっと忘れられないと思います」

「奈那さんのお誕生日の夜だったんですよね？」

「ええ、八歳の誕生日でした。大切な記念日が辛い思い出になり、嫌いな日になってしまいました」

「お母様はどんな方でした？」

「優しくて綺麗で、良い母でした」

「ブルースノウと呼ばれるようになった少女のことはどう思います？」

「そうですね。恨んでも仕方ないけど、やっぱり出会いたくなかった。ほんの少しタイミングが違っていたら、母は死なずに済んだのに。そもそも彼女自身も死ぬなんて考えないで欲しかった」

「最期の言葉が代名詞になりましたね」

「ええ、『青い雪』と。今でも不思議です。私にとっては、あのときの印象は色で言ったら赤です。私が持っていた赤い花束。うっすらと地面が白くなり始めたところに散らばったバラの赤い色。なぜ『青い』と言ったのでしょうね」

木寺知子は、この雑誌をわざわざ手に入れたのだろうか。乃蒼を思い出したい心があるというのか。母親の役目など果たせなかったくせに。

「さあ、終わりましたよ。お待たせしました」

ヘルパーの女性が洗面器とタオルを片付けながら、私に向かって言った。

「木寺さん、お客さんなんて珍しいですね」

「誰だい？」

しゃがれた声がベッドの上から聞こえる。

「こっちに来ておくれ」

か細い手が私を招く。

「それじゃ、私はこれで失礼します」

ヘルパーの女性と入れ替わりに、ベッドの横に進んだ。

皺だらけの老婆が横たわっていた。これが私の祖母なのか。

「ちょっと起こしてくれない？」

骨と皮のような腕が、私の方に伸ばされている。恐る恐る手を出し、体を支えて起こした。

「ありがとう」

老婆が私を見た。舐めるように見つめられ、居心地が悪い。

「あんた、名前は？」

「蛇田希海です」

「のぞみちゃんね。よく来たね。ほら、そこの椅子をこっちに持ってきて私の前に座っておくれ」

言われた通りにすると、老婆はうんうんと頷きながらずっと私の顔を見ている。

「木寺知子さんですか？」

「そうよ。私に会いに来てくれたんだね？」

木寺知子は、ハンカチで目を拭い、音を立てて洟を啜った。

「あら、お茶くらい出さなくちゃ。来ると分かっていたら何か用意していたのに」

時間を掛けて立ち上がって、覚束ない足取りで冷蔵庫から出した麦茶を持ってきた。差し出されたコップは水垢で汚れていた。

「お構いなく」

予想もしていなかった歓迎に戸惑うが、さすがにこれは飲めない。聞きたいことだけ聞いて、さっさと帰ろう。

「よいしょ。この頃疲れやすくてね。ベッドで失礼するよ」

枕やクッションを整え、寄りかかった姿勢になり、瞬きもせずまじまじと私を見つめている。

「娘さんの話を聞かせてもらえませんか？」

「素直で明るくていい子だったわよ」

すぐに返事が戻ってきた。瞬間的に寿々音の姿が浮かんだ。

「読書が好きで、国語が得意だった。絵も上手だったよ」

子供自慢をするような口振りに苛立つ。報告書によると、乃蒼は幼少期のほとんどを施設で暮らしている。ほったらかしにしていたくせに、良い母親を演じたいのか。

「酷い死に方をしたんですよね？　そのときあなたはどこにいたんですか？」

「ちょっと体を壊して入院していたの」

「覚醒剤のせいですよね？　乃蒼もあなたの影響を受けたんでしょうね」

意地の悪い言い方になる。しかし事実だろう。

「乃蒼はクスリなんかやらない。何かの間違いよ」

必死に否定する姿が憐れだ。ただの責任逃れだ。

「確かに私は悪い母親だった。そのせいで乃蒼には苦労をかけた。あの子を悪く思わないで。あなた、乃蒼の娘なんでしょう？」

言葉が出なかった。なぜ分かったの？

「この間来た柊という若い娘が言っていた。乃蒼が子供を産んでいたと。信じられなかったけど、本当だったのね。今日はっきり分かったよ」

寿々音のことだ。

「どうして私が娘だと分かるの？」

黙って写真を手渡された。受け取った写真には、親子と思われる二人が写っていた。一人は若い頃の木寺知子。そして、隣でわずかに微笑んでいる少女は、私と同じ顔をしていた。

「この人が乃蒼……私の母親」

思わず口にしていた。写真から目が離せない。初めて目にした母の姿。

「いつの写真ですか？」

「死んでしまう半年くらい前。お見舞いに来てくれたときの写真よ。これが最後になるなんてね」

半年前ということは、このとき私はお腹の中にいた。寿々音と共に。

「乃蒼がいるみたい。あなたを見ていると」

木寺知子が私の手を、骨張った皺だらけの汚い手で包んだ。

でもなぜか、嫌な感じがしない。

「まさか乃蒼の子供に会えるなんて、夢にも思わなかった」

「柊という人には会ったんじゃないですか？」

「あの娘は一体誰なんだい？　乃蒼のことをあれこれ訊いて。やっぱり記者だったのか」

寿々音が孫だとは気づかなかったのか。私は一目で分かったのに。初めて感じる熱いものが胸に沸き上がる。

「死んでいった乃蒼を恨まないでおくれ。出来たら花の一本も供えてやって。以前は死んだ場所に供養に行ったんだけど、もうとても行けそうもない。後生だから私の代わりに行っておくれ」

涙交じりの懇願に、黙ったまま頷いた。この人は私の祖母なのだ。

私はコップの麦茶を飲み干した。

「帰ります。どうぞお元気で」

立ち上がってお辞儀をした。

「のぞみちゃんって言ったわね。乃蒼の分まで幸せになるのよ」

血の繋がった人間から掛けられた温かい言葉が、心に突き刺さる。幸せなど私に訪れるのだろうか。

昔から年寄りは苦手だった。深く刻まれた皺に、迫り来る死を感じて直視できない。それなのに、初めて会った祖母に手を包まれたとき、言葉には出来ない感情が表れた。幼い頃から私の周りには、お世辞や忖度(そんたく)ばかりが渦巻いていた。誰もありのままの私を見ていない。

祖母、木寺知子は違った。真っ直ぐに私を見つめ、会えたことを喜んでくれた。祖母に対して愛情が湧いたとまでは言い切れないけれど、肉親であるという実感めいたものは確かに感じた。

私には家族はいなかった。的場と千恵はもちろん、秀平も離れて暮らしていたため、家族とは思えなかった。

なぜ私は独りぼっちなんだろう、なぜ家族からこんなに嫌われるんだろうと、思い悩んだ。

答えは簡単だった。私は他人だったからだ。

的場家にもらわれた理由は、今では理解できる。家の継承を何より重んじる的場家にとって、秀平の病気は深刻な問題だった。やっと授かった長男に何かあったら。そんなときに降って湧いた私の命が、保険として用意されたのだ。しかも実子と偽って。何よりも世間体を気にする的場が考えそうなことだ。

だが、秀平の命は救われ、私は不用になった。何も知らず、無関心な的場に傷つき、千恵の機嫌を取るために努力していた、あの頃の自分が憐れだ。

千恵の仕打ちに耐え、エスカレートしていく孤独から救ってくれたのは蛇田だった。小学生のときにもらった指輪は、まだ私には大きかったからチェーンに通していつも首に掛けていた。辛いときには指輪を握りしめると安心した。成長してからは指にはめて、今も外せずにいる。お守りのような存在だ。

私は蛇田だけを見ていた。とにかく認められようと、必死に勉強した。学歴にコンプレックスを持っている蛇田の希望で、イギリスの名門大学に入れと命じられた。だけどそれは叶わなかった。

蛇田の態度は露骨だった。私がいるイギリスに来ることもなく、かろうじて入学が許された別の大学の様々な手続きは秘書に命じた。

孤独な大学生活が始まったが、私は諦めていなかった。学歴で躓いても、後継者として期待されている。自分は蛇田に選ばれた人間だと信じ、毎日勉学に励んだ。

でも私をどん底まで突き落とす決定的な出来事が起きた。それを知ったのは大学卒業間近、蛇田からの電話を受けた。

「卒業しても日本に帰ってくる必要はない。お前は今後もイギリスで暮らしなさい」

電話の向こうから幼い声が聞こえた。

「四年前に息子が生まれた。息子には近づくな。理由はお前が一番よく分かっているだろう」

会話はそこで終わった。

私は異国の地で茫然と立ち尽くしていた。

今でも指輪を外せないのはどうしてだろう。シルバーの輝きが黒ずむと共に、まやかしのお守りは効力を失ったのに。

木寺知子に会って、乃蒼についてもっと知りたい、そんな思いが強くなっている。どんなふうに生きていたのか。どんなことに笑ったり泣いたりしていたのか。

興信所の報告書を頼りに、乃蒼が住んでいたアパートを探す。目白駅を出ると、雲の間から日の光が差していた。今朝まで降っていた秋雨は、どうやら通り過ぎたようだ。水溜まりを避けながら、二階建てのアパートに辿り着いた。大家はアパート横のタバコ屋だ。店先のピンクの花が美しい。ごく小さな一角だが、手入れが行き届いた花壇だ。

「綺麗なコスモスですね」

ジョーロを手にした中年の女性に声を掛けた。

「綺麗でしょう？　アブラムシが付かないように気を付けなきゃいけないのよ」

こちらを見て、少し首を捻（ひね）った。

「どこかで会ったかしら？」

「いいえ、初めてです。アパートの大家さんですか？」

「そうだけど営業ならお断りよ」

急に警戒したような顔になる。

「違います。個人的に伺いたいことがあって来ました」

「ならいいけど。近頃アパートの建て替えを進めるセールスが多くてね。しつこくて困ってるのよ。訊きたいことって何かしら?」

目付きが柔らかくなり、気さくな話しぶりに安心した。

「三十年くらい前、ここに住んでいた人について教えてもらいたいんです。名前は木寺乃蒼です」

「乃蒼ちゃんの話? 雑誌記者なの? もう取材は受けません」

今度は怒ったようにきっぱりと言い切った。コロコロと変わる態度に戸惑う。

「違います。私、身内の者なんです」

「ああ、そう言えば乃蒼ちゃんに似ているわね。まあ入りなさいよ」

促されるまま、店の中に入った。

「親戚の方?」

「あの、娘です」

なぜか名乗りたくなった。ブルースノウの娘など、自慢になる話ではないが。

「乃蒼ちゃんに子供が?」「確か十代だったわよね」女性はぶつぶつと呟きながら眉をひそめている。

「ちょっと待ってね」

と奥に入っていく後ろ姿を目で追った。壁に掛かっているペンダントに気づき、何気なく眺める。棚の上には指輪も並べられている。その中の一つが目に付いた。蛇のリングだ。蛇田の影響で蛇の物にすぐ目がいくようになってしまった。うんざりして目をそらす。

「父があなたに会いたいって言うの。奥に来てくれる？」

にこやかに手招きをしている。

「乃蒼ちゃんの話なら父の方が詳しいわ。八十五だけど昔のことはよく覚えているから」

和室に通されると、老人が座椅子に背を預け、こちらを見ている。

眼光は鋭いが、口元には笑みを浮かべている。

「ごゆっくり」

二人分のお茶をテーブルに置き、女性は部屋を出ていった。

「私、希海と言います。木寺乃蒼の娘です」

「ああ……乃蒼ちゃんに生き写しだ」

それっきり何も言わない。気まずい時間が流れる。

「本当に子供を産んでいたんだね」

ようやく老人が口を開いた。

「はい。私は生まれてすぐ、ある家庭に預けられました」

「そうかい。今幸せですか？」

一瞬の間の後に、

「はい」

と嘘をついた。幸せなんて私には縁がない。でも老人は嬉しそうにうんうんと首を振る。

「母を覚えてますか？」

「もちろんだよ。当時わしはアクセサリーの職人をしていた。乃蒼ちゃんは、家賃を持ってくる度に、目を輝かせて眺めていたよ。あの子は指輪やネックレスが好きだったんだ」

十代の少女がアクセサリーを眺める様子を思い描く。乃蒼はここで生きていた。

「乃蒼ちゃんに渡せていない物があるんだよ」

老人はケースを私に差し出した。開けるとペンダントが入っていた。

「乃蒼ちゃんが注文した物だ」

ペンダントを手に取る。二センチくらいの、スカートを穿いた女の子の型が二つ、ゆらゆらと揺れた。

「赤ちゃんが生まれた喜びを込めたペンダントを、お母さんは身に付ける。二十歳になった子供に、それをプレゼントする。二十年間の想いが籠もった贈り物だ。常日頃、想いを形にする職人でありたいと願って考え出した作品だ」

「これを母が注文したんですか？」

「そうだよ。乃蒼ちゃんは『赤ちゃんのネックレス作ってください。女の子を二つ。いつか渡せる日が来るかもしれないから』と。何だかとても沈んだ様子だった」

「それは、いつのことですか？」

「乃蒼ちゃんが半年ぶりに戻ってきたときだ。それから一週間後に死んでしまうなんて思わなかった」

出産をした数日後に、ここに帰ってきたことになる。

「母は死んでしまったのに、どうしてこのペンダントを完成させたんですか？」

「依頼を受けた仕事は必ず最後までやる。それが職人の誇りというやつだよ。現にあなたが受け取りに来てくれた。乃蒼ちゃんの思いを繋げられて胸のつかえが取れた」

ペンダントにぶら下がる女の子のモチーフには、裏側にアルファベットがそれぞれ彫られていた。

「これって名前のイニシャルですか？」

老人は頷いた。

イニシャルはAとY。

二人の娘に名前を考えてくれていたんだ。今となってはどんな名だったか知るすべはないけれど。

「その指輪、ちょっと見せて」

老人が私の手元に視線を向けて言った。蛇田からもらった指輪だ。

指から外して渡すと、老人は拡大ルーペで指輪をじっくりと見ている。品定めされているようで、いい気分はしない。

「これはわしが作った物だ。お母さんからもらったのかい？」

「え？」

「蛇の鱗に見えるように一本一本線を彫ったんだ。手間の掛かった物だ。蛇の顔もいいだろう？」

三匹の蛇がうねりながら並んでいるデザインで、確かにとても細かい細工だ。どことなく優しい雰囲気で、私は気に入っている。

「内側を見てごらん」

何だか自慢げだ。ルーペを手渡され、言われた通りに内側を覗く。

「これは、アルファベット？」

うねうねとした流れが筆記体のアルファベット文字になっているのが分かる。今まで気づきもしなかった。

「この指輪は世界に一つだけの物だ。表からは蛇が絡まっているように見えるだけだが、内側から覗くと蛇のラインそのものが文字になっているんだ。表側からは文字が反転しているから読めない。その人だけの特別な言葉が隠されている」

指輪をぐるっと回して文字を読んでいく。*kouji & noa* コウジとノア、私の父と母の名前だ。

「これは、母の指輪……」

「ああ、乃蒼ちゃんに頼まれて作った」

「いつ作ったんですか？」

「この指輪は、乃蒼ちゃんがしばらくここを離れると言って出ていくときに頼まれたんだ。突然半年分の家賃を持ってきた。また戻ってくるからと。そのときに指輪のサンプルをじっと見ていた。『欲しいなら作ってあげるよ』というとパッと目を輝かせた。『戻ってくるまでに完成させておくよ。お金は要らない。家賃をまとめて持ってきてくれたから、大サービスだ。必ず帰っておいで。待ってるからね』と言うと目に涙を溜めて頷いていた」

「母はこの指輪を受け取ったんですか？」

「約束通りに、戻ってきたときに渡したよ。『一生の宝物にします』と言ってすぐ指にはめていた。この指輪を渡したときに、さっきのペンダントを注文されたんだよ」

老人の話は止まらない。

「哀しい思い出だが、一つだけ救われるのは、わしの記憶に残っている最後の乃蒼ちゃんの顔が、明るい笑顔だったことだ。死ぬ日の朝だよ。一週間前とはガラッと様子が変わっていた。『このアパート、小さい子って大丈夫ですか？ 事情が変わって、今日迎えに行くことになったんです』って興奮していた。指輪がずいぶん気に入ったようで、その日も指輪をはめた左手をわしに見せて『これ本当に素敵』って笑っていた。だから驚いた、自殺するなんて。今でも信じられない」

乃蒼は子供が帰ってくると思っていた。乃蒼の最後の笑顔がそれを教えてくれた。そして死ぬ日まで指輪をはめていた。

死の直前に蛇田は乃蒼に会っている。指輪を持っていた事実がそれを証明している。大切な指輪を渡すとは思えない。

無理やり奪ったのだろうか。

心がザワザワと動き出す。

電車を乗り継いで、神保町駅で降りた。駅前の花屋で花束を買った。人混みを抜けると、マンションが建ち並ぶ静かな通りに出た。報告書によると「赤いポストが目印、転落したのはポストのすぐ横」

辺りを見回しながら歩いていると、不思議な感覚を覚える。

ここに来たことがある。いつだろう。

赤いポストが見える。歩み寄って、そっと花束を供えた。手を合わせたあと、上を見上げる。

遠い記憶が蘇る。

煉瓦造りのマンション。ポストの脇に花束を供えて手を合わせるお婆さん。

不意にビル風が吹き抜けて、首に巻いたスカーフが煽られる。

あれは、祖母、木寺知子だったのか。

小学生のときに一度だけ連れてきてもらった蛇田のマンション。ここで母は死んだ。偶然であるはずがない。

蛇田は知っている。母の死の真実を。

秀平

中学生の希海とよく来た公園のベンチに座る。夜の公園に人影はない。

学校に行かず、部屋に閉じこもる希海を誘い出し、自宅から自転車を走らせた。

周りの大人の目をかいくぐって外に出ると、希海は小さく微笑んだ。

都会の谷間にある小さな公園で、アイスを食べた。希海はブランコに揺られ、僕は少し離れたベンチに座った。ビルの間から東京タワーが見えた。

僕は希海の何を見ていたのだろう。

唐突に始まった東京での生活に馴染めなくて、可哀想だと思っていた。母は「そっとしておきなさい。その方があの子にとってはいいのよ」と言って希海のことを構わなかった。食事も部屋に運ばせていた。

僕は少しでも力になりたくて、ときどき部屋を訪れ、話をしたり、勉強を教えてあげたりした。最初はぎこちなかったが、次第に「お兄ちゃん」と呼んでくれるようになった。

でも、心からの笑顔は見ていなかったのかもしれない。

希海は小さい頃から、甘えることもなく、わがままも言わない大人びた子だった。でもそれは、自分も同じだ。生まれ育った環境、そして両親が、僕と希海をそういう子供にしたと思った。大人たちに囲まれ、良い子でいなければいけないと思い込み、窮屈さを感じた。

一緒に暮らせるようになって嬉しかった。同じ悩みを抱えた兄妹として、共感しあえると思っていたのだ。息苦しい家庭の中で、お互いの気持ちが分かりあえる存在になれると考えていた。

的場の両親を親と思って過ごしてきた年月の間、僕たちは確かに兄妹だった。

僕たちには血の繋がりはなかったと知った今でも、その気持ちは変わらない。

真実を知ったのは、亜矢ちゃんを蓮見先生と一緒に納骨した日の夜だった。

まだ、信じられない。信じたくない。

希海が亜矢ちゃんにしたことを。

携帯が空しく呼び出し音を鳴らし続ける。何度電話を掛けても希海は出ない。たとえ繋がったとしても、僕に何が言えるだろう。

何が希海を追い立てたのか。誰が希海を壊したのか。

僕に止めることが出来ただろうか。

もしも母からの仕打ちに僕が気づいていたら……。

もしも希海と一緒に暮らしたいと両親に頼んでいたら……。

もしも……もしも……。


どんなに願おうとも時は戻らない。


強い風に吹かれ、誰も乗っていないブランコが小さく軋みをあげる。ブランコを漕ぐときはいつも、希海は妙に真剣な表情をしていた。

あのとき希海は何を思っていたんだろう。

知らぬうちにぼろぼろと涙が溢れ出て、思わず目をギュッと瞑った。これ以上涙がこぼれないように強く強く瞑ったのに、涙は次々と流れ落ちる。

泣くことしか出来ない自分が、哀しくて悔しくて虚しい。


「希海、出てくれ」

震える指でもう一度携帯を握り締める。

希　海

乃蒼が死んだところに花を供えて一週間が過ぎた。乃蒼の指輪を蛇田が持っていた事実と、転落死した場所が持つ意味が、蛇田への疑念を深まらせた。でもなぜ蛇田は乃蒼を？

それを知るため、ここに来た。

白川産科医院の院長だった白川正和、私を取り上げた人の自宅だ。

インターホンを押すと「はい」と低い声が聞こえた。

「蛇田希海です。先生にお話を伺いたくて参りました」

しばらく返答がなかったが、やがて扉が静かに開いた。

「中へどうぞ」

白髪頭の小柄な老人が、硬い表情で私を迎え入れた。

通されたのは、手入れが行き届いた庭が一望できる和室だった。床の間に掛け軸が掛けられている。竹と雀(すずめ)の美しい図柄に目を奪われた。

「良い花鳥画だろう？　竹は常緑を失うことなく風雪に耐える逞しい生命力を、雀は子孫繁栄と家内安全を意味しているんだ」

慈しむように掛け軸を眺める顔を見ていると、この人は産科医として、生まれてくる子供に愛情を持ってきたのだと感じた。率直に尋ねれば、きっと答えてくれる。

「木寺乃蒼を覚えていますか？　的場邸で私を産んだ母です」

「何のことでしょう？」

「私は的場の実子となり、もう一人は柊家の養子になった。先生は赤ん坊のためにご尽力されたのですよね？」

瞬きもせず、白川はじっと私を見返す。

「それを明らかにする必要があるのですか？　知らない方が良いこともあります」

「私はもう大人です。木寺乃蒼の転落死も、ブルースノウと呼ばれていたのも知っています。お気遣いは要りません」

「そこまで知っているなら、これ以上私に何を訊きたいのですか」

「母のことを知りたいんです。先生とどんな会話をしたのか。子供を手放すと決めた経緯を」

白川が緊張を解いたように吐息を漏らした。

「お腹の赤ちゃんを大切に思っていましたよ。断固として中絶を拒否した。あなたは間違いなく愛されていた。子供の将来を考えて手放す決意をしたんです」

そうとでも言えば、私が喜び、満足して帰ると踏んでいるようだ。

「彼女の死は実に残念な出来事でした。子供の幸せを考えた選択に納得していたはずですが、出産後に心境が変わる場合があります。ケアが足りなかったと後悔しています」

当たり障りのない答えなど要らない。本当に訊きたい質問をぶつける。

「私は母の死に疑念を持っています。そもそもなぜ的場は養子が必要だったのか。そして私が選ばれた理由にどんな意味があったのか。先生ならご存じですよね？」

「何が言いたいんですか」

にわかに顔色を変え、探るような目付きを向ける。

私は、蛇田が乃蒼を殺したと考えている。蛇田は自分の利益にならない行動はしない。乃蒼が生きていると不都合だったに違いない。アパートの大家さんと最後に交わした会話から、乃蒼は赤ん坊を返してもらえると思っていたように取れる。蛇田はそれを阻止したかった。

的場はどうしても子供が必要だった。その理由を数日間考え続けた結果、恐ろしい答えが見つかった。

「私は、秀平の心臓移植に使われようとしていたんですね」

白川の目が泳いでいる。隠そうとしても動揺しているのは明らかだ。

的場の母から虐待を受けていた私は、体の傷を知られないように健康診断や予防接種を往診で受けていた。担当した医師は、こう言った。

「カルテを見ると、あなたは生まれてすぐに徹底的に検査をされている。普通はこんなに検査はしない」

もう一つ残っている記憶がある。小学六年の夏、東京で的場と取材を受けた際、記者にある言葉を言われた。

「生まれ持っての大病を克服されて良かったですね」

そのときは、秀平と間違えたのかと思った。否定もせず、娘思いの父を演じる的場を軽蔑した。でも今回調べてみたら、長男に続き娘も先天性の病気だと答える当時のインタビュー記事があった。近々治療のため渡米すると話す、悲痛な面持ちの的場が誌面に写っていた。

「すでにアメリカに渡っていた秀平は、ドナーがなかなか見つからず、一刻も早い移植を必要としていた。そんな中、舞い込んできた命。あなたは生まれた双子にドナー適合検査をした。そして私が選ばれた。計画は裏社会に精通している蛇田が提案したのでしょう。

以前から新しい病院建設に関して多額の援助を受けていたあなたは、この悪魔の所業を断れなかった。違いますか？」

「私は移植に使う計画なんて知らなかった」

口角泡を飛ばし激しく否定する。

「今更、誤魔化さないでください」

「嘘ではない。私は確かに偽装出産に手を貸した。赤ん坊の幸せのために。蓮見さんも柊さんも、生まれたのが双子であることは知らない。的場家の実子にする計画は極秘に進められた。まさか移植に使おうと目論んでいたなんて思ってもいなかった。多くの検査を要求されただけでなく、健康に問題がない子供を先天性の病気と公表し、治療のためアメリカに行くと聞いたときに、気づいたんだ」

「それであなたはどうしたんですか？」

「乃蒼さんに電話でそれを告げた。赤ん坊を取り戻した方が良いと。私に出来るのはそれしかなかった。蛇田さんは口が上手い。私が疑念をぶつけても反論されるだけだ」

「母は赤ちゃんを取り戻そうとした。そして蛇田に殺されたんです」

「まさか。そんな……」

「乃蒼の死を知ってもあなたは何もしなかった」

「自殺だと蛇田さんに聞かされた。そのあとすぐにアメリカでドナーが見つかり、秀平君の移植手術が行われた。残酷な企みは消え去った。赤ん坊は的場家できちんと育てられた。私が発言する必要など何もなくなった」

きちんと育てられた？　私の辛い子供時代をそんな言葉で済まされてたまるか。

「子供の幸せのため？　善い人ぶるのはやめてよ。結局は自分の利益を考えて口を噤んだだけでしょう？　あなたは偽善者よ」

言いようのない苛立ちが全身を包んだ。立ち上がり、床の間の掛け軸を力いっぱい引きちぎった。呆然としている白川に投げつけて、玄関に向かった。

怒りを胸に抱きながら足を進める。息が上がり、倒れ込むように公園のベンチに座った。

乃蒼の死は、白川なりの正義感が生んだ悲劇だった。正義が勝つなんて物語の中だけだ。強い方が勝つ。蛇田から教わった世の中の仕組みだ。正義なんてなければいいんだ。

運命に翻弄されて乃蒼は死んだ。残された私も運命に導かれたように人を殺した。的場の母から聞かされた出生の真相。蓮見家族の幸せそうな様子。そして私を襲った魔の手。全てが私を狂気に駆り立てた。

あの夏はいつもと違った。秀平が友人を二人連れてきたためか、いつものメンバーで遊ぶことはなかった。寿々音はがっかりしていたが私には好都合だった。みんなと楽しく過ごす気分にはほど遠かった。出生の事実を知って、寿々音への憎しみが膨れていた。家族三人で仲良くしている蓮見にも怒りを抑えきれずにいた。

そんな中、かくれんぼが始まった。気が進まなかったのに、なぜ断らなかったのだろう。あのときみんなの輪に加わっていなければなどと、今更悔いても意味がない。きっと運命には逆らえないのだ。

鬼は寿々音だった。始まってすぐ、前夜に作った手紙を柊家の門に置いた。そのあと、寿々音が絶対に来ない納屋に入った。中は蒸し暑かったが、捕まって鬼になるのは面倒だった。

薄暗い納屋の扉がゆっくり開いた。すぐに身を潜めたが、後ろからいきなり頭に袋を被された。視界が真っ暗になった中、耳元で声が聞こえた。

「騒いだら殺す」

怖かった。母の暴力には慣れていたのに、見えない敵に身が竦み、動くことも声を上げることも出来ない。体を弄られる気持ち悪さ、男に対する恐怖と悔しさが全身を貫く。

「写真を撮るから電気を点けろ」

男が複数いると分かり、また恐怖が増した。服を捲られ胸が露わにされる。なぜ私なの？　なぜ寿々音じゃないの？　どうして嫌な目に遭うのはいつも私なの？　私を救ってくれる人はいない。

気がつくと男たちの気配はなくなっていた。恐る恐る袋を頭から外す。納屋にはもう誰もいなかった。体を起こす力が出ず、横たわっていた。

突然、後ろで扉が開く音がした。

「希海お姉ちゃん？」

ギョッとして振り向くと、亜矢が立っていた。

「どうしたの？」

亜矢が目を丸くして私を見ている。服が捲れたままなのに気づき慌てて直した。

「お姉ちゃん、背中にいっぱい傷がある。可哀想」

無邪気な声が、私の体に矢となって降ってきた。

「大丈夫だよ。パパが治してくれるから」

亜矢の言葉に激しく首を振る。黙れ。うるさい。

「早くパパに知らせなくちゃ」

出ていこうとする亜矢の腕を、走り寄って強く引いた。

寿々音の同情した顔。蓮見の労るような顔。

惨めな私を取り囲む顔、顔、顔。

やめて、そんな憐れみの目で見ないで。

そんな目で見られるくらいなら死んだ方がマシ。

「痛いよ、お姉ちゃん。引っ張らないで。お医者さんが怖いの？　パパは怖くないよ。優しいお医者さんだよ。きっと治してくれるからね」

聞きたくない。やめろ。私の不幸は全部あんたのパパのせいだよ。

夢中で亜矢の口と鼻を両手で覆った。強い力で手を押しつける。床に倒れた亜矢の足がバタバタと動いているが、構わず力を込めて押さえ続けた。

やがて納屋に静けさが戻った。よだれを垂らした亜矢は、眠っているみたいだ。でも永遠に目覚めないと分かっていた。

急いで家に戻り、蛇田に電話を掛けた。

「私に任せてください。お嬢さんは家にいて、決して何も話さないでください」

蛇田が私を救ってくれる。私には蛇田という味方がいる。心強かった。お風呂から出ると、男たちの不快な手の感触は綺麗さっぱり消えた。亜矢の口を塞いだ手の、よだれで濡れた感覚も。

翌日、東京へ移った。もう、母に叩かれることもない。新しい自分に生まれ変わったと思っていた。

だが運命は私に味方したわけではなかった。私の孤独は終わらなかった。新しい自分なんてどこにもいないのだ。

携帯が振動している。何度も繰り返す。秀平からの着信だ。目を背け静まるのを待つ。兄の声を受ける資格など私にはないのだから。

神保町の駅を出て、今日も花屋に立ち寄る。自然と薔薇の花に目がいく。

薔薇を見ると思い出す。柊家の、綺麗に整えられた薔薇のアーチとブランコに憧れていた幼い自分を。

寿々音のお気に入りの場所だと知っていたから決して口には出さなかったが、本当はあの庭園が大好きだった。

誰もいない早朝に、一人でこっそりブランコに乗りにいった。

淋しさと悲しさを胸にしまい込んで、ゆらゆらと身を任せる。

柔らかな花の香りが優しく包んでくれた。

「どこから来たの？」

舞い込んできた一匹の紋白蝶に話しかける。

「一人で来たの？　好きなだけ花の蜜を吸っておいきなさい」

大切にしたいのか、忘れたいのか、自分でも分からないほど遠い思い出になってしまった。

「どれになさいますか？」

花屋の店員に微笑みかけられ、ゆっくりと店内を見回した。

「赤い薔薇を」

私は鮮やかな真紅の花束を受け取り、花屋を出た。


ポストの側に花束をそっと置いて手を合わせる。「花を供えるなど自己満足だ」と言い捨てた蛇田の言葉を思い出す。

エレベーターで八階に向かう。この部屋に来るのは十六年振りになる。小学六年の私は興味津々だったが、今は悪趣味としか思えない。

蛇の置物が並ぶ棚に、蛇が絡まっている柄のナイフがあるのが目に付いた。子供のとき、指輪とナイフ、どちらをもらうか迷った記憶が蘇る。指輪を選んだのは母に導かれたのだろうか。

反対の壁には、剝製が何体も睨みを利かせている。消毒薬や獣の匂いが不気味さに拍車を掛ける。

「もう蛇田家から離れるから、最後に二人で話がしたい」

と言って、この場所を指定した。

「あまり時間がない。手短にしてくれ」

蛇田は巨体をソファーに沈ませ、不機嫌そうに言った。私に向ける眼差しが、他人を見るような視線に変わったのはいつからだろう。「私はお嬢さんの味方です」と言われたのは遠い日のことだ。

「秀平が釈放され、お前の犯罪は闇に葬られた。あいつらの思う通りに進んだのは気にくわないが、結果的には損はない取引だった。全て終わった。今更俺に何の話があるんだ？」

苛立ちを隠さず、威圧的に迫ってくる。負けまいと私も胸を張って、単刀直入に告発する。

「私を産んだ木寺乃蒼は、自殺ではなくあなたに殺された」

「ほう、なぜそう思うんだ？」

まるで面白がっているかのように問い返す。

私は知り得た事柄を話した。

名前が入った指輪、当日の乃蒼の様子、転落した場所。全てが蛇田の関与を示している。

「この指輪をあなたが持っていたのが、何よりの証拠よ」

蛇田は、私が差し出した指輪を手に取り、裏側の文字をチラッと見て、テーブルに乱暴に置いた。

「あなたは子供を返すと言って乃蒼を呼び出した。力ずくで押さえ込み、覚醒剤を打って意識を朦朧とさせ、屋上に運んだ。覚醒剤使用の痕跡を残したのは、母親の逮捕歴を利用して自殺に疑問を持たれないため。乃蒼を突き落とす前に、目に留まった指輪を抜き取った。蛇を見つけたら絶対に見過ごさないあなたらしい行動ね」

蛇田は鼻で笑い、言い返す。

「そもそも俺は無責任な蓮見の尻拭いをしただけだ。どうしても中絶をしたくないと言い張る女に、学生だった蓮見はうろたえるばかり。的場に頼まれ、俺が、生まれてくる子供の行き先を決めた。何で殺す必要がある」

「柊への養子話をまとめたあと、白川からお腹の子が双子だと聞かされたあなたは、ある計画を思いついた。双子の一人を秀平のドナーに使う。養子では要らぬ疑念を持つ人が現れるかもしれない。世界では移植のための臓器売買の問題が騒がれていた。実子なら、まさか妹の命を兄に捧げるとは誰も思いはしないと考えた。生まれた二人の子供が病気という悲劇。病に散った妹の命を受け継ぐ兄という美談。完璧な計画だった。でも」

「分かった。もういい」

うんざりしたように私を制した。

「それが事実だとして、お前は何を望んでいる？　俺に謝って欲しいのか？」

蛇田の言葉が、頭の上を通り過ぎていく。私は何を望んでいるんだろうか……。

答えられない。落ち着き払った態度に、悔しさが膨れ上がる。

「亜矢の殺害を自供するわ。私は養子と言えども蛇田家の娘。あなたはダメージを受ける」

悔し紛れに言った。心を見透かされたのか、蛇田は動じない。

「証拠の死体はもうない。それに秀平の誤認逮捕で面目を潰した警察が、俺たちに手を出すことは当分ないだろう。叩けば埃の出る俺にとって悪くない状況だ。分かるか？　全て俺の都合がいい方向に転がる。これは選ばれた人間が神から与えられる幸運だ。お前ごときが、俺に掠り傷一つも付けられん」

「乃蒼の死もあなたに幸運をもたらしたの？」

「お前とは、もう会うことも無いだろうから、教えてやる」

手を大きく動かしながら話し始めた。自慢話をするときのいつもの癖だ。

「的場に拾われて五年、必死に尽くしてきたが、運転手兼ボディーガードの立場は変わらなかった。移植の計画は、運命を変える逆転のカードだった。成功すれば的場に大きな恩を売れる。俺の夢は、誰にも負けない権力を握ることだ。その夢に繋がる千載一遇のチャンスだ」

熱を吹いていた蛇田の額に皺が寄る。

「計画は順調に進んでいた。あと少しだったのだが……」

「乃蒼に知られて、あなたは困った」

「困った？　お前は何も分かっていないな」

耳をつんざくような高笑いが響く。

「ノアなど問題ではなかった。始末するのは簡単だった。言っておくが的場は今も自殺だと思っている。さすがに殺人を知られては、俺の弱みになるからな」

蛇田にとって乃蒼の命など物同然だったのだ。

「俺が困ったのは、秀平の正式なドナーが見つかってしまったことだ。すでに的場は別の病院に億単位の裏金を払っていた。的場は手の平を返して俺をなじった。計画などしなければ正当な額だけで済んだはずが、余計な金を使わせやがったと。的場の妻も、要らない子供を押しつけたと責め立てた」

的場の母にとっては、私は見たくもない存在だったのだ。私は邪悪な策略の残骸だったから。

「双子の片割れを土筆町に置くことに、的場は一抹の不安を持った。予定ではすぐに死ぬ運命だったのに、手元で育てなければならなくなったからだ。幸い、寿々音とお前は似ていなかったが、お前は段々ノアに似てきた。黒縁の眼鏡と長い髪で顔を隠すようにさせたのは、蓮見に気づかれたら面倒だったからだ」

愉快そうに蛇田は話す。

子供の頃、蛇田は長い髪と眼鏡が似合うといつも私を褒めた。単純に喜んでいた自分に腹が立つ。

でも蛇田は、虐待されている私に夢を語り希望を持たせてくれた。私の犯罪を隠蔽した上で、養子に迎えてくれた。後継者と期待を掛けられ嬉しかった。必要とされる喜びを味わった。本当の父のように私を想っていたときが確かにあった。もし実子さえ生まれなければ、きっと変わらなかったはず……。

「幼いお前を見ていると不憫だった。誰にも望まれていない存在のお前が惨めに見えた」

「だから蛇の指輪をくれたの？」

「蛇は俺の守り神。普通ならお前になどやらん」

冷たい視線と冷酷な言葉が浴びせられる。

「あの指輪は俺に不幸をもたらした。的場に損をさせ、俺の未来を閉ざした不吉な指輪だ。だからお前にくれてやったんだ」

残酷な真実が突きつけられ、心が凍り付く。

「だが、蛇は俺を裏切らなかった。指輪を身に着けたお前が幸運を連れてきた。亜矢を殺したと電話を受けたとき、心の中で歓喜した。移植の件から十年以上こき使われ、絶望を味わっていた。お前は最後のチャンスをくれたんだ。俺の運命が開けた瞬間だった」

初めから私を守ることなど一ミリも考えていなかった。

「私はただの道具だったのね」

「ああ、最高の道具だ。的場はお前を秀平の傍に置くことを恐れた。だから養子にもらった。未来への切符として。俺は順調にのし上がった。もはや的場もお前も、俺にとって価値はない」

私は蛇田側の人間で、共に的場を見返すつもりでいたのに。子供の頃に言われた言葉を支えに生きてきたのに。

「あなたのせいで乃蒼は死んだ。私のせいで蓮見一家は死んだ。私たちは同罪よ」

「俺をお前と一緒にするな。お前は感情に駆られて幼い子を殺した恐ろしい人間だ。俺は違う。目的のために必要なことを実行しているだけだ。ノアは、子供を返さなければ、移植の計画をマスコミに話すと脅してきた。だから殺した。自業自得だ」

「あのとき私を母に返してくれたら、私の人生も違っていたはず」

「お前、馬鹿じゃないか」

嘲るように薄笑いを浮かべる。

「あんな小娘に育てられた方が、今よりいい人生を送れたと本気で思っているのか？」

心底あきれたような蛇田の顔を見返す。

「子供を返すと言ったら馬鹿みたいに喜んでいた。一人で育てられると思っていたとしたら、全く浅はかな女だ。お前は賢いと思っていたが、所詮（しょせん）あの女が産んだ娘。もうお前に使い道はない」

己の損得しか考えない男が、私を冷たい目で見ている。利用できる人間かどうか、この男が人を判断するのはその一点だけ。

今までの私は、何だったのだろう。父母に疎まれ、蛇田に縋った人生。空しすぎて、涙も出ない。

「もう全て終わった。いいか、二度と俺の前に現れるなよ」

言葉を返す気力もなく、私はテーブルの上にある指輪を手に取り、部屋を出ようとした。

「おい、その指輪は返してもらう。俺の物だ」

非難するような声が飛んできた。蛇田の大きな手が迫る。

私から指輪を奪い取って、自分の小指にはめた。

「返して。それは母の大切な物よ」

掴みかかると、簡単に払われ、頬に衝撃を受けた。平手打ちを浴びせられて床に倒れた私を見下ろし、蛇田は指輪を見せびらかすみたいに手をヒラヒラと示す。満足そうに指輪を眺めている。

乃蒼から奪ったときも、同じような表情をしていたのだろうか。

蛇田は母と娘を引き裂いた。大切な指輪を奪い取っただけでなく、母の未来と私の人生も奪った。

その指輪は、あなたが持つべき物ではない。絶対に渡さない。

「待てよ」

私を見下ろす目付きが変わった。

「お前にもまだ価値があるかもしれない」

舐め回すような視線が注がれる。

膝をつき、私に手を伸ばす蛇田を、起き上がって睨み返した。

「俺を喜ばせてくれれば、傍に置いてやってもいい」

汚らわしい獣の両手が私の頬を包む。

「お前は最初から俺の物だった。運命からは逃れられない」

ギラギラした醜い顔が近づいてくる。

運命は私が決める。

棚に手を伸ばし、蛇の柄のナイフを握った。

躊躇うことなく、蛇田の首筋に突き立てる。

握りしめた拳の中で、ナイフの柄に付いた蛇がのたうち回っているように感じた。首筋から、ドクドクと真っ赤な血が流れ出る。私は部屋中の蛇と共に、その様子を静かに見つめ続けていた。

やがて蛇田はピクリとも動かなくなった。

「あなたから教えられた。欲しいものは自分の力で手に入れろと」

蛇田の小指から指輪を抜き取る。

ベランダに出ると青い空が広がっていた。

手摺りに手を掛け、下を覗き込む。道には歩く人の姿はない。

右手を大きく空へと伸ばす。

「あなたに返すわ。お母さん」

指輪はスローモーションのように落ちていった。道端に置かれた赤い薔薇の花束に向かって。

寿々音　一年後

窓の外に見える楓(かえで)が赤く色づいている。何事もなかったかのように季節は巡りくる。人間だけが、自らの手で明日を変える。

希海からの手紙が届いたのは、蛇田の刺殺体が見つかり、自首した次の日だった。

手紙には、希海が知った全てが淡々と書かれていた。蓮見家族への謝罪の言葉は、一言も記されていなかった。

『私たちは、母親の強い意志の元に生を享けた。決して望まれない子供ではなかった。AとY、母が考えた名前の頭文字。その名で生きていたなら、どんな人生が待っていたのだろう』

締めくくりの文章が、切なく胸に沁みる。手紙にはペンダントが同封されていた。小さな女の子が二人、ゆらゆらと揺れている。

逮捕後、希海は蛇田を殺した動機に関しては黙秘している。

真相が語られることは、きっと永遠にない。

時間が経とうとも、私はきっと希海を許せないだろう。希海と寿々音としての関係は終止符を打った。

でも、AとYの物語はどこかで紡がれると信じている。いつか出逢える日が来ると。

的場は養子に出したとはいえ、娘の犯行に政治生命を断たれた。代々続いた政治家一族は、あっけなく終焉を迎えた。

大介は、頭を下げて、以前働いていた料理店に戻った。先日、キャンピングカーを貸して欲しいと頼まれた。どうやら休みの日に、神山さんとヒーロー探しの旅に出るみたいだ。神山さんに影響されたのか、私をときどきお嬢と呼ぶ。お願いだからやめてと頼んでいるが、大介のことだから聞いてくれるか分からない。

私は、母とちい婆と、相変わらず助け合って暮らしている。今、一番の夢は劇団の立ち上げだ。いつか日本中を回り、公演をしながら十六代目としての役目を果たしていきたい。そう決意している。

秀くんは深く傷つき、しばらくは誰とも連絡を取らない状態が続いた。私ともようやく電話で会話できるようになったが、互いの心を守るかのように、二人とも言葉を選んでいた。少しずつ少しずつ心を解かし、そしてとうとう、この日を迎えることが出来た。

今日、大介と秀くんが土筆町に来る。ただひたすらワクワクして待っていた子供の頃の気持ちとは違うけれど、嬉しいのは変わりない。今日は皆にとって特別な一日になる。

私は身なりを整えて、記念塔へ向かう。

扉を開けるといつもながら眩しさに目がくらむ。「いつ誰が来てもいいように、埃ひとつあってはいけない」――厳しかった柊の父を思い出す。今も父はここにいるような気がする。

父から譲り受けた硯(すずり)を前にして、深呼吸した。

「背筋を伸ばし精神を落ち着かせて無心で磨りなさい」

父からの教えを今一度体に落とし込む。

十六代目として初めての仕事に身が引き締まる。墨を磨り終えて席を立つ。後ろで見守る人たちの視線を感じながら、ケースの鍵を開けて、ノートを取り出した。緊張で指が強ばる。

ゆっくりとページを捲った。柊家が守り続ける「柊家之記」――私たちにとっては通称ヒーローノート。今日ここに三人の名前を記す。

蓮見幸治
的場秀平
石田大介

筆を置いた途端、深い吐息が漏れた。振り返ると、背後からノートを見下ろしている秀くんと大介の顔がすぐ傍にあった。

「上手く書けたかしら？」

「ああ、いい字だ」

秀くんが満足そうに頬をほころばせる。

「先に上に行っているよ」

大介が螺旋階段に足を掛ける。

「あとからゆっくり来い。寿々音に話があるんだろ？」

秀くんに向かって目配せをした。

二人きりになると少し緊張してしまう。

「別荘を建て直して、小児科病院を作りたいと考えているんだ」

突然そう言い出した。

「病気の子供を抱える家族は、大変なんだ。付き添いや留守宅のこと、兄弟の世話も思うように出来ない。だから家族ごと滞在できる病院を作りたい。実現できるかどうか、まだ分からないけど……土筆町に戻ってきてもいいかな？」

急な話に驚いた。でも、秀くんらしいと思う。

「自分が思った通りにするのが一番よ」

「賛成してくれる？」

「もちろん、応援する」

「良かった」

秀くんがホッとしたように息をつく。

「おーい、お嬢、秀平、早く来いよ」

上から大介の呼ぶ声がする。ゆっくり来いと言ったのに、せっかちな大介に笑ってしまう。

慌てて秀くんと螺旋階段を上り始める。屋上に出ると、冷たい風に迎えられた。見渡す景色は子供の頃と少し変わってしまったが、風の匂いは昔と同じだ。

「上は寒いね」

「全然寒くないさ」

大介が威張って胸を張る。

晩秋の空は晴れ渡り、雲一つない。塔の天辺にある小さな鐘を見上げる。

「さあ、鳴らそう」

三人で一斉にロープを引く。美しい鐘の音が大空に響き渡る。慎ましく小さな鐘の音に心が満たされる。

エピローグ

久しぶりに会った大家さんは、優しく迎えてくれた。約束通り、頼んであった指輪は完成していた。裏側から覗くと、大家さんが言った通りに文字になっている。*kouji & noa*

私の宝物。

左手の薬指にはめてみた。これはずーっと身に着けていよう。何があっても。

大変な秘密を知って、赤ちゃんが危ないと分かった。でも、必死で頼んだら、願いを聞いてくれた。返してもらえることになって本当に良かった。

もう何も怖くない。

あの子たちを守れるのは私しかいないのだから。

恐ろしいところから、あの子たちを取り戻せる。

あの子たちと一緒なら、何でも出来る。

もうすぐ会える。ほんの数日しか離れていなかっただけで、こんなに切なくなるなんて、思ってもいなかった。

ペンダントに入れるイニシャルを聞かれて、思わず答えた。

AとY。

やっぱりこの名前がいい。ずっと心に思っていた名前。

乃蒼と幸治。二人の名前から文字を一つずつ。

私たちが抱いていた気持ちは、決して消えたりしない。

彼と過ごした時間、彼からもらった愛は、私の中に永遠に残っている。

二人の名前を並べれば、幸せな気持ちになれる。

もうすぐ会えるね。

蒼(あおい)、幸(ゆき)。

解説

吉田伸子（文芸書評家）

本書は二〇二一年、第二十五回日本ミステリー文学大賞新人賞受賞作だ。作者の麻加さんが、この賞に応募し始めたのは二〇一七年のこと。初めての応募作だったにもかかわらず、その作品は二次選考まで残るが、惜しくも落選。二〇一九年、二〇二〇年に応募した作品はどちらも最終候補作となり、三年連続で最終候補となった本書で、受賞を果たした。

私はこの賞の予選委員として、麻加さんの応募作全作を読んでいたので、初応募から受賞に至るまで、一作ごとにめきめきと腕をあげていったその過程をこの目で見てきた。そもそも、初めて書いた作品が、名のある公募の新人賞の二次選考に残る、というだけでも凄いことなのだ。二〇一八年こそ応募が叶わなかったものの、翌二〇一九年から受賞まで連続して最終候補作に、というのもまた凄い。しかも、麻加さんは毎年書き下ろした作品での応募だったのだ。

本書は、麻加さんにとっては四作目の作品であり、デビュー作だ。なんといっても、プロローグでの「摑み」が巧い。雪が降り始めた冬の街。離婚が間近だと知りつつも、父親が経営するレストランで、母親と誕生日の食事を終え、その余韻を味わっていた少女。だが、その余韻は瞬時にして断ち切られる。身を挺して自分を庇ってくれた母親の身体の上には、見知らぬ女性。動かない母親。路上には、レストランのスタッフから贈られた、赤いバラと降り積もる雪。母親の身体に重なっていた女性が、最期に漏らした「青い雪……」という言葉。

雪の白。バラの赤。そして、見知らぬ女性が発した謎の言葉、「青い雪」。読者の目に焼き付けられる、鮮烈なトリコロール。このシーンで、読者の心はぐっと物語に引き込まれてしまう。ところが、そこから始まる第一章で、物語は一転する。

登場するのは、柊寿々音という十一歳の少女だ。生後間もなく柊家の玄関前に置き去りにされ、柊家の養女となったこの寿々音の視点が中心になって物語は進んでいく。柊家の隣家は的場家で、両家は代々続く「お隣さん」。政治家である的場家の当主・照秀は通常は長男の秀平とともに東京で暮らしていて、的場邸に住んでいるのは、照秀の妻と娘の希海だ。寿々音にとって、同い年の希海は親友のような存在でもある。

的場邸には、毎年夏休みに一週間だけ、照秀と秀平が訪れ、滞在する。そのタイミングで、照秀の甥で、医師の蓮見夫妻とその一人娘である亜矢もやって来る。三年前からは、蓮見の妻・由利の元担当患者であり、火事で家族を失い、施設で暮らす大介も一緒だ。寿々音、希海、大介が同い年で、秀平は三人よりも二歳年上。夏休みのこの一週間は、毎年楽しい思い出になっていたのだが、寿々音が十二歳の夏、亜矢が失踪してしまう。事件なのか事故なのか。亜矢の生死は？

物語は、この亜矢の失踪が真ん中にある。やがて、十八歳になり、東京の大学に進学した寿々音は、亜矢が失踪したその日に、寿々音の家の門に挟まれていたという一通の手紙の存在を知る。文字を切り取って貼り付けられたその手紙には、「すずねはあくまのこはははおやはブルースノウ　うらみはきえ　い」とあった。

この「ブルースノウ」こそが、プロローグに登場した、飛び降り自殺を図ったと思われる女性だった。彼女が残した「青い雪」という言葉から「ブルースノウ」と呼ばれるようになっていたのだ。寿々音は「ブルースノウ」と呼ばれた女性に関して、八歳の時に知り合い、今では寿々音のことを「お嬢」と呼ぶ刑事の神山の助けを借りつつ、独自に調べ始めていく。

ここから寿々音が二十七歳になり、亜矢の失踪の謎と、自らの出生とブルースノウの人生の足跡と手紙の謎に辿り着くまで、読者をぐいぐい物語に引き込んでいく。そして、その勢いのまま物語は終章に向かい、ラスト、驚愕のエピローグへと繋がっていく。注目すべきは、二つの謎の解明に至るまでに絡み合って来る、複雑な人間関係のドラマと、その描き方である。

当時の選考委員であった有栖川有栖氏からは「よい意味で登場人物たちを使い切っており、込み入った事件で読者を翻弄する」、薬丸岳氏からは「主要登場人物ひとりひとりの心情を丹念に描き、感動できる物語を紡いでいく作者の力量を評価した」と、それぞれ絶賛されている。

ただ、それだけに、具体的に内容に触れると、そのままネタを割ることにも繋がりかねないので、本書の内容に関しては、これ以上は切り込まないでおく。ぜひ、実際に本書を読まれたい。

それにしても、登場人物の多さにもかかわらず、本書が「主要登場人物ひとりひとりの心情を丹念に描」けているのは何故なのか。その答えは、本書の元版が刊行されるタイミングでさせていただいた、麻加さんへのインタビュー（「ジャーロ」二〇二二年三月号）に見ることができる。

麻加さんは「今まで書いた物語の登場人物たちのことが、みんな好きなんですね」と語る。「たとえ悪人であったとしても、魅力というか、共感というか、そういうものを感じてもらえる人物として書きたいな、と」。この思いがあるからこそ、明かされる真実がへビーなものであるにもかかわらず、本書の読み口には温かみがあるのだと思う。

　この時のインタビューで一番驚いたのは、あの鮮やかなプロローグは、物語を書き始めてから思いついたものだ、ということだった。そもそもは「第一章」から書き始めていたのだ、と。「〝青い雪〟というアイディアを思いついて、そこからプロローグとエピローグが出来ました」。麻加さんはさらりと語っているのだが、このアイディアを思いついたことが、この作品の鍵に、そして、ひいては受賞へと繋がったことは間違いない。

　そもそも麻加さんがミステリーを書き始めるきっかけになったのは、子育てがひと段落した時にかけられた「夫の一言」だったそうだ。それまでは子ども中心に回っていた生活が落ち着いた頃、麻加さんが読書好きなのを知っていたので「（小説を）書いてみれば？」と勧めてくれたのが始まりだった、と。それまでは、「夫は自営業なので、私も事務を手伝ったりはしていましたが、基本は主婦」。なので、そんなふうに声をかけられても、いざ実際に執筆を始めたのは、それから数年後のことだった。子どもたちが成人したことがきっかけだったかも、と麻加さんは語っている。

　ただ、実際にパソコンに向かって書き始めてみたところ、楽しい！　自分は書くことが好きかも、と麻加さんは感じたそうだ。そこからは「実際に文字を打ち始めると、自然に文章が浮かんできて、登場人物たちが動いていったんです。それが凄く楽しくて」。

そうやって、生まれて初めて書き上げた作品が、前述した二〇一七年の応募作であり、そこから本書での受賞に至る道のりは、とんとん拍子にも思えるのだが、実際にはそうでもなかったらしい。「手前味噌ではありますが、書き終えた時は、毎回、前作よりも良く書けたかなと思っていた」ものの、その後の二作は最終候補作に留まった。麻加さんは本書で受賞が叶わなかったら、次作に向かう気力を持てたかどうか、と本音を漏らしている。それだけ、「その時点での自分の全てを出した作品」だという手応えを感じていたということなのだ。

同時に、本書を書いたことで、それまでの自分の作品に足りなかったものが実感できたことは大きかったですね、と麻加さんは振り返る。「もちろん、『青い雪』にもまだ足りないものはあるかとは思うのですが」と語るその表情が、ちゃんと「作家の顔」になっていたことを、今でも鮮やかに覚えている。

初めて書いた応募作は、きっちりしたプロットを書いてはいなかった。二作目の応募作は、一作目とは全く違ったSF的なアイディアを用いた作品だったのだが、これもまた「(物語が)ふっと降りてくる、という感じ」だったそうだ。三作目は、いじめが物語の核になっていたこともあり、三作目を書いている時が一番苦しかったかもしれない、と麻加さんは振り返るが、「あの苦しみがあったからこそ、『青い雪』を書けたという側面もあると思います」と。

麻加さんが書き始めたのは、五十代になってからだ。作家を目指す同世代にとっては、大きな励みになるのでは、と思う。若いうちに開く花もあれば、年を経て開く花もある。人生を重ねることによって生まれる〝深み〟が武器になることは、本書が証明してくれている。本書に登場する人物たち、一人一人の彫りが深いのは、麻加さんが重ねてきた年月があってこそのものだと思う。

衝撃的なプロローグで始まった本書が、どんなふうに幕を下ろすのか。見事なまでにプロローグに呼応するエピローグの、その切なくも温もりのあるラスト一行まで、ぜひご堪能ください。

二〇二二年二月　光文社刊

※刊行にあたり、加筆修正しました。

※本作品はフィクションであり、実在の人物、団体、事件などとは一切関係ありません。

光文社文庫

青い雪

著者　麻加朋

2024年3月20日　初版1刷発行

発行者　三宅貴久
印刷　萩原印刷
製本　ナショナル製本

発行所　株式会社 光文社
〒112-8011　東京都文京区音羽1-16-6
電話（03)5395-8147　編集部
8116　書籍販売部
8125　業務部

© Tomo Asaka 2024
落丁本・乱丁本は業務部にご連絡くだされば、お取替えいたします。
ISBN978-4-334-10241-8　Printed in Japan

R ＜日本複製権センター委託出版物＞

本書の無断複写複製（コピー）は著作権法上での例外を除き禁じられています。本書をコピーされる場合は、そのつど事前に、日本複製権センター（☎03-6809-1281、e-mail : jrrc_info@jrrc.or.jp）の許諾を得てください。

組版　萩原印刷

本書の電子化は私的使用に限り、著作権法上認められています。ただし代行業者等の第三者による電子データ化及び電子書籍化は、いかなる場合も認められておりません。

とりあえずの殺人　新装版　赤川次郎
馬疫　茜灯里
女童　赤松利市
白蟻女　赤松利市
黒衣聖母　芥川龍之介
女神　新装版　明野照葉
田村はまだか　朝倉かすみ
満潮　朝倉かすみ
平場の月　朝倉かすみ
にぎやかな落日　朝倉かすみ
スカートのアンソロジー　朝倉かすみ リクエスト！
実験小説　ぬ　浅暮三文
三人の悪党　完本　浅田次郎
血まみれのマリア　完本　浅田次郎
真夜中の喝采　完本　浅田次郎
見知らぬ妻へ　浅田次郎
月下の恋人　浅田次郎

13歳のシーズン　あさのあつこ
一年四組の窓から　あさのあつこ
明日になったら　あさのあつこ
不自由な絆　朝比奈あすか
奇譚を売る店　芦辺拓
楽譜と旅する男　芦辺拓
おじさんのトランク　芦辺拓
松本・梓川殺人事件　梓林太郎
信州・善光寺殺人事件　梓林太郎
小倉・関門海峡殺人事件　梓林太郎
小布施・地獄谷殺人事件　梓林太郎
悪漢記者　安達瑶
鄙の聖域　安達瑶
天国と地獄　安達瑶
名探偵は嘘をつかない　阿津川辰海
星詠師の記憶　阿津川辰海
透明人間は密室に潜む　阿津川辰海

光文社文庫　好評既刊

もう一人のガイシャ　姉小路 祐
凛の弦音　我孫子武丸
境内ではお静かに　縁結び神社の事件帖　天祢 涼
境内ではお静かに　七夕祭りの事件帖　天祢 涼
四十九夜のキセキ　天野頌子
怪を編む　アミの会(仮)
アンソロジー嘘と約束　アミの会
みどり町の怪人　彩坂美月
神様のケーキを頬ばるまで　彩瀬まる
黒いトランク　鮎川哲也
憎悪の化石　鮎川哲也
風の証言　増補版　鮎川哲也
死のある風景　増補版　鮎川哲也
翳ある墓標　鮎川哲也
白の恐怖　鮎川哲也
死者を笞打て　鮎川哲也
りら荘事件　増補版　鮎川哲也

黒い蹉跌　鮎川哲也
白い陥穽　鮎川哲也
竜王氏の不吉な旅　鮎川哲也
マーキュリーの靴　鮎川哲也
人を呑む家　鮎川哲也
クライン氏の肖像　鮎川哲也
写真への旅　荒木経惟
白い兎が逃げる　新装版　有栖川有栖
妃は船を沈める　新装版　有栖川有栖
長い廊下がある家　新装版　有栖川有栖
ぼくたちはきっとすごい大人になる　有吉玉青
SCS ストーカー犯罪対策室(上・下)　五十嵐貴久
PIT 特殊心理捜査班・水無月玲　五十嵐貴久
火星に住むつもりかい?　伊坂幸太郎
死刑囚メグミ　石井光太
よりみち酒場 灯火亭　石川渓月
おもいでの味　石川渓月

光文社文庫最新刊

未だ謎　芋洗河岸(3)	佐伯泰英
ジャンプ　新装版	佐藤正午
霧島から来た刑事　トーキョー・サバイブ	永瀬隼介(しゅんすけ)
黒豹の鎮魂歌　上・下	大藪(おおやぶ)春彦
猟犬検事	南　英男
青い雪	麻加　朋

光文社文庫最新刊

クラウドの城	大谷 睦
お誕生会クロニクル	古内一絵
後宮女官の事件簿㈡ 月の章	藍川竜樹（あいかわたつき）
フォールディング・ラブ 折りたたみ式の恋	絵空ハル
怨鬼の剣 書院番勘兵衛	鈴木英治
近くの悪党 新・木戸番影始末㈧	喜安幸夫